스모남편과 벤토부인

키워드로 읽는 日本 문화 2

현대문화

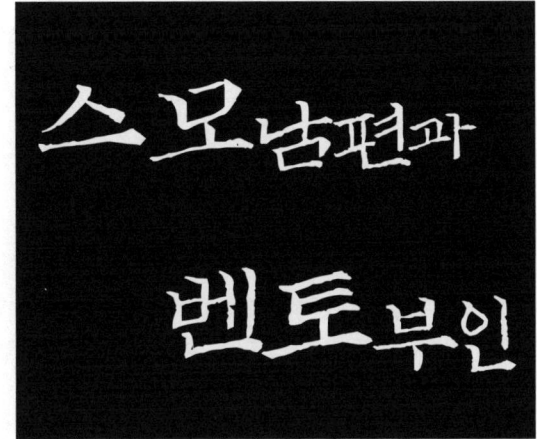

스모남편과 벤토부인

한국일어일문학회 지음

글로세움

목 차

01. 현대 일본문화와 사회의 이해

【구정호】

지도를 거꾸로 본 적이 있는가? 늘 우리가 보는 방향과는 반대로 북쪽에서 남쪽으로 지도를 보면 새로운 느낌을 받을 것이다. 특히 일본이라는 나라가 얼마가 긴지 다시 한 번 놀라게 된다.

4천 킬로미터에 걸쳐 남북으로 활처럼 뻗어 있는 일본은 바닷가의 방파제를 연상시키듯 길게 누워 있다. 유럽과 중국대륙에서 밀려 온 문명의 파도가 한반도를 거쳐서 일본열도라는 방파제에 이르러 더 이상 갈 수 없을 것 같은 느낌을 주는 것이다. 실제로 지정학적으로 보면 일본은 대륙문화의 종착역이었고, 문화의 축이 서양으로 넘어간 근대에는 반대로 많은 서구문물이 일본이라는 방파제를 넘어 한반도와 중국대륙에 전해졌다.

'일본' 하면 지진, 벚꽃, 태풍, 스시, 기모노, 다다미, 고타쓰 등의 단어가 떠오를 것이다. 무엇보다 그 나라의 자연적, 지리적 조건은 독특한 의식주 형태를 결정짓고, 이러한 특징적 요소가 그 나라 그 사회만의 문화를 만들어내는 것이다. 일본을 생각할 때 위에서 열거한 단어가 연상되는 것은, 바로 일본만이 갖는 독특한 여러 조건에서 비롯된 문물이 형성한 고유의 문화 형태가 있는 때문이다.

물론 한 나라의 문화가 자연적 조건에 의해서만 형성되는 것은 아니다. 다른 나라와의 교류에 의해 도입된 외래문화가 전통문화와 접합하여 독특한 형태로 발전하는 경우도 있다. 프로야구는 미국으로부터 도입된 것이지만, 일본은 그들만의 독특한 야구문화를 가지고 있다. 비록 뿌리는 외국에 있다고 할지라도 일본만이 가질 수 있는 내부적, 외부적 요인이 이를 변화시켜 독특한 색채를 만들게 된 것이다. 비단 야구뿐만 아니라 다방면에 걸쳐 이뤄진 현상들이 일본문화의 또 다른 한 축(輔)을 형성하고 있다고 하겠다.

일본이 지니고 있는 문화적 특징을 소개한 책자는 손으로 꼽을 수 없을 만큼 많다. 그중 가장 유명한 것으로 루스 베네딕트의 『국화(菊花)와 칼』을 들 수 있을 것이다. 베네딕트는 저서를 통해 일본문화를 '국화'와 '칼'이라는 양면적인 국민성 안에서 이루어진 '염치의 문화'라고 했다. 또 도이 다케오는 『아마에의 구조』라는 저서에서 정신분석학적 시점에 입각하여 '아마에'(甘え:응석)의 문화라고 했으며, 나카네 치에는 일본사회를 '수직적 사회'라고 정의했으며, 우리나라의 이어령은 '축소지향의 문화'라는 말로 풀고자 하였다.

이들의 특징이자 공통점은 하나의 키워드를 내세우고 있다는 점이다. 그러나 이러한 설명은 선명한 인상을 줄 수 있을지는 모르나, 다양하고 독창적인 한 나라의 문화를 각자가 내세운 한 단어 안에 포함시키기에는 다소 무리가 따르는 부분도 있다고 여겨진다.

근래 들어 우리나라에서도 일본문화 내지는 한일문화 비교에 관한 서적이 많이 출간되었다. 아마도 이러한 서적의 효시는 1952년 발간된 김소운의 『목근통신』(木槿通信)이라고 할 수 있을 것이다. 일본 문화에 관한 서적의 출간이 본격적으로 이루어지기 시작한 것은 1980년대 이후로, 1985년 송효빈의 『이것이 일본이다』, 1988년 이도형의 『일본, 다시 보고 생각한다』, 1993년에 출판되어 베스트셀러가 된 전여옥의 『일본은 없다』, 이와 비슷한 시기에 출간된 서현섭의 『일본은 있나』 등이 눈에 띈다.

그 후에도 일본문화에 관한 서적은 비슷비슷한 이름으로, 그리고 강렬한 인상을 주는 자극적인 제목으로 앞을 다투어 유행처럼 출판되어, 우리가 일본문화에 관심을 갖도록 만드는 데 중요한 역할을 했다. 하지만 대부분의 서적이 저자가 특파원이나 외교관으로 오랜 기간 근무하면서 접했던 일본인과의 교류에서 얻은 경험을 엮어낸 것이라는 특징이 있는 한편, 제한된 활동범위 내 경험이라는 한계를 느끼게 한다.

비교적 최근에 이뤄진 문화개방정책 이후 일본 대중문화에 관한 관심이 높아지고 있다. 영화나 음반의 수입개방 등을 통하여 일본의 현대문화를 좀더 쉽게 접할 수 있게 되었는데, 이러한 시기에 걸맞게 일본의 대중문화를 일반인들에게 소개하는, 영화감독이자 작가인 이규형의 『일본을 읽으면 돈이 보인다』라든지, 김지룡의 『나는 일본문화가 재미있다』 등의 책자도 발간되었다. 또한 다소 늦은 감이 없지 않지만 대학의 정규과목 중에 일본의 대중문화론과 관련된 강좌가 속속 개설되고 있다. 그리고 이제는 출판이 중지되었지만, 「C-JAPAN」과 같은 잡지는 일본의 대중문화를 소개하는 데 나름대로 많은 노력을 기울였다고 할 수 있다.

시내의 대형서점에는 일본문화와 관련된, 그중에서도 특히 일본의 현대문화와 사회에 관련된 서적이 한 부분을 차지하고 있을 만큼 일본문화의 소개가 상당히 진척되었다고 할 수 있다. 이제는 일본문화의 소개에 있어서도 한 단계 업그레이드되어야 할 시기라고 생각된다. 이전과 같이 특파원이나 작가 그리고 외교관 등의 체류 경험에서 자신만이 느낀 일본의 일부만을 소개하는 것이 아니라, 보다 근본적이고 심층적이며 객관적인 요소를 알려주는 단계로 접어들어야 할 것이다. 즉 제한된 시간 동안 어느 한 개인이 보고 느낀 주관적이고 편파적인 시각에서 벗어나서, 보다 객관적이고 보편적인 소개가 있어야 한다.

그러므로 앞으로의 일본문화의 읽을거리에 있어서도 한 개인의 저술이나 하나의 키워드를 통한 문화 엿보기가 아니라 많은 학자들의 연구와 지식의 축적을 밑바탕으로 하되, 딱딱하지 않고 재미있는 일본문화의 소개가 있어야 하지 않을까 생각한다.

02. 히노마루와 기미가요가 제정되기까지

【이창종】

일본 국기는 우리도 익히 알고 있는 것처럼 하얀 바탕에 태양을 나타내는 붉은 원이 있는 '히노마루'(日章旗)이며, 국가는 '기미가요'(君が代)이다. 히노마루는 형태가 단순한 까닭에 하얀 천과 피[血]만 있으면 만들 수 있다는 말이 있을 정도이고, 기미가요는 한 소절에 지나지 않는 짧은 곡이다. 하지만 이들이 일본을 상징하는 국기와 국가가 되기까지는 상당한 우여곡절이 있었다.

일본(日本)이라는 국명(国名)은 동쪽에 위치하고 있어 '해가 뜨는 나라'(日の出る国)를 의미하는 것으로, 7세기 무렵 쇼토쿠 태자(聖徳太子)가 중국의 수(隨) 나라에 보낸 국서(国書)에 '해가 뜨는 곳의 천자'(日出処天子)라고 표현한 데서 기원을 두고 있다. 이처럼 일본은 태양과 밀접한 관계를 갖고 있는데, 히노마루가 국기로 채택된 것은 미국의 영향이라고 할 수 있다. 극단적으로 말하면 미국이 일본을 개항(開港))시키지 않았다면 히노마루는 탄생하지 않았을지도 모른다.

에도시대 말기, 미국의 페리 제독이 이끄는 동인도함대에 의한 개

항으로 외국의 함선이 오가게 되자, 1854년 막부(幕府)는 선박을 구분하기 위해 큰 배에는 히노마루를 달도록 포고했는데, 이가 국기를 게양하게 된 시초이다. 이러한 조치는 메이지 정부가 출범한 후에도 계속되어, 1870년 우편상선규칙(郵便商船規則)을 포고함으로써 히노마루를 우편 상선에 달도록 했다. 그 후 히노마루를 육군과 해군이 사용하도록 법규가 제정되어, 정식 국기로서 위치를 확립하게 되었다. 하지만 그렇다고 해서 히노마루를 민간에서 마음대로 게양하거나 사용할 수 있었던 것은 아니다. 1874년에는 허가 없이 히노마루를 초롱에 그려넣은 업자가 징역 30일의 형벌을 받은 적도 있었다.

메이지유신 이후로부터 2차대전을 치르는 동안 히노마루는 아시아에 있어서 일본 제국주의의 상징과도 같은 존재였다고 해도 과언은 아니다. 일본군의 선두에 휘날리던 히노마루는 피지배자의 입장에서 보자면 침략자의 깃발에 다름아니었다. 그러나 일본의 패전으로 인해 상황은 완전히 뒤바뀌게 된다.

전쟁에서의 승리로 일본에 진주한 미군은 처음에는 히노마루를 일본 제국주의의 상징으로 단정하여 오키나와에서는 게양을 금지했고, 제한적으로밖에 허용하지 않던 히노마루의 게양이 자유롭게 된 것은 1949년에 이르러서였다.

제국주의 침략의 기억으로부터 자유롭지 못한 히노마루는 패전 이후 오늘에 이르기까지 서로 다른 정치적 입장으로 인해 일본 내에서조차 게양 문제를 놓고 많은 논란이 있어 왔다. 특히 초등학교를 비롯한 중·고등학교에서는 게양하라는 당국의 지침과 이를 반대하는 교사들의 반발 사이에서 고민하던 교장이 자살하는 사건까지 일어났다.

결국 이러한 문제를 국기와 국가에 대한 법률이 정비되어 있지 않기 때문이라고 주장해온 자민당을 중심으로 한 우파세력은, 1999년 히노마루를 국기로 정하고 기미가요를 국가로 정하도록 법을 제정했다.

일본의 국가인 기미가요는 원래 서양음악 도입을 위해 일본에 초빙되었던 영국인 작곡가 펜톤(W. Fenton)에 의해 1870년에 작곡되었으나, 1879년 왕실의 악사 하야시 히로모리(林広守)의 곡으로 대체되었다.기미가요라는 말은 '왕이 다스리는 세상' 혹은 '왕의 수명' 쯤으로 해석되는데, 가사는 10세기경 헤이안시대에 편찬된 일본 고유의 시가(詩歌)인 와카(和歌)를 집대성한 『고킨와카슈』(古今和歌集)에 실린 작품에서 따온 것이다.

君が代は千代に八千代にさざれ石の巌ほどなりて苔のむすまで
왕(君)이 다스리는 세상. 조약돌이 바위가 되고 이끼가 낄 때까지 천 년 만 년 계속되소서

이와 같이 왕의 통치나 장수를 축하하는 내용이지만, '기미'(君)의 해석을 두고 서로 다른 의견이 존재해왔다. 기미를 어떻게 해석하느냐에 따라, 왕에 대한 축하의 노래인지 아니면 단지 경애하는 사람의 장수를 기원하는 노래인지 의미가 달라지기 때문이다. 물론 기미가요를 제정한 측에서 보자면 기미가요는 헤이안시대부터 왕의 장수를 기원하는 노래로 존재해왔다고 생각하겠지만, 에도시대에 민간에서 널리 불

15

렸으며 반드시 왕에 대한 축가로 부른 것이 아니었다고 하니, 아무래도 기미가요는 근대국가의 성립과 밀접한 관련이 있다고 해야 할 것 같다.

이후 기미가요는 입학식이나 졸업식 등의 행사가 있을 때 제창되었다. 그러나 군국주의 시대의 어두운 기억으로부터 완전히 자유로울 수는 없었기에, 2차대전 패전 이후에는 상당 기간 제창이 행해지지 않았다. 다시 기미가요를 부르게 된 것은 1950년대에 이르러 교육당국이 학교 등의 경축일 행사에서 제창을 강력히 권유하면서부터였다. 물론 오키나와나 히로시마, 나가사키와 같이 전쟁의 참화를 심하게 겪은 지역에서는 반발이 있었지만, 자민당을 중심으로 한 우파세력의 히노마루 및 기미가요의 법제화를 막을 수는 없었다.

이처럼 히노마루와 기미가요가 국기와 국가로서 법적인 승인을 받은 것은 비교적 최근의 일이며, 법제화되기까지의 과정 또한 순탄하지 않았다는 사실은 새롭기도 하다. 한편 제국주의의 첨병이라 할 수 있는 우파세력의 개입이 있었던 만큼 참혹했던 역사를 다시 떠올리게 만들기도 한다.

03. 신과 무사, 자연이 남긴 문화유산

【이수경】

일본은 풍요로운 나라이다. 섬세한 디자인의 디지털 카메라, 견고하고 세련된 자동차, 깜찍한 캐릭터 상품, 감동적인 애니메이션, 애완용 로봇 강아지 등 일본이 세계 무대에서 자랑할 만한 것들은 얼마든지 있다. 그러나 세계인들이 함께 지키고 간직하고자 하는, 일본의 진짜 보물들은 이런 것들이 아니다. 역사와 전통이 살아 숨쉬는 일본의 문화유산이야말로 세계인들이 관심을 갖고 있는 것이다.

유네스코가 지정한 세계문화유산, 즉 인류 전체를 위해 보호해야 한다는 보편적 가치를 인정받은 일본의 재산 목록에는 과연 어떤 것들이 있을까? 이제부터 전통과 역사의 숨결을 느낄 수 있는 고색창연한 빛을 따라 시간여행을 떠나보자.

일본왕국이 시작된 나라(奈良)에는 유적지가 많다. 일본 최초의 수도이자 실크로드의 마지막 종착지로서 정치와 문화의 심장부였던 나라에는 많은 사찰과 신사, 궁궐, 유물 등이 기적처럼 많이 보존되어 있다. 그 가운데서도 대표적인 사찰 동대사(東大寺)는 수많은 천재지변을 겪었지만 여러 차례 복원과 재건을 거듭하여, 3분의 2 규모로 줄어든 지금도 여전히 목조건물로는 세계 최대로 남아 있다.

특히 대불전에 안치된 본존 비로자니불은 높이가 16미터나 되는 세계 최대의 청동불상이다. 수백 톤의 청동과 수은, 식물성 밀초를 녹여 만든 이 거대한 불상은, 화재와 지진으로 많이 훼손되었지만 수리를 거듭하여 현재의 모습을 유지하게 되었다고 한다. 거대한 목조사찰에 짙게 배어 있는 향내는 나라의 역사를 말해주는 듯하다.

왕실과 귀족, 불교와 무사의 문화가 공존하는 천 년의 고도(古都) 교토(京都). 유난히 화려한 실내 장식이 돋보이는 니조성(二条城)은 도쿠가와 이에야스(德川家康)가 건조한 것으로, 새로 옹립한 에도 막부의 부와 권력을 상징한다. 특히 걸을 때마다 새소리가 나게 만든 나이팅게일 마루는 침입자를 막기 위한 장치로, 밟으면 마루판 밑의 꺾쇠와 못이 부딪혀 소리를 내도록 고안되어 있다.

한편 외벽 전체가 눈부신 금박으로 덮여 있는 금각사(金閣寺)는 그 아름다운 자태를 비춰 재현(再現)하는 아름다운 연못과 주위를 둘러싼 우거진 수목이 조화를 이루며, 무로마치시대 정원 형식의 극치를 보여준다. 현재 교토에 있는 17개의 건축물이 세계문화유산으로 지정되어 있지만 사실 교토라는 도시 전체가 문화의 자산이라고 해도 과언이 아닐만큼, 목조 건축과 정원 예술의 미학이 곳곳에 녹아 있다.

천 년의 신비를 간직한 일본 불교의 요람 법륭사(法隆寺). 우리에게는 금당벽화로도 잘 알려진 법륭사 경내에는, 7세기 초에 지어진 현존

쇼군시대 초기의 봉건문화를 보여주는 히메지성

하는 세계 최고(最古)의 목조구조물들이 남아 있다. 중국대륙과 한반도를 거치며 발전을 이룩한 불교의 풍요로운 역사가 고스란히 남아 있는 법륭사는 일본문화가 자라온 모태이며 종교사적으로나 예술사적으로 뛰어난 가치를 지닌 문화유산이다.

비상(飛翔)을 위해 날개를 펼친 백로(白鷺)처럼 아름다운 히메지성(姬路城). 현존하는 16세기 일본 성곽 건축의 가장 뛰어난 모범으로, 쇼군시대 초기의 봉건문화를 보여준다. 본채 양쪽으로 펼쳐진 하얀 성벽이 마치 백로가 나는 모습처럼 보여, 일본인에게는 '백로성'(白鷺城)이라는 이름으로 더욱 잘 알려져 있는데, 세계적인 거장 구로사와 아키라(黑沢明)의 1985년작 「란」(乱)에서 그 멋진 모습이 한몫을 하기도 했다.

그러나 히메지성이 일본 최고의 성으로 찬사를 받는 것은 외관상의 아름다움 때문만이 아니라, 우아한 자태 뒤에 숨은 놀라운 군사전략적 건축 기술 때문이다. 고도로 발달된 방어 시스템과 교묘한 보호장치들은 실로 경이로울 따름이다. 적이 타고 올라오기 어렵게 만든 부채꼴의 돌담, 설혹 침입했다 하더라도 도저히 목적지를 찾기 힘든 미로(迷路)같은 통로, 총병(銃兵)과 궁사를 위한 기하학적 창구, 착시현상을 일으키는 계단의 미묘한 경사, 그리고 침입자의 머리 위에 돌과 끓는

신과 무사 자연이 남긴 문화유산

기름을 붓기 위해 설치한 낙하장치 등 온갖 축성기술과 미학이 어우러 진 천혜의 요새 히메지성은, 수백 년이 지났어도 변함없는 모습으로 무 사도와 향토의 명예를 상징하는 일본의 대표적인 유산으로 남아 있다.

전통신앙 신도(神道)의 중심지인 닛코(日光)의 수많은 사찰과 신사 는 에도 막부시대의 건축양식을 보여줌은 물론 종교적 색채를 극명하 게 표출하고 있다. 첫 사찰을 세운 쇼도 쇼닌(勝道上人)이 격류가 흐르 는 강 앞에서 기도를 하자, 두 마리의 커다란 뱀이 다리로 변했다는 전 설이 있는 신교(神橋)와, 죽어서도 변방을 지키는 신이 되고자 했던 도 쿠가와 이에야스의 능묘 도쇼구(東照宮) 신사가 있는 닛코는 일본인들 이 마음의 고향으로 여기는 성지(聖地)이다.

일본의 전통가면극인 노(能)가 최초로 공연되었다는 미야지마(宮 島). 이쓰쿠시마(嚴島) 신사의 신령(神靈)이 깃들었다고 여겨지는 미야 지마에는 지금도 산부인과와 공동묘지가 없다. 섬에서의 출산이나 사 망이 허용되지 않기 때문이다. 벌목도 금지되어 처녀림으로 뒤덮인 섬 은 희귀 조류의 서식지가 되고 있다. 바다에 세워져 물에 떠 있는 듯 보 이는 붉은색 도리이(とりい:神道의 문)는 섬 전체가 신성한 곳임을 상징 하고 있다.

12세기, 전투에서 패한 무사들이 숨어 들어와 살면서 형성되었다 는 산간 오지(奧地)의 마을 오기마치 수가누마 아이노쿠라. 적설량(積 雪量)이 많은 까닭에 역사적으로 이곳은 쫓기는 자들의 은신처였다. 양 잠을 해서 비단을 짜는 등 자급자족이 가능했기 때문에 외부 세계의 격 변에도 불구하고 이곳은 아직까지도 옛날 그대로의 전통적인 생활방식을 지켜오고 있다.

　가파르고 뾰족한 초가지붕의 구조는 무거운 눈을 견디고 빗물을 흘려 짚이 썩지 않도록 만든 지혜의 산물이다. 매년 4~5월에 지붕을 이는데, 마을사람 2백 명 모두가 동원된다고 한다. 150채가 채 안 되는 매우 독특한 뾰족지붕의 초가집들이 마치 동화 속 그림처럼 옹기종기 모여 있는 이 전통마을은 매우 색다른 세계문화유산이다.

　이 밖에도 오키나와 지역에 남아 있는 류큐 왕국의 유적지 그리고 인간의 발길이 닿지 않는 마지막 처녀지인 시라카미 산지(白神山地)와 야쿠시마(屋久島) 등의 세계문화유산이 있다.

　일본의 문화유산에는 신과 무사의 이야기, 자연과 인간의 이야기가 수 세기를 뛰어넘어 빗물처럼 고여 있다. 이들은 또한 현대를 살아가는 일본인의 삶 속에도 여전히 맥관(脈管)을 타고 흐르며, 종종 과거와 현재를 미묘한 배합으로 섞어놓는다. 마치 애니메이션의 주인공 센과 치히로(千と千尋)처럼, 컴컴한 터널을 지나면 과거의 고성(古城)으로 가는 길을 만날 것 같은 이미지로 다가오기도 한다. 첨단 문명에 젖어 있으면서도, 손만 뻗으면 닿을 듯 가까운 곳에 인류의 원초적인 삶의 윤곽들을 간직하고 있는 일본. 전통과 현대를 하나로 숨쉬게 하는 그 독특한 융화력이 삶을 풍요롭게 하는 것이다.

04. 신사에서 교회, 그리고 절로

【임찬수】

일본인은 기독교나 이슬람교처럼 신은 유일한 존재가 아니라, 자연 만물 모두에 깃들어 있다고 여긴다. '야오요로즈의 신'(八百万の神: 팔백만의 신. 즉 '무수히 많은 신'이란 뜻)이라는 말이 있을 정도로 수많은 신을 섬기는 일본인들은, 이를 고대로부터의 전해내려온 조상숭배신앙과 접목시켜 독특한 종교관을 형성했다. 그를 증명이라도 하듯 전국에는 8~10만 정도의 신사(神社)가 있으며, 일본인은 태어나는 순간부터 이곳과 깊은 관계를 맺게 된다.

헤이안시대의 귀족들은 아기가 태어난 날과 3일, 5일, 7일, 9일등 홀수날에 출산을 축하하는 행사를 가졌다. 에도시대에는 7일째 되는 날에만 행사를 치르는 '오시치야'(お七夜)로 변했고, 오늘날까지 이어지고 있다.

옛날 일본에서 갓 태어난 아이는 인간으로 취급을 받지 못했다. 그래서 이름도 지어주지 않고, 소매 달린 옷도 입히지 않았다. 그러다가 7일째가 되면 비로소 옷도 입히고 이름도 부른다. 갓난아이는 7일이

되기 전까지는 신의 보호 아래 있는 존재라고 생각했기 때문이다.

이는 위생도 좋지 않고 의학조차 발달하지 못해서 유아사망률이 높았던 시대에 생겨난 습속(習俗)으로 추측되지만, 오늘날에도 아기가 태어나 7일째 되는 오시치야에 친지를 초대하고 아기의 이름을 짓는 행사를 한다. 아기의 이름을 지으면 생년월일과 함께 종이에 적어 가미다나(神棚) 전면이나 도코노마(床の間)에 올려놓는다.

출산 후 처음으로 우지가미(氏神:조상신)가 모셔진 신사에 참배하러 가는 행사를 '오미야마이리'(お宮参り)라고 한다. 대개 남아(男児)는 32일째, 여아(女児)는 33일째가 되는 날에 참배를 가지만, 지방에 따라 7일째 또는 100일째 행하기도 한다. 예전에는 친정에서 보내온 옷을 입힌 아기를 시어머니가 품에 안고 참배했으며, 남아는 검정, 여아는 빨강으로 이마에 '犬' 자를 쓰기도 했고, 참배하고 돌아오는 길에 팥밥이나 과자를 사람에게 나누어주기도 했다. 그러나 지금은 부모가 아이와 함께 참배를 드리며 액운을 제거하는 의식을 행하는 것이 일반적이다.

'시치고산'(七五三)은 3세의 유아, 5세의 남아, 7세의 여아에게 해당하는 절기를 가리키는 것으로, 11월 15일에 신사에 참배하고 축하하는 행사이다. 이러한 의례는 에도시대에 시작되었는데, 당시에는 호적에 입적하는 시기가 대개 3살에서 7살까지였기 때문에 생긴 관습이다. 무사나 부유한 상인 계급에서 행해지던 것이 일반 시민에게까지 퍼진 것은 메이지 시대부터라고 한다.

3세 유아를 축하하는 행사를 '가미오키'(髪置き)라고 하는데, 이전까지는 자르던 머리를 이날을 경계로 기르기 시작한다는 의식이다. 5세 때의 행사는 유아에서 소년으로 성장한 것을 축하하여 처음으로 하카마(袴)를 입으며, '오비토키'(帶解き)라고 하는 7세의 행사는 처음으로 오비(帶)를 매는 의식이다. 이러한 의식은 메이지시대에 하나로 통합되어 시치고산이라 불리게 되었으며, 11월 15일에 치러지게 되었다. 하지만 오늘날에는 거의 행해지지 않고, 단지 신사를 방문해 액운을 제거하고 건강하게 자라기를 기원하며 온가족이 기념사진을 찍는 것으로 대신하고 있다.

아이가 성장해서 사회구성원으로 활동할 수 있는 연령이 되면 성인식을 행한다. 만 20세를 맞이하면 법률적인 성년으로 인정하고 사회에서도 독립된 개체로 받아들인다. 성인식은 매년 1월 두 번째 월요일에 각 지방자치단체가 중심이 되어 행사를 치른다.

학교를 졸업하고 취직을 하게 되면 사회인으로서의 자각도 생겨나고 자립도 하게 되면서, 결혼이라는 인생의 전환점을 맞이하게 된다. 일본인의 결혼은 지역이나 연령에 따라 다양하지만 보통 연애나 미아이(見合い:중매)를 통해 이루어진다. 가장 흔한 케이스는 직장이나 업무 관계로 알게 되어 연애결혼을 하는 것이고, 최근에는 전문상담소를 통해 상대자를 찾는 중매도 많아졌다. 또 결혼하는 커플 중 한쪽이 재혼인 경우가 20%에 이를 정도로 이혼도 흔한 일이 되었다.

상대가 정해지면 혼인이 성립되었다는 의미로 물건을 서로 교환하는데, 이를 '유이노'(結納)라고 한다. 그러나 오늘날에는 이를 생략하고

24

약혼반지 등으로 대신한다. 결혼식은 기독교식이 62%, 신도(神道)식이 33%로, 거의 모든 예식이 두 가지 형식 가운데 하나로 이루어지고 있지만, 최근에는 신혼여행을 겸해 해외에서 결혼식을 올리는 일도 많아졌다.

하지만 기독교식이라고 해서 교회에서 결혼하는 것은 아니다. 호텔이나 결혼식장의 내부를 교회와 같이 만들고, 그곳에서 결혼하는 것을 의미한다. 이는 영화의 한 장면처럼 낭만적이고 멋있는 분위기를 연출하고자 하는 바람에서인데, 웨딩드레스는 신사보다는 교회의 분위기와 잘 어울리는 때문이다.

신도식 결혼은 신사를 담당하는 신관(神官)의 주재로 백년가약을 맺는 일이다. 이러한 형태는 1900년 당시의 다이쇼(大正) 왕자의 결혼예식을 모방한 데서 비롯되었으며, 근엄한 예식이 매력으로 작용하여 널리 행해졌다고 한다. 최근에는 양쪽을 혼합하거나 또는 어느 쪽에도 속하지 않는 새로운 형태의 결혼식도 치러지고 있다.

죽음은 누구도 피할 수 없는 삶의 종착역이다. 그런데 육체는 죽음으로서 끝을 맺지만 영혼은 사후에도 계속 존재한다는 영혼불멸의 신앙이 일본에는 뿌리 깊게 자리하고 있다. 그래서 영혼이 육체와 분리되면 한 사람으로서의 개성이 사라지고 추상화된 조상신으로 존재하며, 저세상에서 자손을 지켜준다고 믿는다. 이는 조상숭배사상에 기초를 둔 것으로 사람은 죽어서도 조상신이나 씨족신으로 영원히 자손과 관계를 맺는다는 신앙에 근거한 것이다.

일본의 장례는 결혼식과 마찬가지로 다양한 형식이 있지만 대부분 불교식으로 치르며 일설에 의하면 94%를 차지한다고 한다. 일본이 장례를 불교식으로 치르게 된 것은 에도시대부터이다. 막부는 당시에 성행한 기독교를 탄압하고자 모든 가정을 강제적으로 절에 소속시키고, 불교행사에 참여하고 절의 건립이나 수리에 협조, 장례 또한 보다이지(菩提寺:가정이 소속된 절)에 의뢰하도록 하였다.

이러한 풍속이 근대 이후에도 이어져 가족의 한 사람이 사망하면 소속된 절의 승려에게 의뢰하여 장례를 맡기게 된 것이다. 하지만 요즈음에는 절에서 장례를 치르는 것이 아니라 장례 전문 식장이나 공공회관 또는 호텔에서도 행하고, 보다이지의 승려가 참석하여 쓰야(通夜) 때 고인에게 계명(戒名)을 내리고 고별식을 주관하는 경우가 많다.

쓰야란 장사를 지내기 전에 가족이나 친지가 모여 향과 불을 피우고 시신 옆에서 하룻밤을 지새는 것을 말하지만, 현재에는 저녁 7시부터 2시간 정도 모여 추도하는 것이 일반적이다. 사망 당일에는 유족과 친지만 가리쓰야(仮通夜)를 하고, 다음날에는 조문객을 맞이하여 다시 혼쓰야(本通夜)를 한 후, 또 그 다음날인 사망 이틀 후에 장례를 거행하는 형태가 정착되었다.

결혼하는 커플의 약 62%가 기독교식으로 하는 것과는 달리 장례식은 기독교신자 150만 명을 제외한 일본국민 모두가 불교식으로 한다고 해도 과언이 아닐 정도이다.

05. 일본의 국경일과 휴일

【차현경】

 '국민의 축일'(国民の祝日)이라 불리는 일본의 국경일은 1948년(昭和 23年) 7월 20일 국민의 축일에 관한 법률이 처음 제정되어 시행된 이후 2018년까지 11차례에 걸친 개정을 통해 현재까지 시행되고 있다. 법률의 개정은 사회의 흐름과 발전에 따른 시대상의 반영이라 할 수 있는데, 그 과정을 살펴보면 일본의 국경일과 휴일의 유래를 알 수 있다.

 법률이 처음 제정된 1948년 당시의 국경일은 설날(元日の日·1월 1일), 성인의 날(成人の日·1월 15일), 춘분(春分の日), 일왕생일(天皇誕生日·4월 29일), 헌법기념일(憲法記念日·5월 3일), 어린이날(子供の日·5월 5일), 추분(秋分の日), 문화의 날(文化の日·11월 3일), 근로감사의 날(勤労感謝の日·11월 23일) 등 총 9일이었다.

 1966년 6월에 법률을 개정하는 즉시 시행하여, 건국기념일(建国記念日·2월 11일)과 경로의 날(敬老の日·9월 15일), 체육의 날(体育の日·10월 10일)을 추가하여 12일을 공휴일로 선포했는데, 체육의 날은 도쿄올림픽 개막일로 정했다.

　1973년 4월 법률의 재개정을 통해 대체휴일(振替休日)을 만들었다. 이는 국경일이 일요일과 겹치면 다음날인 월요일을 휴일로 대체한다는 것이다.

　5월 3일 헌법기념일과 5일 어린이날 사이에 낀 징검다리(飛び石)날인 5월 4일을 휴일로 만들기 위해 1985년 12월 또다시 법률을 개정해 국경일과 국경일 사이에 낀 평일을 휴일로 만들고 이날을 국민의 휴일(国民の休日)이라 명명하고, 휴일로 추가했다. 그렇지만 5월 4일이 일요일인 경우는 대체휴일에 해당되지 않는다.

　1989년 1월 히로히토(裕仁) 일왕의 죽음으로 휴일에도 변화가 생겨, 2월 다시 법률이 개정되어 시행되었다. 본래 일왕의 생일은 국경일이므로, 새로운 왕의 생일로 날짜가 바뀌어야 했다. 하지만 히로히토 일왕은 재위기간이 63년이었으니, 그의 생일인 4월 29일을 휴일로 인식해온 오랜 습관을 바꾸기 힘들다고 여겨 명칭을 녹색의 날(緑の日)로 바꿔 휴일로 유지하였다. 물론 그 당시의 새로운 일왕인 아키히토(明仁)의 생일인 12월 23일도 국경일로 추가되었다.

　버블경제의 붕괴 이후, 계속된 경제 불황은 일본의 휴일에도 변화를 가져 왔다. 일본은 1990년대 초부터 주5일제 근무에 해당하는 주휴2일제(週休二日制)를 도입했는데, 대내적으로는 소비를 촉진하기 위해 풍요로운 문화생활을 명분으로 내세웠고, 대외적으로는 미국을 비롯한 선진국의 무역 역조에 따른 압력이 가중되자 노동시간을 줄여 생산량을 감소함으로써 마찰을 해소하는 정책을 취한 것이다. 이 주휴2

일제는 회사, 관공서 등에서 점진적으로 시행하다가, 2002년부터는 학교에서도 시행하고 있다.

1995년 3월에는 다섯 번째로 법률을 개정하면서 바다의 날(海の 日·7월 20일)을 추가했다. 이날은 5월과 9월 사이에 공식적인 휴일이 없어 너무 길게 느껴진다는 여론과 때마침 전 세계적으로 강조된 바다 의 중요성을 인식하고 국경일로 추가한 것으로 1996년부터 시행하고 있다. 1998년 10월에는 또다시 법률의 일부 개정을 통하여 통칭 '해피 먼데이제도'라고 불리는 제도를 추가했다. 이는 성인의 날과 체육의 날 을 각각 1월과 10월의 둘째 월요일로 변경해 3일 연휴가 되도록 하여, 소비의 촉진을 꾀한 것으로 2000년부터 시행하고 있다. 2001년 6월 에 다시 법률을 개정하여 바다의 날과 경로의 날을 7월과 9월의 셋째 월요일로 변경해 2003년부터 시행하고 있다. 경로의 날이 이렇게 고 정된 날짜에서 변경됨에 따라 국민의 휴일이 5월 4일 이외의 날에 처음 으로 2009년 경로의 날과 추분 사이에 적용되었다.

2005년 5월 또다시 법률을 개정하여 2007년부터 녹색의 날을 4월 29일에서 5월 4일로 이동하고, 격동의 날들을 지나 부흥을 이뤄온 쇼 와시대를 기념하고 국가의 장래를 생각한다는 취지로 쇼와의 날(昭和の 日·4월 29일)을 새롭게 제정하였다. 5월3일부터 5일까지 3일 연휴로 국경일이 되었기 때문에 2008년에 처음으로 월요일 이외의 대체휴일 이 생겼다.

2014년 5월 법률 개정을 통하여 산과 친할 기회를 얻고 산의 은혜 에 감사한다는 취지로 산의 날(山の日·8월 11일)을 16번째의 국경일로

새롭게 제정하고, 2016년부터 시행하고 있다.

2017년 6월에는 아키히토(明仁) 일왕의 퇴위와 126대 현재 일왕인 나루히토(德仁)의 즉위(5월 1일)에 따른 새로운 일왕 생일(2월 23일, 2020년부터 시행)의 변경을 위해 법률을 개정하여 2019년(令和元年) 5월 1일부로 시행하고 있다.

2020년 두 번째 도쿄올림픽을 기념하여 새로운 시대에 걸맞게 체육의 날을 스포츠의 날로 이름을 바꾸는 법률을 2018년 6월 개정하여 올림픽 개최 예정인 2020년부터 바꾸기로 하였다.

일본은 모두 11차례의 법률 개정으로 처음에는 9일이었던 공휴일이 현재는 16일로 늘었다. 그런데 16일의 국경일 가운데 왕과 관계된 휴일이 8일이나 된다. 비록 겉으로는 아무런 관계가 없는 듯해도 유래를 살펴보면 일왕과 결부되어 있는 것이다. 일본인들은 일왕을 신과 같이 섬기고, 왕실을 성역처럼 여긴다. 그러한 덕분에 건국기념일, 쇼와의 날, 녹색의 날, 바다의 날, 경로의 날, 근로감사의 날, 문화의 날, 일왕의 생일 등 1주일 이상의 휴일을 갖게 된 것이다.

건국기념일은 신화 속의 개조(開祖) 진무(神武)왕이 BC 660년 음력 1월 1일에 일본을 건국했다는 날인데 이토 히로부미(伊藤博文)가 메이지시대에 태양력으로 환산하여 양력 2월 11일로 정했다고 한다.

녹색의 날은 현재는 날짜가 변경되었지만 처음 제정 시, 고(故) 히로히토 왕의 생일로, 생존 당시 나무를 많이 심었다는 것에 착안하여 이와 같은 이름을 붙인 것이다. 바다의 날은 메이지 왕이 1876년 등대순시선인 메이지마루호(明治丸号)를 타고 동북지방을 항해한 후, 요코하마(橫浜)에 무사히 도착한 것을 기념하여 휴일로 지정했다. 바다의 중요성이 인식된 시대의 추세와 국민의 여론 속에 일왕과 관계가 있는 날을 찾아 휴일로 정한 것이다.

경로의 날은 쇼토쿠(聖德)태자가 오늘날의 양로원과 같은 시설을 일본에서 처음으로 만들었다는 고사에서 유래했다고 한다

문화의 날은 메이지 왕의 생일로 덴초세쓰(天長節:천황의 생일)라 불리는 당시로서는 최대의 국경일이었는데, 문화의 날로 이름을 바꿔서 휴일로 지정했다.

근로감사의 날은 햇곡식이 나오면 왕실에서는 조상에게 제사를 올리는 니이나메사이(新嘗祭)에서 유래되었다.

일본의 휴일은 우리나라와는 사뭇 다른 형태로 공식, 비공식적인 연휴가 세 번 있다. 첫 번째 연휴는 4월 29일부터 5월 5일까지이다. 중간과 앞뒤로 일요일이 있는 징검다리 휴일이라서 1주일 또는 10일 동안을 연휴로 하는 곳이 많다. 그래서 이 기간을 보통 골든 위크(golden week) 혹은 대형 연휴(大型連休)라고 부른다. 이 기간을 이용하여 수많은 일본인이 해외여행을 하기도 한다.

두 번째는 우리의 추석에 해당하는 8월 15일 오봉(お盆)으로, 여름철 휴가를 겸해서 3~7일의 휴일을 가진다. 달력에는 표시되지 않는 비공식적 연휴지만, 이 기간 동안 고향을 찾는 귀성객으로 열도가 들썩인다.

세 번째는 연말과 연시로 이어지는 비공식적인 연휴이다. 대체로 12월 28일부터 새해 1월 3일경까지는 휴무를 하는 경우가 많다. 역시

앞뒤로 일요일이 있어 7~10일 정도의 연휴가 되는 게 보통이며, 망년회(忘年会)나 신년회(新年会)를 하기도 한다.

일본에서 부처님 오신 날이나 크리스마스는 휴일이 아니다. 그렇지만 부처님 오신 날에는 전국의 절에서 행사가 있고, 크리스마스에는 거리에 캐럴송이 흐르며, 가정에서는 트리를 장식하는가 하면 선물을 사느라고 부산떠는 모습은 우리와 크게 다르지 않다.

또한 우리나라는 선거를 치르기 위해 임시공휴일을 정하지만, 일본의 선거는 일요일에 이루어진다. 하지만 현 일왕인 나루히토(德仁)의 즉위식과 왕자의 결혼식 등은 임시공휴일로 정하기도 했다.

06. 4월 4일은 트랜스젠더의 날

【신지숙】

일본에는 각종 기념일이 많다. 건국기념일, 헌법기념일, 녹색의 날, 경로의 날 등등. 그렇다면 4월 4일은 무슨 날일까? 3월 3일은 여아(女兒)의 성장과 행복을 기원하는 '모모노셋쿠'(桃の節句)이고, 5월 5일은 남아(男兒)의 성장과 출세를 기원하는 '단고노셋쿠'(端午の節句)이다. 이 중간에 위치하는 4월 4일은 바로 '트랜스젠더의 날'이다.

TNJ(Trans Net Japan:트랜스젠더와 트랜스섹슈얼을 지원하는 모임)가 성의 다층성, 즉 성별에는 남성과 여성 둘뿐 아니라 그 사이에 무수한 단계(gradation)가 있다는 상징적인 의미를 담아, 여아를 위한 날과 남아를 위한 날의 중간인 4월 4일로 정해 1999년 민간단체인 일본기념일협회에 신청하여 등록된 날이다.

트랜스젠더라는 말은 '트랜스'(trans:전환)라는 접두어에 사회적, 문화적 성(性)을 나타내는 '젠더'(gender)라는 말을 합쳐서 만든 용어이다. 우리나라에서는 외래어로 그대로 사용할 때도 많지만 '성전환증' 또는 '성전환자'라는 단어가 사용되기도 한다. 일본에서는 일반적으로 외

래어를 그대로 사용하여 '도란스젠다'(トランスゼンダ)라고 하는데, 협의와 광의의 두 가지 의미가 있다.

좁은 의미로는 자신의 성별에 대해 위화감을 느끼며, 반대의 성으로의 생활 혹은 기존의 성 역할에 구애받지 않는 생활을 바라지만 형성외과적(形成外科的) 수술까지는 원하지 않는 사람을 말한다. 반면 넓은 의미는 트랜스섹슈얼(transsexual)과 트랜스베스타잇(transvestite) 등을 포함하는 총칭으로 사용된다.

트랜스섹슈얼이란 성동일성장애자(性同一性障碍者) 중에서도 신체의 성과 마음의 성의 불일치를 특히 강하게 느끼고 있는 사람으로 이를 일치시키기 위해 형성외과적 수술을 강하게 원하는 사람을 가리킨다. 트랜스베스타잇은 우리나라에서 말하는 이성복장선호자이다. 일본에서는 외래어 그대로 사용하거나 이성장자(異性裝者)라고 하며, 여장자(女裝者)와 남장자(男裝者)로 구별하여 말하기도 한다. 이성의 복장을 즐기는 이 사람들은 정신의학적으로는 신체와 마음에 성의 불일치가 없기 때문에 성동일성장애자와는 구별한다. 그러나 이성복장을 함으로써 성별에 대한 위화감을 해소시키려고 하는 성동일성장애자도 이들 커뮤니티에 포함되어 있다고 볼 수 있다.

트랜스젠더와 연관되는 속어에는 '오카마', '오나베', '뉴하프' 등이 있다. 오카마는 여장을 한 남자 혹은 남자답지 못한 남자에 대한 속칭이며, 남성 동성애자에게 사용할 때가 많다. 그 반대의 경우가 오나베이다. 또 뉴하프란 말은 영어의 New-Half 와는 전혀 다른 의미를 가진 일본식 영어이다. 여장 남자라는 사실 혹은 남성에서 여성으로 성전환했다는 사실을 공언하며 풍속 관련 산업이나 예능산업 등에 종사하고 있는 사람을 가리킨다. 우리나라의 성전환 연예인 1호라고 할 수 있는 하리수는 일본식으로 말하면 트랜스섹슈얼, 속어로는 뉴하프라 말할 수 있다.

일본이 성에 대해서는 우리보다 개방적이므로, 성전환수술이 한국보다 앞서 있을 것으로 생각하는 사람이 많을 것이다. 하지만 의외로 일본의 성전환수술의 역사는 짧다.

1998년 10월 공적 의료행위로는 죄초로 성전환수술이 사이타마의과대학에서 실시되었는데, 수술을 주도한 의사 하라시나 다카오(原科孝雄)는 '외국보다 약 30년 정도 늦었다'고 하면서 이는 1964년에 있었던 '블루보이 사건' 때문이라고 설명한다. 이 사건은 남창(男娼) 3명의 요구에 따라 성전환수술을 해준 산부인과 의사가 우생보호법(優生保護法:현재의 모체보호법) 제28조 위반으로 유죄판결을 받은 것을 말한다.

그러나 1992년 여성에서 남성으로의 성전환을 희망하는 환자가 하라시나를 찾아왔다. 하라시나는 판결문을 재검토한 결과, 성전환수술은 법적으로 가능하다는 결론을 내리고 일을 추진했다. 정신과 의사에 의한 카운슬링과 호르몬 치료를 계속하며, 실생활 테스트도 이미 통과한 상태여서 1995년 사이타마의대 윤리위원회에 성전환수술에 대한 윤리적 판단을 신청했고, 이듬해인 1996년에 답신을 받아, 1997년에는 일본정신신경학회가 '성동일성장애에 대한 답신과 제언'을 발표하기에 이른다.

이를 근거로 사이타마의대에 '젠더클리닉 위원회'가 구성되었으며,

1998년 5월 윤리위원회로부터 제1호 환자에 대한 수술승인을 얻어 같은 해 10월에 성전환수술이 실시된 것이다.

우리나라에서는 지난 2002년 7월 부산지법 가정지원이 성전환자의 호적상의 성별 정정을 허락한 바 있다. 일본의 경우, 법학적 견지의 논의에서는 여러 가지 견해가 제시되고 있지만, 현실의 재판에서는 성동일성장애를 이유로 한 성별의 정정 및 변경은 일부의 비공개 사례를 제외하고는 거의 부정적인 판결을 내리고 있다. 특히 2000년 도쿄고등재판소가 '입법에 위임하여야 할 사항'이라는 판결을 내리면서 사법적 해결의 길은 막힌 상황이었다.

그러나 2003년 7월 10일 중의원본회의가 '성동일성장애자의 성별 취급특례에 관한 법률'을 제정함으로써 성전환자의 호적변경의 길이 열리게 되었다. 단 성별변경 심판에는 '자식이 없어야 하며, 신체에 있어서 다른 성별에 관계되는 신체 성기에 관계되는 부분에 근사(近似)한 외관을 갖추고 있는 경우, 즉 성전환수술을 받은 사람일 것 등의 요건을 갖춰야 한다'고 규정하고 있다.

이에 대해 트랜스젠더를 지원하는 단체에서는, 전자는 성별 변경에 관한 입법을 행하고 있는 다른 나라에서는 찾아볼 수 없는 요건으로 현실적으로 존재하는 당사자는 물론 그 자식의 행복이라는 관점에서도 바람직하지 않으며, 또한 후자는 연령이나 건강상의 이유로 수술을 받을 수 없는 케이스도 있기 때문에 재검토되어야 한다는 견해를 발표했다.

그런데 현재는 트랜스젠더의 날인 4월 4일이 예전에는 '오카마의 날'로 알려져 왔다. '오카마' 중 '카마'(かま)는 '엉덩이'의 고어(古語)로,

트랜스젠더라는 말이 널리 통용되기 전부터 남성동성애자, 넓게는 트랜스젠더 및 트랜스섹슈얼을 야유하는 속어로 사용되어 왔다. 당사자들에게는 상처를 주는 날을 이름만 바꾸어 굳이 트랜스젠더의 날로 제정한 것에 대해 TNJ는 "오카마라는 말에 상처 입는 사람들이 있으며, 또한 트랜스젠더라는 이름을 스스로 받아들이기 원하는 사람들이 있다는 것을 알리기 위해 일부러 같은 날로 제정했다"고 밝혔다.

사실 일본은 전통적으로 호모에게도 관용적이며, 다카라즈카 가극(宝塚歌劇 : 남자 배역까지 여성이 연기하는 서양풍 대중가극)이나 가무키(歌舞伎 : 여자 배역까지 남성이 연기하는 전통연극)에서 볼 수 있는 것처럼, 이성복장(異性服裝)을 사회적으로 수용되는 환경이 있다고 볼 수 있으며, 최근에는 트랜스젠더임을 밝히고 사회 활동을 하는 사람들이 늘어나고 있다고 한다.

'오카마의 날'에서 '트랜스젠더의 날'로 바뀐 것은 비단 명칭뿐만 아니라 트랜스젠더가 사회의 음지에서 양지로 이동하는 과정에 있음을 보여주는 하나의 예라고 말할 수 있지 않을까 생각한다.

07. 세계적인 장수국가 일본

【김유천】

　일본은 잘 알려져 있는 바와 같이 세계적인 장수국가이다. 2020년 일본 후생노동성이 발표한 통계에 따르면 2019년의 일본인의 평균수명은 남성이 81.41세, 여성이 87.45세이다. 남성은 1위인 홍콩(82.34세), 2위인 스위스(2018년 통계, 81.7세)에 이어 세계 3위이고, 여성은 1위인 홍콩(88.13세)에 이어 세계 2위를 차지하고 있다.

　과거의 평균수명 통계를 살펴보면 1950년 남성 59.57세·여성 62.97세, 1960년 남성 65.32세·여성 70.19세, 1970년 남성 69.31세·여성 74.66세, 1980년 남성 73.35세·여성 78.76세, 1990년 남성 75.92세·여성 81.90세, 2000년 남성 77.72세·여성 84.60세, 2010년 남성 79.55세·여성 86.30세, 2018년 남성 81.25세·여성 87.32세로, 일본인의 평균수명은 비약적인 신장을 보여 왔고, 현재도 계속해서 장수화 추세에 있다.

　후생노동성이 2020년 노인의 날(9월 15일)에 맞추어 발표한 조사에 의하면 2020년 9월 1일 시점에서 100세 이상의 고령자는 1년 전보다 9,176명이 증가해서 처음으로 8만 명을 돌파하여 80,450명에 달했다. 이는 일본의 총인구 1억2,593만 명(2020년 8월 1일 기준)의 약 0.06%를 차지한다고 한다. 일본의 100세 이상 인구의 증가는 50년 연속이다. 100세 이상 인구의 남녀 비율을 보면 여성이 70,975명으로 압도적으로 많아 전체의 88.2%를 차지하고 있다. 2020년 현재의 최고령자 역시 여성으로 117세이며, 이미 2019년에 기네스북에 세계 최고령자로 등재되었다고 한다. 한편 2020년의 일본 남성 최고령자는 110세이었다.

일본의 100세 이상 고령자의 추위를 보면 1963년에 153명이었던 것이 1981년에는 1,000명을 돌파하고 1998년에는 1만 명을 넘었으며 2020년에 이르러 8만 명을 넘어서게 된 것이다. 지역별로 보면 인구 10만 명 당 100세 이상 고령자(일본의 전체 평균 63.76명)가 가장 많은 곳은 시마네현의 127.60명으로 8년 연속 전국 1위였고, 가장 적은 곳은 사이타마현의 40.01명으로 31년 연속 가장 적은 지역으로 기록되었으며 지역 간에도 상당한 격차를 보이고 있다.

한편 세계보건기구(WHO)가 2018년에 발표한 건강수명, 즉 몇 살까지 건강하게 살 수 있는가를 나타내는 수치를 보면, 2016년 기준으로 1위인 싱가포르의 76.2년에 이어 일본은 74.8년으로 183개국 중 2위를 차지하고 있다. 3위는 스페인(73.8년), 4위는 스위스(73.5년), 5위는 프랑스(73.4년) 순이었다.

이와 같이 일본이 세계적인 건강 장수국가가 될 수 있었던 요인은 과연 무엇일까? 그것은 1960년대 이후의 경제성장에 따른 생활수준의 향상, 영양상태와 보건 및 위생환경의 개선, 의료기술과 의료제도의 발달 등 사회의 발전과정 전반에서 찾아볼 수가 있겠지만, 특히 중요한 요인으로 여겨지고 있는 것이 일본인들의 식생활이다.

제2차 세계대전 이후 일본인들의 식생활은 서양식으로 바뀐 부분도 있지만, 여전히 대부분은 쌀을 주식으로 하며 콩류 등 식물성 식품, 어패류, 해조류 등을 많이 섭취하는 전통적인 식생활을 기본으로 하고 있다. 이처럼 전통적인 식생활을 유지하고 그 결점을 육류와 유제품 등 서양식 식품으로 보완해온 것이 일본인들의 장수에 큰 요인이라고 할 수 있다.

일본인들이 거의 매일 먹는 장국 미소시루는 혈액순환을 원활하게 하고 암 발생을 막아주는 장수식품이다. 또 성인병을 유발하기 쉬운 육류에 비해 생선에는 양질의 단백질과 불포화지방산 등 몸에 좋은 성분이 풍부하며, 해조류에는 건강 유지에 필수적인 각종 미네랄이 많이 함유되어 있다. 일본인들이 즐겨 마시는 녹차 또한 빼놓을 수 없다. 녹차에는 항산화 작용이 있는 카테킨이라는 성분과 노화를 막아주는 폴리페놀이 다량으로 함유되어 있어, 암이나 각종 성인병의 발생을 억제하는 효과가 있는 것으로 알려져 있다.

반면 일본의 전통적인 식생활에서는 염분의 섭취량이 많다는 것이 단점인데, 염분 섭취를 줄이는 식생활의 개선이 일본인들의 장수의 큰 요인으로 주목 받고 있다. 후생노동성이 발표한 2015년 지역별 평균수명 통계에 따르면 남성 평균수명 전국 1위는 시가현의 81.78세, 2위는 나가노현의 81.75세이고, 여성 전국 1위는 나가노현의 87.675세, 2위는 오카야마현의 87.673세이다. 특히 나가노현은 1975년 이래 항상 평균수명의 상위를 차지하고 있는데, 그 이유는 지자체가 추진한 여러 정책적 노력에 의한다고 한다. 나가노현은 눈이 많고 추운 지방으로 원래 염분의 섭취량이 많아 뇌졸중의 비율이 높은 지역이었는데, 행정에서 직접 염분 섭취를 줄이는 노력을 기울여 주민들의 식생활을 개선한 것이 평균수명을 획기적으로 늘리는 큰 계기가 되었다는 것이다.

이와 같이 일본인들의 장수는 그들의 식생활과 밀접한 관계가 있지만 적절한 운동, 활발한 대인관계, 다양한 취미생활과 사회활동 역시 무관하지 않다는 것이 공통된 인식이다. 일본에는 고령자가 참여할 수 있는 문화 및 여가 활동이 다양하게 마련되어 있어 장수국가로서의 요건이 잘 갖춰져 있다고 할 수 있을 것이다.

이처럼 일본은 세계적인 장수국가이지만 급격한 고령화는 출생율의 감소와 맞물려 심각한 사회문제로 대두되고 있다. 일본 내각부의 2018년판 고령사회백서에 따르면 일본의 65세 이상 고령자의 총인구에 대한 비율은 1970년 7.1%이었던 것이 1995년에 14.6%에 달하게 되었고, 7%에서 14%까지 증가하는데 24년이 걸렸다고 한다. 65세 이상 고령자의 비율이 총인구의 7%에서 14%까지 증가하는 데 프랑스는 115년이 걸렸고, 스웨덴은 85년, 미국은 72년, 영국은 46년이 걸렸는데, 이들 국가들과 비교하면 일본의 24년은 놀라운 속도라고 할 수 있다.

일본의 65세 이상 고령자 비율을 보면 2000년에 총인구의 17%를 차지했으며 2017년에는 27.7%, 2020년에는 28.7%에 달했다. 일본 총무성 통계국에 따르면 2020년의 총인구는 1억2,586만 명(2020년 9월 15일 기준)으로 2019년에 비해 29만 명이 감소한데 비해, 65세 이상 고령자수는 3,617만으로 2019년에 비해 30만 명이 증가하여 과거 최다가 되었다. 65세 이상 고령자가 총인구에서 차지하는 비율도 28.7%로 2019년에 비해 0.3% 상승하여 과거 최고를 기록했다. 남녀별로 보면 65세 이상 남성은 1,573만 명으로 남성 총인구의 25.7%를 차지했고, 65세 이상 여성은 2,044만 명으로 여성 총인구의 31.6%를 차지했다. 2020년 현재 일본 국민의 약 3.5명 가운데 1명이 65세 이상 고령자인 셈이다. 이는 세계에서 제일 높은 수치이며 2위 이탈리아는 23.3%, 3위 포르투갈은 22.8%였다.

한편 일본의 출생자수는 계속해서 감소하고 있고, 출생율도 낮은 수준에 머물러 있다. 후생노동성이 발표한 2020년 인구동태통계에 의하면 2019년 일본의 출생자수는 1년 전인 2018년의 91만8,400명보다 5만3,166명이 적은 86만5,234명으로 과거 최저를 기록했다. 지역별로는 오키나와현이 출생율1.82명으로 가장 높았고, 도쿄도가 1.15명으로 가장 낮았다. 일본의 출생자수는 2016년에 100만 명 이하로 떨어진 이후 계속해서 감소하고 있다. 출생율도 2018년의 1.42명에서 2019년에는 1.36명으로 감소했다. 2001년 이후의 출생율을 보면 2001년 1.33명, 이후 감소하여 2005년 1.26명으로 역대 최저로 떨어졌다가 2015년 1.45명까지 상승세를 보였으나 이후 감소세가 이어지고 있다. 일본의 총인구는 2008년 1억2,808만 명을 정점으로 감소로 돌아서 인구감소시대를 맞이하고 있다. 2020년 현재 일본의 총인구는 1억2,586만 명(2020년 9월 15일 기준)인데, 앞으로 인구감소가 진행되어 2050년에는 1억 명을 밑돌 것으로 예상된다.

출생율 저하와 인구감소를 동반한 초고령화 사회로의 이행은 일본 사회 전반에 심각한 영향을 미치게 될 것으로 보인다. 특히 고령자의 증가에 따라 생산인구(15~64세)가 줄어들어 국내수요 감소에 따른 경제규모의 축소, 노동력의 부족, 국제경제력 저하 등이 야기될 것이며, 생산인구에 대한 연금이나 의료보험 등의 사회보장비용 부담이 갈수록 가중될 전망이다. 2000년에는 생산인구(15~64세)의 3.9명이 65세 이상 고령자 1명을 부양하는 격이었지만, 2017년에는 2.2명이 1명을 부양해야 하고, 앞으로 45년 후인 2065년에는 생산인구 1.3명이 고령자 1명을 부양해야 한다는 계산이 나온다.

현재 일본은 초고령화 사회에 따른 고용, 의료, 사회복지 등 사회 전반에 걸쳐 다각적인 개편이 필요한 상황에 직면해 있다.

08. 우리나라와 일본의 문화적 뿌리는 같다

【신지숙】

보도를 통해 소개된 것처럼 동아시아의 인류집단이라고 할 수 있는 한국인, 중국인, 본토 일본인, 아이누족(アイヌ族: 홋카이도 원주민), 류큐인(琉球人:오키나와인)에 대한 미토콘드리아 DNA의 D루프 영역 염기배열을 분석한 결과, 본토 일본인과 한국인이 유전적으로 가장 가까운 관계에 있다는 것이 밝혀졌다. 293명의 482bp 염소계열을 비교한 결과, 207명이 서로 다른 타입이 보였는데 189타입은 각각 집단 특유의 배열이었고, 나머지 18타입이 공통적으로 보이는 유형이었다. 공통되는 8타입을 한국인과 일본인이 공유하고 있어, 비교집단 가운데서 최다수였다.

이 분석 결과는 후술하게 될 현대 일본인의 기원에 대한 '조몬· 야요이 혼혈설'과 맞아떨어지는 내용이다. 그렇다면 종래의 정설은 어떠한 것이었을지 궁금하지 않을 수 없다. 일본인과 일본문화의 뿌리 그리고 일본이라는 나라의 성립에 관해서는 여러 가설이 있는데, 고등학교 교과서에 실린 내용은 다음과 같다.

태고적부터 일본열도에 살고 있던 일본인의 조상은 조몬문화(繩文文化)를 형성했으며, 기원전 4세기경부터 대륙과 한반도로부터 선진문화인 야요이문화(弥生文化)를 받아들였고, 이를 더욱 발전시켜 마침내 통일국가를 형성했다. 그 국가를 통치한 왕이 현 왕실의 조상이다.

조몬문화를 일구어낸 일본인의 선조가 대륙과 한반도로부터 앞선 문화를 받아들여 야요이시대라는 새로운 단계로 발전했다는 이 설에 따르면, 조몬문화의 담당자가 곧 야요이문화의 담당자였다는 말이 성립하기 때문에 '조몬인 자연진화설'이라 불리고 있다.

그런데 최근 형질인류학과 분자인류학, 바이러스학 등의 발달로 골격이나 두개골의 형태와 치형(齒形), 바이러스, DNA 등을 보다 세밀하게 비교하는 것이 가능해졌으므로, 조몬인과 야요이인은 도저히 동일 인종이라고 보기 어렵다는 사실이 밝혀졌다.

또한 고대의 일본 인구의 추이를 통계학적으로 처리, 분석하고 있는 고야마 슈조(小山修三)에 의하면, 일본의 인구는 조몬시대 말기에 극단적으로 감소했지만, 야요이시대에 들어서는 폭발적인 증가세를 보였다고 한다. 일단 인구가 감소하면 원래의 수준으로 회복하기가 어려운 데다가, 이 수치는 농경사회의 평균 인구증가율인 0.1~0.2%를 훨씬 초과하고 있으므로 벼농사가 시작됐기 때문이라는 이유만으로는 설명이 불가능하다는 것이다.

이같은 문제를 해결하기 위해 인류학자인 하니하라 가즈로(埴原和郎)는 '이중구조모델론'을 제기했으며, 현재 거의 학계에서 받아들여지

고 있다. 1997년 출간된 『일본인의 뼈와 뿌리』(日本人の骨とルーツ)에서 펼치고 있는 그의 주장은 이러하다.

일본의 구석기인이나 조몬인은 예전에 동남아시아에 살았던 오래된 타입의 아시아인 집단이 그 선조이며 온난한 기후 속에서 독특한 문화를 성숙시켰다. 그런데 기후가 냉대해짐에 따라 조몬 말기부터 동북아시아에 거주하던 집단이 바다를 건너왔다. 대륙으로부터의 도래는 야요이시대에 들어 급격히 증가하여 7세기경까지 거의 1천 년에 걸쳐 계속되었다. 도래 집단은 우선 규슈(九州) 북부와 혼슈(本州) 동해연안부에 정착했고, 그 수가 증가함에 따라 작은 나라들을 만들기 시작했다. 그리고 그들은 동진하여 긴키(近畿) 지방에 이르고 치열한 항쟁을 거쳐 통일정부, 즉 조정을 수립했다. 그 후 조정은 적극적으로 대륙으로부터 학자, 기술자 등을 맞아들였고, 긴키 지방은 도래인이 중심이 되었다. 이와 함께 토착 조몬계 집단을 동화하기 위해, 남북으로 원정군을 파견했으며 일부 지방에는 정부 기관도 설치되었다. 도래계의 유전자는 이렇게 서서히 확산되었는데, 조몬계와 도래계와의 혼혈은 긴키로부터 멀어질수록 잃어간다. 현대에도 보이는 일본인의 지역성은 양 집단의 혼혈 농담(濃淡)에 의해 설명될 수 있다.

이처럼 하니하라는 종래의 '조몬인 자연진화설'을 부정하면서, 조몬문화의 담당자와 야요이문화의 담당자는 인종이 다르며 일본이 새로운 문화 단계에 돌입할 수 있었던 것은 야요이문화를 갖는 많은 수의 도래인들이 이주했기 때문이고, 최초의 국가도 그들에 의해 만들어졌다는 사실을 인정한다.

단 일본의 지역에 따라 상이하게 나타나는 문화적 차이는 양 집단의 혼혈의 비율 차이로 설명할 수 있다는 주장에서도 알 수 있듯이, 조몬문화와 야요이문화 양쪽이 일정의 독자성을 유지하면서 오늘날 일본문화의 두 가지 주요한 구성요소가 되었다고 보는 것이다. 이에 따르면 조몬문화와 야요이문화는 동등한 가치를 갖는 대등한 구성요소가 되며, 도래인의 고향을 동북아시아로 폭넓게 제시하고 있는 것도 눈에 띈다.

이에 대해 아미노 요시히코(網野善彦)는 일본인의 자국 역사 인식에는 세계에서 대단히 유니크한 나라라는 '유니크 신앙'이 존재하는데, 하니하라의 논의도 이 역사 인식의 선입관, 예를 들면 역사의 유구성, 만세일계의 일왕, 단일민족설, 조선문화에 대한 우월성 등을 믿고 싶어하는 마음을 완전히 극복하지 못하고 있다고 지적한다.

1997년 말에 완결된 저서 『일본사회의 역사』(日本社会の歴史)에서 그는 기존의 일본사, 즉 일본열도에서 생활해온 인류를 처음부터 일본인의 선조라고 생각하고, 그로부터 역사를 써내려온 잘못된 역사관을 뒤집는 여러 가지 새로운 사실을 제시하고 있다.

동해연안부에서 발굴되는 유적으로 볼 때 도래계의 야요이인은 주로 한반도 남부에서 건너온 사람으로 이 도래계 야요이인들은 우위 문명단계에 있었으며 또한 발달된 무기를 가지고 있었으므로 최종적으로는 토착의 조몬인을 압도했을 것이고, 살아남은 조몬인들도 거의 야요이문화에 동화되지 않을 수 없었을 것이다. 또한 현재까지의 과학적인 연구 성과에 의하면 일

—우리나라와 일본의 문화적 뿌리는 같다—

47

본인의 조몬인과 야요이인의 혼혈 비율의 평균치는 3대 7이라고 한다. 이를 보아도 현재 일본인의 민족적 뿌리와 문화의 뿌리, 일본인의 정체성은 야요이인에 있다고 생각하는 것이 바른 인식이다. 일본인의 대다수가 갖고 있는 '우리 선조는 조몬인, 일본문화의 정체성은 조몬문화'라는 잘못된 인식은 일본인의 '유니크 신앙'에 기인하는 것이며 또 그 근본에는 '만세일계'의 일왕제가 있다.

아미노가 이같은 자신의 주장을 1920년대의 '일조동조론'(日朝同祖論)과 구별하여 '일한문화동원론'(日韓文化同源論)이라 이름지어 문화의 측면을 강조하는 것은 무척이나 고무적이다.

한국인과 일본인이 부분적으로는 동일인종일 가능성이 높다는 사실은 거의 의미가 없다. 한국인도 일본인도 생물학적으로 정의된 '인종'과는 무관한 '민족'이라는 상상의 공동체 안에 살고 있기 때문이다. 그러나 아미노의 말대로 공통된 문화적 뿌리를 갖고 있다는 사실을 인식하는 것은 한국과 일본 양국의 상호 이해와 우호 증진에 좋은 기반이 되지 않을까 생각된다.

09. 일본의 주택과 다다미의 미학

【허명복】

일본의 기후는 우리나라와 비슷해서 계절의 변화가 뚜렷하다. 봄과 가을은 쾌적하지만, 여름은 습기로 인해 매우 후덥지근해서 주택은 우선 통풍이 잘 되어야만 한다. 따라서 일본의 전통가옥은 바람이 잘 통하도록 만들어져 있다.

반면 일본은 지형적으로 산이 많아 사람이 살아갈 수 있는 땅이 한정되어 있다. 또한 인구도 많으므로 주택은 매우 비좁은 편이라고 할 수 있겠다. 유럽인들은 일본의 협소한 주거환경을 빗대어서 우사기고야(うさぎ小屋:토끼집)라고 말했을 정도이다.

일본 주택의 종류를 보면, 일반적으로 단독주택인 잇코다테(一戸建て)와 아파트나 맨션 등으로 구별할 수 있다.

전통가옥의 구조를 살펴보면 우리가 흔히 '다다미방'이라고 부르는 와시쓰(和室)를 비롯해서 오시이레(押し入れ:침구나 가재도구를 넣어 두는 벽장), 도코노마(床の間:방의 상좌에 바닥을 높게 만들어 벽에 족자를 걸고 꽃꽂이나 장식물을 꾸며놓는 곳), 이마(居間:거실) 또는 차노마(茶の

間:가족이 식사를 하거나 휴식을 취하는 방) 등으로 구성된다. 특히 일본식 방은 다다미(畳)를 깔고 후스마(ふすま:맹장지), 쇼지(障子:장지문)로 각 방을 구분한다는 특징이 있다. 또한 집의 안과 밖을 연결하는 역할을 하는 툇마루가 있어서 걸터앉아 햇볕을 쬔다든지 함께 이야기를 나눌 수도 있다.

맨션이나 아파트의 광고를 보면, '3LDK'나 '2DK'와 같은 문구를 볼 수 있는데, 이것은 거실(living room), 식당(dining room), 주방(kichen)을 가리키는 말로, 모든 기능이 복합된 주거를 일컫는 말이다. 즉 3LDK는 LDK 외에 방이 3개 있는 것이고, 2DK는 DK 외에 방이 2개 있다는 뜻이다. 서양식 입식 구조에 일본식 방이 한 칸 정도 딸린 형태를 원하는 사람들이 많아서인지, 맨션에도 도코노마가 있는 일본식 방이 딸려 있는 곳도 적지 않다.

이쯤에서 일본 전통식 가옥을 꾸미는 데 없어서는 안 될 다다미에 대해서 알아보자. '다다미'(畳)는 '접다' 또는 '개다' 등의 뜻을 갖는 말이다. 다다미를 만들기 위해서는 우선 짚으로 만든 판에 이구사(藺草:골풀. 등심초라고도 함)나 가마(蒲:부들) 등으로 만든 돗자리를 붙인다. 이것은 다다미의 얼굴에 해당되는 부분으로 다다미오모테(畳表:골풀 돗자리로 다다미의 거죽에 대는 것을 말함)라고 한다.

또한 둘레에는 헝겊으로 후치(緣:가장자리)를 붙이는데, 이를 다다미베리(畳緣)라고 한다. 다다미베리에 쓰이는 천 종류는 현재에는 폴리프로필렌 계통이나 테트론 계통의 화학섬유가 주류이나, 화학섬유와 면섬유의 혼방이나 순면섬유와 마섬유 계통의 천연섬유도 있다. 그러나 순면이나 마섬유로 된 다다미베리는 에도시대와 메이지시대까지는 보통 흔하게 사용되었지만 지금은 극히 소량의 제품밖에 생산할 수 없어서 대단히 고가의 상품이 되었다. 특히 형겊의 바탕에는 다양한 무늬와 색을 넣어 직조하기 때문에 그 모양이나 색감에 따라 방의 분위기가 달라진다고 한다. 그리고 단의 심지(芯地)로는 동일한 색의 종이나 헌 신문지 등을 사용한다.

다다미의 역사를 살펴보면, 지금으로부터 1천여 년 전인 헤이안시대로 거슬러 올라가는데, 처음에는 귀족들의 저택인 신덴즈쿠리(寝殿造り:헤이안시대의 귀족 주택의 건축양식. 중앙에 침전을 두고, 좌우 양쪽에 한 쌍을 이룬 건물을 배치하여 이것을 낭하로 연결한 구조)의 마루방에 침구나 방석을 개어두기 위해 사용했는데, 사용하는 사람의 지위에 따라 두께나 테두리의 문양이 규정되어 있었던 것 같다.

그 후 중세를 거쳐 근세에 이르러, 다도(茶道)의 발달과 더불어 서원과 무사계급, 상가에 비약적으로 보급되었고, 에도 중기 이후에는 일반 서민들의 주택에, 메이지시대에는 농민들에게도 널리 보급되기에 이르렀다. '다다미가 그립다'(畳が恋しい)라든가 '다다미 위에서 죽고 싶다'(畳の上で死にたい)라는 등의 일본인만의 특유한 정서가 담긴 말도 있는데, 이것을 보더라도 다다미는 일본인의 쉼터로서, 현재에 이르기까지 지속적으로 사랑받아오고 있는 것을 알 수 있다.

이렇게 다다미가 긴 세월 동안 사랑받고 애용되는 이유로는 사계절이 뚜렷하고 습도가 높은 기후환경과 신발을 벗고 실내에서 지내는 일본인들의 생활습관 때문이며 과학적으로도 보온 · 탄력 · 방습 등의

51

효과가 있다고 한다. 요즘에는 이러한 다다미를 엮는 데 사용하는 골풀을 이용해 여러 가지 제품들이 많이 나와 있는데, 베개나 방석, 돗자리는 물론이고, 쿠션이나 샌들에 이르기까지 그 종류도 매우 다양하다.

일본에서는 오늘날에도 방의 크기를 이야기할 때 다다미 4장 반이나 6장, 9장 등으로 표현한다. 다다미의 크기는 지방마다 다르고, 방의 크고 작음에 따라 약간씩의 차이는 있지만, 일반적으로 180×90㎝이다. 한 장의 무게는 대략 17~30㎏이며, 두께는 4.5~6㎝인데, 무겁고 두꺼울수록 상등품이다. 잘만 사용하면 20년에서 40년 정도까지도 사용할 수 있고, 수명이 다한 다다미는 짚과 골풀 등 천연소재로 만들어져 있는 만큼, 분해하여 비료나 사료로서 이용한다고 하니, 정말 환경친화적이면서도 매우 경제적으로 일본인들이 애용할만한 충분한 가치가 있을 것 같다. 물론 몇 년에 한 번씩은 개보수를 해야 하는 번거로움은 있다.

근대 문학가인 마사오카 시키(正岡子規, 1867~1902)는 다다미를 소재로 하여 다음과 같은 단가(短歌: 일본의 정통시가인 와카의 한 형태로 5·7·5·7·7조 31자로 된 정형시)를 짓기도 했다.

瓶にさす藤の花ぶさみじかければたたみの上にとどかざりけり

꽃병에 꽂은 등나무 꽃송이가 너무 짧아서 방바닥 다다미에 닿지 못하는구나

10. 새 교육개혁으로 일본인의
영어실력이 향상된다?

【李左知子(이사치코)】

　　새 교육개혁을 알아보기 전에 현재 일본의 교육제도와 교육제도가
가진 특징에 대해서 알아보고자 한다.

　　일본의 교육제도는 한국과 마찬가지로 초등학교 6년, 중학교 3년,
고등학교 3년, 대학교 4년을 기본으로 구성되어 있다. 초등학교 6년
과 중학교 3년을 합친 9년은 의무교육이다. 따라서 이 9년 기간 동안
의 취학률은 100%이다. 고등학교의 진학률 또한 98% 이상의 높은 수
치를 보인다. 특별히 정시제고교(定時制高校)라고 하여 고등학교를 4년
다니는 경우가 있지만, 이는 야간에 고등학교를 통학하기 때문이다.
그리고 일본의 대학교 진학률은 약 54%이다.〈2019년 조사〉

　　또한 우리나라의 2년제 대학에 해당하는 단기대학(短期大学)-보통
2년이지만 3년의 경우도 있음-이 있다. 이 외에도 학교 교육법으로 제정
된 교육시설로서 직업이나 실생활에 필요한 능력을 육성하기 위한 디
자인, 요리, 게임 등 기능 습득을 목적으로 설립된 전문학교(專門学校)
가 있는데, 보통 주 5일제이며 수업은 1~3년이다. 유명한 전문학교는

입학할 때 시험을 치르는 곳도 있으며, 대학과는 다르게 단기간에 전문적인 기술을 익힐 수 있어 고등학교를 졸업한 뒤 대학 진학을 하지 않고 입학하는 학생들도 적지 않다.

일본의 대학수는 총 781개이다. 그들은 국립대학 82개, 공립대학(지방공동단체가 운영함) 91개, 사립대학 592개, 문부과학상(한국의 교육부) 소관 외의 대학에 학사 학위를 받을 수 있는 곳 7개, 전문직대학으로 공립 1개·사립 8개 등이다.〈2020.4.1. 旺文社. 교육정보센터〉

대학입시에 있어서 진학률이나 대학교의 수를 살펴보면, 일본의 일부 유명대학을 제외하면 대학입시는 한국만큼 경쟁률이 치열하지 않다. 국공립대학 1곳과 사립대학을 응시할 경우 수험 날짜가 서로 겹치지 않는다면, 제한없이 자유롭게 응시할 수 있다. 시험문제는 국공립대학의 경우 전국적으로 같지만, 사립대학은 대학별로 시험문제나 경향이 조금씩 다르다. 그래서 입시 기간이 다가오면 서점에는 수험서 코너가 별도로 마련되고, 각 대학의 입시 기출문제집으로 가득 채워진다.

특히 한국과 일본의 교육과정에 있어서 큰 차이는 일본은 일부 유명 사학의 경우 유치원에서 대학까지 학교가 있는데, 일단 해당 유치원에 입학 후 각 초·중·고교의 규정에 맞는 성적을 따내면 대학교까지 무리 없이 진학할 수 있다는 점이다. 이런 일본 교육의 특징을 '에스컬레이터식 진학'이라고 부른다. 그래서 일본은 일부 유명한 사학의 유치원의 입학이 치열해서 과거 큰 사건이 일어난 것도 사실이다.

또한 일본 학교의 입학식은 대개 4월이고, 졸업식은 3월에 시행되며 봄과 여름, 겨울방학이 있다. 초등부터 고등학교의 방학시기와 기간은 지역별 기후에 따라 다소 차이가 있지만, 봄방학은 2주일, 여름과 겨울방학은 2~3주일 정도이다. 대학의 경우 여름방학이 2개월 정도로 가장 길고, 봄 방학은 1개월이며, 겨울방학은 2주일 정도로 비교적 짧다. 이러한 6·3·3·4제의 교육제도나 초등학교, 중학교의 의무 교육정책은 1947년 이래 큰 변화 없이 현재까지 이어지고 있다.

일본은 오랫동안 '주입식 교육'을 실시했으나, 1980년부터는 '여유있는(유토리) 교육'으로 변화를 시도했다. 하지만 '이지매'라 불리는 집단 괴롭힘이나 등교 거부사태, 학생들의 학력 저하 등의 문제점이 드러났다. 그래서 일본의 문부과학상(한국의 교육부에 해당)은 2020년 4월부터 일본의 학교 교육을 크게 개혁하게 되었다. 이전 수험 전쟁 시절의 '주입식 교육'에서 '사회나 시대의 변화에 대한 대응'을 주로 한 실천적인 교육이 대표가 된다. 즉 세계의 트렌드나 정세로 인해 끊임없이 변화하는 사회상황에 대응할 수 있는 힘을 가진 인재를 육성하는 것이 목표이다.

2020년도에 시행한 교육개혁은 주로 '신학습지도 요령의 도입'과 '대학 입시 개혁', '영어개혁' 등 3개 부분으로 나누어진다. '학습지도요령'이란 문부과학성(한국의 교육부)이 정한 교과과정으로 전국이 어느 정도 비슷한 수준의 교육을 제공하기 위해 시간표나 교과서의 내용을 규정한 것이다. 이 학습지도요령은 10년마다 개정되는데, 2020년도는 초등학교, 2021년도는 중학교, 2022년도에는 고등학교가 적용된다. 이 학습지도요령이 도입되면 학교 교육의 내용이 바뀌는데, 그 목적은 다음의 3가지이다.

1. 배운 것을 인생이나 사회에 활용하는 배우려는 힘, 인간성 등
2. 실제 사회나 생활에서 활용하는 지식 및 기능
3. 미지의 상황에도 대응할 수 있는 사고력, 판단력, 표현력 등

지금까지의 교육은 지식기능을 확실히 습득하고 있는가를 평가하는 것이었다. 그러나 앞으로는 지식기능을 습득한 후, 그것을 사회에서 어떻게 유용하게 쓸 수 있는지 스스로 생각하고 표현하고 판단하는 것이 요구된다. 이를 위해 주체적이고 대외적인 깊이 있는 배움(액티브 러닝)을 실시한다.

대학입시 개혁에 대해서는 공통시험과 개별대학의 시험이 각각 크게 바뀐다.

◇대학입학 공통시험

1. '기술 문제'의 도입(마크 시트식에서 기술문제로 변함)

국어는 2020년도부터 도입, 지리 · 공민(지리 · 일본어사 · 세계사 · 정치 · 경제 등에서 선택)은 2024년도부터 도입 예정.

2. 영어 4기능(듣기 · 읽기 · 말하기 · 쓰기) 평가에 민간 자격 검정 시험 활용.(2021년부터 예정)

◇개별 대학입시 (사립대학 입시)

1. 다면적 · 종합적 평가의 도입

   각 대학의 일반선별에 있어서 지망이유서 · 소논문 · 면접이 필요에 따라
   부과되며 학교 추천형 선발, 종합형 선발에서도 학력평가가 중시된다.

2. 조사서=학교활동

   학교성적이나 과외할동(동아리 활동 · 위원회 · 봉사 · 자격 · 검정 등)을 기재
   한 조사서가 입학 형태를 불문하고 필요하게 된다.

3. 어드미션 정책이 입시 내용, 입시 방침에 반영

   어드미션 폴리시란 대학이 설정한 '입시자 승낙 방침'이다. 지망대의 어드
   미션 폴리시를 고려한 다음 고교시절에 다양한 경험을 쌓을 필요가 있다.

그리고 영어개혁에 있어서도 크게 4가지가 바뀌게 된다.

1. 초등학교 3 · 4학년에서 외국어 활동을 개시

   영어 발음과 리듬에 익숙해지는 것과 언어로서의 여러 가지의 재미를
   깨닫는 것을 목적으로 한다.

2. 초등학교 5 · 6학년에서 '영어 수업'의 도입

   연간 수업시간은 70시간으로 활자체의 대문자나 소문자, 글 및 문장구
   조의 일부를 이해하는 것을 목적으로 하고 있다. '외국어 활동'과 다른
   교과이기 때문에 성적평가가 있다.

3. 중 · 고등학교의 영어 수업을 영어로 진행하는 것을 기본

   고등학교에서는 '논리 · 표현' 과목이 신설되어 스피치, 프레젠테이션,
   토론 등을 한다.

4. 대학입시 공통 고사에서 '4기능 평가' 도입

기존의 센터시험에서(한국의 수능시험)는 읽기 · 쓰기 등 두 가지 기능을 평가하는 것이었지만 2021년부터는 민간자격시험 · 검정고사를 활용하여 듣기 · 읽기 · 말하기 · 쓰기 등 총 네 가지 기능이 종합적으로 평가된다.

지금까지 세계적으로 봐도 일본인의 외국어에 관한 대응은 뒤처져 있었다. 그러나 이제 일본도 초등학생 단계부터 영어교육을 시작해서 세계화를 진행하고, 사회에서도 실제 사용할 수 있는 영어 실력의 습득, 즉 실천적인 영어개혁을 추진하려고 하는 것이다.

한국에서는 일본보다 훨씬 빠르게 1997년부터 초등학교 3학년부터 영어 과목이 필수 과목이 되었다. 현재 초등학교 3 · 4학년에서는 주당 1시간(연 34시간), 제5 · 6학년에서는 주당 2시간(연 68시간)이 영어 학습을 실시하고 있다.

일본도 이러한 영어개혁이 성공한다면, 과거에는 영어를 잘 못하는 일본인에서 영어를 잘 구사할 수 있는 일본인으로 변화할 수 있을 것이다.

11. 왕따의 원조 이지메

【박용구】

일본에서는 이미 그 폐해가 절정에 달했던 1990년대 중반 무렵부터 우리나라에서 심각한 사회문제로 표면화하기 시작한 이지메(いじめ). 그러자 이를 우리말로 뭐라 불러야 할지 논란이 일었다.

세인의 관심을 끈 말 가운데 하나로 '가마리'란 말이 있었다. '가마리'란 '늘 욕을 먹거나, 매를 맞거나, 걱정거리가 되는 사람'을 일컫는 말이다. 의미상 이지메와 상통하는 부분이 많으나 엄밀히 말해 가마리란 '이지메를 당하는 사람'이라는 의미로 이에 해당하는 일본어로 '이지메라렛코'(いじめられっ子)란 단어가 있다. 게다가 가마리란 말은 '욕가마리, 맷가마리, 근심가마리' 등 접미어로 쓰인다는 점에서도 차이가 있어 이지메의 역어(訳語)로 정착되지 못했다.

이지메란 '괴롭히다, 따돌리다, 학대하다, 못살게 굴다' 등에 해당하는 '이지메루'(いじめる)의 명사형이다. 대부분의 이지메가 집단적으로 행해진다는 점이 반영되어 이지메의 역어로 '집단 따돌림, 집단 학대, 집단 괴롭힘'이란 말이 대중매체를 중심으로 사용되기 시작했다.

이런 말들은 가마리라는 말보다 이지메 현상을 무난히 설명하고 있음에도 불구하고, 우리 사회에서 시민권을 얻는 데 실패하고 말았다.

우여곡절 끝에 이지메의 역어로 정착된 것은 의외로 '왕따'라는 신조어였다. 풀어 설명하자면 '엄청 심한 따돌림'이란 의미인데, 대부분의 따돌림이 집단적으로 이루어지고 있으므로 굳이 집단이란 말을 붙일 필요가 없었고, 당시 유행하던 '왕재수', '왕치사', '왕쪼잔' 등과 같이 젊은 세대가 즐기는 축약의 묘미가 더해져 정착된 듯하다. 또한 학대나 괴롭힘 대신 따돌림이 선택된 것은 '왕학'이나 '왕괴' 보다 '왕따'가 훨씬 경쾌한 리듬감을 살릴 수 있기 때문이었을 것이다.

결국 왕따란 말이 일반화되기는 했지만 일상생활에서 다반사로 행해지고 있는 따돌림에 대해 어디까지가 단순 따돌림이고, 또 어디까지를 왕따로 간주해야 할까? 실태 파악에 나선 일본의 문부과학성은 다음과 같은 이지메 판별의 가이드라인을 제시했다.

1. 자기보다 약한 자에게 일방적으로 대하는 경우
2. 신체적, 심리적 공격을 계속적으로 가할 때
3. 당하는 자가 심각한 고통을 느끼는 행위로서, 발생 장소는 학내외를 불문한다

당하는 사람이 느끼지 못하면 이지메가 아니라는 논리에는 수긍하기 어려운 점도 있지만, 이지메가 주로 어린 학생들 사이에서 약자를 대상으로 행해지는 일방적이고도 계속적인 가학행위란 점에는 이의가 없다.

위의 기준을 바탕으로 이루어진 문부과학성의 조사에 따르면 이지메의 발생건수는 1995년에 60,096건으로 절정에 달했다가, 2001년에는 25,037건으로 현저히 줄어들었다. 또한 이지메

일본에서 왕따는 신가한 사회 문제이다

대상의 연령층을 살펴보면 중학교 16,635건, 소학교 6,206건, 고등학교 2,119건의 순으로 단연 중학교에서 많이 일어나고 있다.

그러나 건수는 줄어들고 있지만 이지메의 양상은 더욱 심각해지고 있다. 예전에는 일부에 의해 행해진 행위지만 갈수록 평범한 아이들도 가해자로서 이지메의 주체가 되고 있는 것이다. 누구나 나쁘다고 생각하면서도 자신이 피해자가 되는 것이 두려워 가해자에게 합세하거나, 방관하는 경우가 늘어나는 이지메의 구조화도 진행되고 있다. 뿐만 아니라 갈수록 수법이 교묘하고 잔인해져 대책을 마련한다는 자체가 점점 어려워지고 있다.

이지메를 당하는 학생들의 특징을 분석해보면 크게 4가지 유형으로 나타난다. 우선은 얌전하고 말없고 순하고 어두운 학생을 대상으로 이루어지는 '약자형 이지메'가 눈에 띈다. 다음으로 고지식함, 건방진 말투, 거만함, 성격 이상에 가해지는 '거슬림형 이지메', 열등생, 지진아, 불결, 빈궁을 대상으로 삼는 '열등형 이지메', 그리고 신체적 결함,

이상한 외모, 꿈뜨는 행동에 가하는 '핸디캡형 이지메'도 존재한다.

더럽다거나, 냄새가 난다고 구박하거나, 돼지나 꿈뱅이 등 싫어하는 별명을 부르는 것처럼 말로서 상대를 비웃는 것은 가장 흔히 볼 수 있는 이지메의 하나이다. 그 밖에 무시하기, 소외시키기, 심리적 압박 가하기, 물건 감추기, 낙서하기, 훔치기, 금품 강요, 변기 핥기, 중고품 강매 등 상대가 싫어하는 짓을 하거나 시키기도 한다. 나아가 이보다 더욱 잔인하게 계란 던지기, 걷어차기, 바지 벗기기, 머리 자르기 등 신체에 직접 공격을 가하는 경우도 있다.

예를 들면 '양파놀이'라는 이지메가 있는데, 여럿이서 한 여학생의 치마를 밑에서 걷어올려 머리 위에서 줄로 묶어 아무 것도 보지 못하고 어떤 행동도 하지 못하도록 만든 후, '어! 오늘은 하얀 팬티를 입었네. 한 번 벗겨볼까?' 하고 이지메를 가하는 것이다.

이지메를 당한 어린이는 두통이나 복통 등을 핑계로 등교를 거부한다. 학습의욕 저하 및 성적이 떨어졌거나, 교과서나 공책에 낙서가 되어 있거나, 엉뚱한 사람에게 화를 내거나 흠칫거리거나 하는 행위 모두 이지메를 당하고 있다는 증세일 수 있다. 또한 흔히 가정에서 볼 수 있는 증세로는 친구나 학교에 관해 얘기하기 싫어하며, 친한 친구가 놀러 오지 않고, 못 보던 친구가 집에 자주 찾아오며, 수상한 전화가 자주 걸려오고, 이유 없는 멍이나 상처가 보이는 경우 등을 꼽을 수 있다.

정보화시대의 흐름을 좇아 아이들의 놀이도 옥외에서 옥내로, 집단에서 개인으로 바뀌면서 초래되는 또래집단의 붕괴는 이지메의 발생 가능성을 높여주는 사회현상이다. 여기에 덧붙여 유독 일본사회에서 이지메가 더욱 심각한 양상을 띠는 이유로서는 '다른 사람에게 폐만 끼치지 않으면 된다'는 교육관, '간섭받고 싶지 않기 때문에 간섭하지 않는다'는 생각을 꼽을 수 있을 것이다. 또한 '모두가 같지 않으면 안심할 수 없다'는 사고로 연약한 자아집단을 만들어내는 일본사회의 분위기도 한몫 거들고 있다.

한편 문부성의 조사 결과를 살펴보면 이지메가 근절되지 않는 보다 직접적인 원인을 찾아볼 수 있다. 이지메를 목격한 학생의 대응방식이 '이지메에 합류한다', '끝난 후에 위로한다', '말린다', '부모 또는 교사에게 알린다'의 순으로 조사되었는데, 그렇다면 이지메를 목격한 아이들이 당한 아이에 대해 관심이 없다기보다는 '편을 잘못 들었다가 나도 당하지 않을까?' 또는 '언젠가 나도 보복의 대상이 되지 않을까?'라는 두려움이 앞서기 때문에 현실적으로 말리지 못한다는 것이다.

이지메는 그 자체로도 문제지만 단순한 따돌림으로 끝나는 것이 아니라, 등교거부, 비행(非行), 정신장애, 자살 등으로 발전할 수 있으므로 더욱 심각한 사회문제가 되고 있다. 지금 일본에서는 직원회의 등을 통한 문제의 공유, 적극적인 학급활동 지도, 교육상담 체제의 정비 등 구조적 대책을 통해 이지메 억제에 상당한 효과를 거두고 있다. 그러나 이처럼 그릇된 현상을 막기 위해서는 폐쇄적이고 단절되어가는 인간관계를 회복하고, 서로의 다양성을 존중하는 사회풍토를 조성하는 것이 무엇보다 중요하다고 하겠다.

12. 오타쿠와 매니아, 무엇이 다른가?

【츠자키코이치】

'오타쿠'란 원래 SF팬들이 서로를 부르던 2인칭대명사로서, 1983년 어떤 컬럼니스트가 만화나 애니메이션 또는 SF의 광적(狂的)인 팬을 지칭하여 사용한 것에서 비롯되었다고 한다. 어떤 특징 분야에 대해서는 대단히 많이 알고 있으나, 타인과의 커뮤니케이션이 제대로 이루어지지 못하고, 사회 상식과는 동떨어진 사람을 가리키는 말로 그다지 좋지는 않은 이미지를 가졌다고 할 수 있다.

언뜻 생각하기에는 매니아와 비슷한 듯한데, 과연 어떤 차이가 있는지 궁금하다. 그 궁금증을 풀기 위해 문춘문고(文春文庫) 「오타쿠의 마요이미치」에 실린 자칭 오타쿠 오카다 도시오의 말을 들어 보자.

"일반적인 사람들은 그저 단순히 만화영화나 특수촬영을 한 영화 또는 게임을 좋아하는 사람을 오타쿠라고 생각하는 것 같습니다. 하지만 그런 것들을 좋아한다는 것만으로는 오타쿠라고 할 수는 없어요. 그런 사람은 단순히 팬이죠.

팬이 오타쿠가 되기 위해서는 천문학적인 경제력, 시간, 정성스런 투자가 필요합니다. 예를 들어 A라는 애니메이션이 좋아서 매주 TV를 본다고 해도 그 행위는 팬의 행위에 지나지 않을 뿐이죠. 전 시리즈를 녹화하거나 그것도 CM을 빼고서 말예요. 또 삽입곡의 CD를 사거나, 애니메이션 잡지에 실린 관련기사를 전부 외운다거나 관련상품을 사 모으기 시작한다면, 오타쿠로의 첫걸음을 내딛었다고 할 수 있겠죠.

단 여기서 한 걸음 잘못 내딛으면 단순한 콜렉터나 매니아가 되고 맙니다. 즉 A의 유사작품과 비교하기 시작하거나 제작 스태프의 이름을 체크하기 시작하면, 비로소 오타쿠로서의 길을 바로 간다고 할 수 있는 것이죠. 그리고 그 사람의 머릿속 지식이 숙성하여, 친구들에게 자기 나름의 애니메이션론, 연출론을 말하기 시작한다면, 오타쿠로서의 첫 걸음마를 했다고 할 수 있는 것이죠. 비록 그의 이론이 유치하고, 어디서 많이 들은 것 같다고 해도, 지금까지의 보고 즐기기만 하던 행위, 수집하거나 연구하는 그 자체만의 행위와는 분명히 다른 행위이거든요.

그리고 그 사람이 다른 사람을 감탄시키려는 이유만으로 사람들이 잘 보지 않는 TV프로를 체크하기 시작하거나, 연구를 위해 해외로 취재 여행을 간다거나, A의 패러디만화나 A론(論)을 동호회지에 쓰기 시작하면, 오타쿠로서 훌륭하게 성장하기 시작했다고 할 수 있지요. 결코 재능만으로는 오타쿠가 될 수 없습니다. 노력과 정진(精進)이 오타쿠의 문을 여는 열쇠라고 할 수 있겠죠."

원래 '오타쿠'라는 말은 일부의 젊은이를 가리키는 어두운 이미지를 가지고 있었으나 이 말이 쓰여지기 시작한지 10년 이상이 지난 지금은 완전히 일반적인 말이 되었다. 이 변화의 배경에는 프리큐라 등의 유행으로 가상을 현실처럼 산다거나, 현실에 가상을 섞는 삶의 방법이 세대를 넘어 확장된 데 있다고 한다.

오타쿠는 '건담 오타쿠', '스타트랙 오타쿠', '썬더버드 오타쿠', '울트라맨 오타쿠', '고지라 오타쿠' 등 여러 가지가 있는데, 그 가운데 대표적인 두 가지를 살펴보도록 하자.

건담 오타쿠

「기동전사(機動戰士) 건담」은 많은 팬을 확보한 일본 애니메이션으로 시리즈도 여러 가지가 있는데, 각 시리즈에 등장하는 기체명으로 모빌 슈트명, 기체번호 등을 잘 아는 어린이들도 있을 것이다. 그러나 이 단계에서는 아직 팬이고, 오타쿠는 아니다.

오타쿠가 되기 위해서는 예를 들어, 1986년 방영된 기동전사 Z건담 시리즈에서 우주력 ○○년에 ○○전쟁이 일어났고, MSZ-006 제타 건담 등이 사용되었으며, 전투는 어떤 식으로 추이되며, 다른 시리즈에서 그려지는 스토리와의 관련성 등을 논하는 정도가 되지 않으면 안 된다고 한다.

울트라맨 오타쿠

울트라맨은 나쁜 괴물이나 지구를 침략하는 우주인을 퇴치하기 위해서 빛의 나라에서 지구로 온 정의의 용사이다. 1966년에 처음으로

TV로 방영되어 높은 인기를 얻었으며, 현재의 「울트라맨 코스모스」까지 많은 TV시리즈가 제작되었고, 또한 영화화되기도 했다.

지금까지의 TV시리즈 및 영화에 등장한 울트라맨은 총 29명으로 이들에게는 각각의 이름이 있다. 첫 번째는 당연히 '울트라맨', 두 번째가 '울트라 세븐', 가장 새로운 울트라맨이 '울트라맨 저스티스'인 것처럼. 오타쿠가 아닌 일반인들도 울트라맨의 이름이 다르다는 사실을 알고 있다.

그러나 대개 「울트라맨 코스모스」라는 영화를 그냥 '울트라맨 영화'라고 말한다. 즉 상품명 가운데 하나인 '워크맨'이라고 함으로써 휴대용 테이프레코더 전체를 지칭하듯, '울트라맨'이란 이름으로 다른 28명을 묶어버리는 것이다.

'울트라맨 오타쿠'는 절대로 이렇게 하지 않는다. 한 사람 한 사람의 이름을 소중하게 여긴다. 또한 29명 중에는 서로 형제인 경우도 있고, 부자 관계도 있는 만큼, 이들의 가계를 훤히 꿰고 있다. 더욱이 각 시리즈에 등장하는 괴물, 우주인, 방영연도 등 마스터해야 할 것은 끝이 없다.

일본의 애니메이션은 아시아를 비롯한 구미에서도 TV로 방영되어 인기가 높다. 일본이 아닌 다른 나라 역시 예외는 아니어서, 오타쿠가 생기고 있다. 앞서 언급한 오타쿠 오카다는 미국에서 개최된 '세계 오타쿠 모임'을 소개하면서 미국의 오타쿠들은 편집된 애니메이션을 거부하고 오리지널판을 보기 위해 일본어를 공부한다고 전한다.

우리나라에서도 젊은 학생들 가운데는 일본의 만화나 애니메이션을 보기 위해서 일본어를 배운다는 이들이 종종 있다. 오늘날 우리나라에도 오타쿠가 늘어나고 있는 듯하다.

13. 우리들은 프리터 세대

【박유자】

요즘 일본에서는 심심치 않게 '프리터 세대'라는 말을 들을 수 있다. 영어의 '프리'(free)와 독일어 '아르바이터'(arbeiter)를 합쳐서 만든 이 말은, 정규직에 종사하지 않고 자신이 필요할 때 일을 하는 사람을 일컫는데, 프리랜서(freelancer)와 비슷한 개념이라고 생각하면 된다. 물론 우리나라에도 유사한 형태로 생계를 유지하는 사람들이 있지만, 유독 요즘 일본에서 이 말이 도마 위에 오르는 것은 그 수가 점점 증가하고 있고, 더군다나 그런 형태의 라이프 스타일을 선호하는 사람들이 주로 10대에서 30대의 젊은 세대에 많다는 점 때문이다.

근대 일본에 있어서 사회를 형성하고 눈부신 경제발전을 가져다 준 요인 중의 하나가 '평생직장'이라는 개념이다. 병역제도가 없는 일본의 경우 남자들은 대학이나 고등학교 졸업 후 바로 기업에 입사해서 평생을 바쳐서 일했고, 회사는 정년의 보장과 안정된 생활을 약속해왔다.

그러나 1990년대 초반부터 닥친 불경기의 찬바람은 지금까지 일본의 산업 기반을 지탱해왔던 이 평생직장이라는 개념을 근간부터 흔들게 되었다. 따라서 그때 유년시절을 보낸, 소위 말하는 버블경제 붕괴 이후의 젊은 세대들은 명예나 출세보다는 인생을 편하고 즐겁게 지내고 싶다는 심적 변화를 일으켰다. 옛날처럼 좋은 기업에 취직하기 위해 명문대학에 입학하고, 회사에 들어가서도 치열한 경쟁에서 살아남기 위해 자신의 모든 것을 희생하는 생활을 원하지 않는 것이다.

사실 버블경제가 붕괴된 이후, 기업들도 정규직 고용을 기피하고 필요할 때마다 한시적으로 노동력을 구해 쓰고자 하는 경향이 많아진 때문에, 취업정보지를 살펴보아도 온통 임시직 구인광고뿐이다. 이같은 사회풍토 속에서 자란 세대의 유형을 구체적인 예를 들어 살펴보기로 하자.

도쿄(東京)에 사는 24세의 청년 가토(加藤)는 흔히 말하는 게으름뱅이는 아니다. 그는 날씨가 좋으면 오모테산도(表參道)라는 번화가에 나가서 티셔츠를 판다. 매상이 많은 날의 수입은 1만 5000엔에서 2만엔 정도로, 그에게는 꽤 괜찮은 수입이다. 왜냐하면 일반 음식점이나 편의점에서 아르바이트를 하면 시급이 1100엔 정도인 때문이다. 그가 돈을 버는 이유는 세계 배낭여행에 필요한 경비를 마련하기 위한 것이다. 자신의 장래에 대해 진지하게 생각해야겠다는 마음은 있지만, 아직까지는 그런 대로 생활에 만족한다고 말한다.

30세의 청년 노자키(野崎)의 경우도 이와 비슷하다. 그는 매일 아침 일찍 일어나서 콩나물시루 같은 전철을 타고 출근해서 온종일 일하고, 상사의 비위를 맞추기 위해 야근이나 술자리도 함께 해야 하는 자유롭지 못한 샐러리맨 생활은 도저히 할 수가 없다고 말한다.

최근 몇 년 동안 일본의 기업들은 생산 부분의 해외 이전을 추진하는 반면, 퇴직자의 보충을 자제해왔다. 일자리가 줄어드는 것은 당연하며, 그나마 고용이 늘고 있는 분야는 서비스업종 정도로 외식산업이나 양판점은 연중 파트타임 사원을 채용하고 있다. 또한 구직난도 심각해서 대학 졸업 후에 정사원으로 입사하기가 너무 어려운 데다가, 운 좋게 취직이 되었다 하더라도 30% 이상이 3년 내에 이직을 한다.

　　통계에 의하면 일본의 프리터 인구는 대략 138만 명(2019)이며, 프리터가 된지 3년 남짓한 사람이 많고 월평균 수입은 약 20만 엔(2020), 그중 61%가 부모와 함께 살고 있다. 이러한 형태의 라이프스타일은 예전에는 도저히 상상할 수 없었던 새로운 사회풍조이다.

　　1960년대부터 버블경제가 붕괴한 1992년까지는 고졸이든 대졸이든 고용수요가 공급을 웃돌고 있었다. 대기업들도 일류대학을 졸업한 학생을 적극적으로 채용하고 있었고, 제조업은 공장이나 영업의 최전선에서 일하는 고졸자들을 고용했다. 그러나 아베노믹스의 영향으로 2012년부터 2019년까지 고용자 수가 499만 명 증가했다. 2007년 이후 감소했던 정규직이 2015년 증가세로 돌아섰고, 2019년에는 18년 만에 높은 수준을 나타냈다. 또 비정규직이 2019년 현재, 236만 명으로 집계되기 시작한 2013년에 비해 105만 명 감소했다. 하지만 여전히 프리터를 포함한 비정규 고용이 많다.

　　사실 프리터라는 말이 등장하기 시작한 무렵에는, 문학이나 음악 같은 예술 세계를 꿈꾸는 젊은이들이 생계를 유지하기 위해 시간제 노동에 종사한다는 의미가 짙었다. 현재 일본의 프리터를 유형별로 나눈다면 다음과 같이 3가지 유형으로 나눌 수 있다.

첫째는 명확한 목적의식을 가지고 일하는 사람, 둘째는 정규직원이 되고 싶지만 여의치 않아 이직한 형태의 사람, 셋째는 자신이 하고 싶은 일을 찾을 때까지 자유롭게 일하는 사람들이다. 우리나라 일간지에도 요즘 이런 기사가 다루어지고 있기는 하지만, 우리나라의 경우는 아직까지는 둘째 유형에 해당되는 경우가 대부분이다. 그러나 요즘 일본에서 급증하고 있는 것은 바로 이 셋째 유형에 해당되는 집단이다. 이 경우에는 남들이 부러워하는 번듯한 회사에 취직이 되었는데도 갑자기 사표를 내고 회사를 떠나는 쿨(cool)한 젊은이들도 늘고 있다.

평범한 여사원이 갑자기 따분한 회사생활을 그만두고 자신이 가고 싶은 나라로 훌쩍 떠나버리는 경우도 있다. 도쿄에 사는 30세의 평범한 여사원이었던 가와세(川瀬)의 경우도 단순히 인도에 여행하고 싶다는 이유로 그동안 다녔던 카메라 회사를 그만두었다. 그녀는 회사생활 자체가 스트레스의 연속이며, 가벼운 우울증세까지 있었다고 한다. 그래서 앞으로는 자신이 좋아하는 사진으로 생계를 유지하고 싶다고 말한다. 이러한 젊은이들의 특징은 집단에 얽매이는 것을 싫어하고 자신이 원하는 대로 편하고 자유롭게 주변의 눈을 의식하지 않고 살고 싶어 한다는 점이 공통적이다. 따라서 취직을 기피하는 젊은이 중에는 염색한 머리나 귀걸이, 그리고 자신이 좋아하는 옷을 마음대로 입을 수 없다는 이유로 취직을 안 한다는 사람도 있다.

이런 현상은 앞에서 말한 바와 같이 명예나 일류기업의 직함보다는 단 한 번뿐인 자신의 인생을 소중히 여기고 마음대로 살고 싶다는 가치관이 퍼지고 있는 데서 비롯된다. 쉽게 말하면 지금까지처럼 틀에 박힌 생활 자체를 거부하는 것이다.

이러한 세대를 바라보는 시선은 여러 가지가 있다. 사회의 근간을 흔든다며 걱정하는 기성세대들도 있지만, 한편으로는 이러한 세태를 긍정적으로 보는 시각도 있다. 시간적으로 여유가 있는 그들은 생각하는 시간이 많고, 그들이 좋아하는 일에 몰두하며 공부하고 경험을 쌓을 수 있다. 특히 창조적인 발상이 요구되는 소프트웨어와 같은 업종에서는 이러한 젊은이들의 활약이 눈에 띄기도 한다. 따라서 이들의 잠재적 능력이 앞으로의 일본의 발전에 중요한 역할을 한다는 의견도 있다.

찬반 양론이 있지만 분명한 것은 일본사회가 변하고 있다는 점이다. 앞에서 말한 가와세라는 젊은 여성이 인도로 가고 싶어하는 것도 다름 아닌 '진짜 카레를 먹고 싶다'는 이유라고 한다. 과연 우리나라의 젊은이들도 이런 목적을 위해 과감하게 다니던 회사를 그만둘 수 있는 용기(?)가 있는지 되묻고 싶어진다.

14. 기생충 생활을 하는 패러사이트족

【박유자】

요즘 일본인들이 변했다고 한다. 구조조정이나 회사의 부도, 세계 경제의 변화에 떠밀려서 봉건적인 샐러리맨 문화가 붕괴 위험에 놓여 있는 것은 사실이다. 하지만 이와는 반대로 새로운 자기주장의 정신이 퍼져나가고 있다. 다른 사람들의 눈을 의식하지 않고, 자신이 원하는 인생을 살고자 하는 움직임이다. '타인에게 폐를 끼치지 않고, 남부끄 럽게 보일 만한 행동을 하지 않는다'는 정신은 일본사회에서 매우 중요 한 덕목으로 여겨져 왔다. 그러나 이러한 정신은 점점 약해지고, 반대 로 자신만을 생각하는 개인주의가 팽배해져가고 있다.

가족형태도 많이 달라졌다. 사회 진출에 박차를 가한 여성들은 20대 후반을 넘어 30대가 되어도 결혼하려고 하지 않는다. 이혼율도 최근에는 감소하고 있으나 2000년대 초까지만 해도 10년에 걸쳐 50% 이상 증가했고, 출산율도 현재는 회복세를 보이고 있으나 2005년까지 는 1.26을 기록했다. 요즘 일본에서는 남자들이 결혼하기 힘들어졌다 고 말하는데, 여성들의 경제활동이 증가되면서 결혼보다는 일을 택하는 능력 있는 여성들이 늘고 있기 때문이다. 이런 여성들은 결혼이라는 것에 큰 의미를 두지 않는다.

그런데 혼자 사는 사람들이 늘어가는 추세 속에서도 지금까지와는 다른 변화가 일어나고 있다. 그것이 바로 '패러사이트 싱글'(parasite single)이라는 말로 표현되는 패러사이트족(族)의 등장이다. 패러사이트란 영어의 뜻 그대로 기생충을 가리킨다. 즉 독립하지 않고 언제까지나 부모 곁에 머물고 싶어하는 젊은이들을 기생충에 빗대어 부르는 것이다.

한때는 대부분의 젊은이들이 부모의 간섭에서 벗어나 자유로운 생활을 동경하고, 또 그런 생활을 위해 열심히 일을 하여 스스로 독립해서 살고자 했다. 그러나 요즘 젊은이들은 고생하는 것보다는 아직까지 자신이 도움을 받을 수 있는 부모 곁에서 편하게 살고 싶어한다.

이러한 젊은이들이 늘어난 배경에는, 옛날과 달리 자녀를 많이 두지 않는 지금의 40~50대 부모가 자식을 곁에 두고 싶어한다는 점도 있지만, 그보다는 부모 밑에서 누릴 수 있는 편안함과 안락함을 떠나려고 하지 않는 젊은이들이 많다는 데 비중을 두어야 할 것이다. 대개 '피터팬 증후군' 경향의 이들은 독립을 하면 식사, 청소, 빨래에 이르기까지 모든 일은 자신의 몫으로 돌아오지만, 부모와 함께 살면 이같은 걱정을 할 필요가 없다는 점을 좋아한다. 그리고 무엇보다 장점은 경제적 부담을 크게 덜 수가 있는 만큼 자신이 쓸 수 있는 돈이 많아진다는 것이다. 패러사이트 싱글의 특징은 정상적인 직장생활을 하지 않고, 자신이 원할 때 원하는 일을 하는 프리터 생활을 하는 경우가 많다.

패러사이트 싱글의 등장은 일본 경제를 무너뜨리고 일본사회의 활력 소생에 찬물을 끼얹는다고 생각하는 사람들이 많다. 부모의 도움을 받으면서, 자신이 필요할 때만 일을 하고, 또 돈을 다 쓸 때까지 제멋대로 즐기는 생활을 하는 패러사이트 싱글들의 생활은 열심히 일하며 일본의 경제발전에 기여했던 기성세대의 눈에 정상적으로 비칠 수 없는 것이다.

패러사이트족이나 프리터족은 아침에 일찍 일어나 저녁까지 일한다는 일반적인 패턴이 아닌 경우가 대부분이다. 그들은 밤에 일어나 행동을 하는 소위 야행성(夜行性)인 경우가 많다. 그래서 새벽 늦은 시간에 편의점 등에서 배회하고 있는 젊은이들을 많이 볼 수 있다. 그들은 밤새도록 활동하고, 낮에는 잠을 잔다. 식생활도 불규칙해질 수밖에 없다. 이런 자녀들이 있는 부모들은 "무슨 일이든 상관없으니 제발 취직만 해주었으면 좋겠다"고 잔소리를 하지만, 그 또한 지금의 현실에서는 사치스러운 희망에 그칠 수밖에 없는 일이다.

패러사이트 싱글 중에서도 그나마 긍정적인 경우는, 대학을 졸업하고 취직을 못해 대학원으로 진학한 케이스다. 자신이 원하는 직장을 구하기 위해서는 다른 사람들보다 경쟁력이 있어야 하고, 취직이 어려운 현실에서 눈높이를 낮추어서 취직하는 것보다는 전문지식을 쌓기 위해 대학원 진학을 결정하는 것이다. 그들의 경우 대학원 학비 등도 부모의 도움을 받고, 자신은 용돈 정도를 마련하기 위해 손쉬운 아르바이트를 한다. 그러나 결국 그들도 부모님과 함께 살면서 비교적 편하게 학업을 하고자 하는 사람들이다.

최근에는 대학원 진학보다 회계사나 세무사 같은 자격증 취득을 목표로 하는 학생들도 급증하고 있다. 우리나라에서도 명문대 학생의 반 이상이 고시 준비를 하고 있다는 보도가 있지만, 역시 불경기 속에서 살아남을 수 있는 가장 확실한 길은 자격증을 따는 것일지도 모른다. 이러한 젊은이들이 늘어나는 현상은 경제불황이 10년 이상 계속되고 있는 현재 일본사회에서는 자연스러운 일일지도 모른다.

또 소비위축이 심각한 일본에서 가장 많은 소비를 하는 층도 바로 이들 10~20대이다. 이들은 생계 부담이 없는 만큼, 자신이 갖고 싶은 것을 손에 넣기 위해서만 일을 한다. 어떤 젊은이는 일정한 직업이 없는 데도 고급 외제차를 몰고 다니는데, 오직 자동차 유지에 필요한 만큼만 돈을 벌고, 나머지 시간은 그 차를 가꾸고 운전하며 돌아다니는 것을 인생의 목적으로 삼는다. 그들에게 노동이란 살기 위해서가 아니라 인생을 즐기기 위해서 하는 것일 뿐이며, 더욱 편한 삶을 즐기기 위해 부모에게 기생하면서 사는 것이다.

일본의 옛말 중에 '부모의 정강이를 갉아먹는다'라는 것이 있는데, 이 말은 독립하지 않고 경제적으로 부모의 도움을 받는 사람을 일컫는 말로 오늘날의 패러사이트족과 상통하는 의미이다. 이 표현을 빌면, 아마도 요즘 일본에는 정강이가 성치 않은 부모가 많으리라.

15. 폭력을 신조로 하는 야쿠자

【이창종】

　우리나라 영화나 드라마에도 가끔씩 등장하는 '야쿠자'라는 말은 원래 에도시대 도박의 일종인 산마이(三枚)에서 가장 나쁜 경우인 8(や), 9(く), 3(ざ)이 나왔을 때를 칭하는 말에서 '쓸모없는 사람'이나 '무뢰한', '불량배'의 뜻으로 쓰이게 된 것이다.

　야쿠자(やくざ) 혹은 고쿠도(極道) 등으로 불려지던 집단은 이미 에도시대부터 존재하고 있었고, 이들은 때로는 처지가 어려운 약한 사람들을 돕는다는 닌쿄(任俠) 단체나 또는 우익적인 정치단체를 표방하면서 독자적인 가치 및 행동규범이나 조직형태를 확립해왔다.

　오늘날 일본에서는 이들 집단을 폭력단이라고 규정하고 법적으로는 '구성원이 집단적 혹은 상습적으로 폭력적 불법행위를 행하거나 행할 우려가 있는 단체'라고 정의하고 있다. 폭력단은 나와바리(繩張り)라고 부르는 세력권에서 나오는 수익에 의해 조직을 유지하고 있는데, 이 같은 자금원이 되는 나와바리가 어느 한 지역뿐만 아니라 전국 각지에 있는 조직을 광역 폭력단이라고 한다. 일본의 대표적인 야쿠자 조직이

라고 할 수 있는 야마구치 구미(山口組)는 광역 폭력단으로 그 조직원수는 무려 3만 5천 명이나 된다고 한다.

야쿠자 조직은 오야붕(親分), 고붕(子分)이라는 상하 신분관계를 중심으로 구성되어 있다. 조직의 두목이

문신을 새긴 야쿠자들의 뒷모습

오야붕이고 부하가 고붕인데, 부하 중에서도 선배를 아니키(兄貴), 후배를 샤테이(舍弟)라고 하며, 오야붕의 선배격인 사람을 오지(伯父, 叔父)라고 한다. 그 밖에도 오야붕을 조장, 총장, 총재, 회장이라고 부르기도 하며, 고붕도 조직에서의 위치에 따라 이사, 전무, 간부, 와카카시라(若頭), 와카슈(若衆) 등으로 부르기도 한다. 그리고 규모가 큰 야쿠자 조직의 고붕은 하부조직의 오야붕으로서 고붕을 거느리기도 한다.

야쿠자들에게는 일반인들과는 다른 나름대로의 행동기준이 있다. 강력한 제재가 동반된 '오키테'(掟:규칙, 관례)라는 불문율로, 이를 둘러싼 갈등은 야쿠자를 다룬 영화에 자주 등장하는 테마이기도 하다. 야쿠자 사회에서는 오야붕의 명령이라면 옳고 그름을 따지지 말고 따라야 하는 것이 고붕의 사명이며, 평소의 마음가짐이어야 한다는 것이 오키테의 기본이다. 간단히 말하자면 오키테는 오야붕에 대해서는 무조건

적인 충성을 바치고, 조직의 동료에게는 의리를 지켜야 한다는 윤리관이라고 할 수 있다. 오키테를 지키지 않았을 때는 손가락을 자른다든가 하는 가혹한 제재를 받게 된다. 오키테는 조직을 유지하기 위한 집단생활의 관행에서 생겨난 일종의 신분법칙이라고 할 수 있는데 이와 같은 특수한 규범에 의해 지배되는 야쿠자 사회에서는 일반 사회와는 다른 독특한 행동양식인 '야쿠자 기질'이 존중받고 있는 것이다.

야쿠자 기질의 첫째 요소로 들 수 있는 것은 힘, 즉 폭력을 신조로 하고 있다는 점이다. 이 세계에서의 지위와 지배력을 결정하는 것은 결국 폭력이며, 그 폭발적인 행동만이 영웅시된다는 것이다. 폭력이야말로 그들의 신조이며 이것을 제외하고는 야쿠자 기질을 말할 수 없다고 해도 과언이 아니다.

둘째는 소위 오토코(男:사나이, 남자)라는 관념이다. 이것은 '사나이가 되자'(男になろう)라든가 '사나이답다'(男らしい)라는 말처럼 추상적이고 미화된 관념이긴 하지만, 야쿠자 사회에서는 '고소'(抗争)라고 하는 적대하는 상대방과의 싸움에서 도망친다든가 모욕을 당한 채 그대로 있다든가 하는 것은 '사나이가 체면을 잃는다'(男がすたる)고 해서 극도로 배격하고 있다.

셋째는 폭력과 관련된 공격성이다. 자신과 대립하는 것을 인정하지 않으려고 하는 공격적인 태도로서, 기존 세력에 대항해서 새로운 세력이 생겨나면 다시 신세력을 넘어뜨리려는 세력이 등장하는 것처럼 끊임없이 타세력을 배척하는 공격적인 속성이 있다.

넷째는 야쿠자의 일상생활에서 가장 중시되는 '가오'(顔:얼굴, 체면)

이다. 폭력단 사회에서 가오의 문제는 가장 중요한 생활기준이며 행동의 핵심을 이루고 있다. 따라서 서로 '유명해지기 위해'(顔を売ろう) 경쟁하고, '체면을 구기는 것'(顔がつぶれる)을 최대의 굴욕으로 생각한다. 결국 가오는 야쿠자의 위신을 나타내는 것으로서 '체면을 구기는 것'(面子をつぶす)이나 '얼굴에 먹칠을 하는 것'(顔に泥を塗る)을 극도로 싫어하여, 만약 그 같은 경우가 생기면 여지없이 상대에게 강한 물리적인 공격을 가한다.

일본 당국은 현재 전국의 폭력단원을 약 8만 명으로 추산하고 있는데, 이들에 의한 민간인의 피해를 막기 위해 폭력단 대책법을 만들어 활동을 단속하는 한편, 폭력단에게 사무실을 빌려주지 말도록 하는 시민운동을 후원하는 등 여러 압력을 가하고 있다. 하지만 폭력단 관계기사가 매스컴에 등장하지 않는 날이 없을 정도로 이들의 활동은 끊이지 않고 있다. 폭력단은 이같은 당국의 단속에 피하기 위해 합법을 가장한 회사, 이른바 프론트기업을 만들어 금융, 토목, 건설, 부동산, 인력관리 등 거의 모든 경제분야에 손을 뻗치고 있으며, 마약이나 무기 밀거래, 도박 등의 분야에서도 국제화되는 경향을 보이고 있다.

16. 도박 대국 일본

【요시모토하지메】

일본에서는 도박 행위가 법적으로 금지되어 있는데 실제로는 세계 제일의 도박 대국이라고 하는 말도 있다. 도박을 소재로 한 만화「카이지」(カイジ) 시리즈는 20여 년 동안 계속 인기리에 연재되고 있으며 영화나 애니메이션으로 만들어지기도 했다. 일본의 도박에 관한 실상을 살펴보자.

일본에서는 형법에서 도박과 복권이 금지되어 있어 위반자는 처벌을 받도록 되어 있다. 다만 국가나 지방자치단체가 영위하는 각종 도박과 복권은 예외적으로 허용된다.

법적으로 허용된 도박을 '공영경기'(公営競技)라고 하며 경마, 경륜, 오토바이 경주, 모터보트 경주가 있다.

경마(競馬)는 중앙 경마와 지방 경마로 나뉜다. 중앙 경마는 일본 중앙경마회(JRA:일본 정부가 전액 출자한 특수법인)가 주최하고, 지방 경마는 지방자치단체가 주최한다. 1860년에 일본에서 처음 서양식 경마가 개최되었다. 1948년에 경마법(競馬法)이 제정된 뒤 먼저 지방 경

일본의 경마 규모는 약 3조 6천억 엔에 달한다

마가 시작되고, 1954년부터 중앙 경마가 시작되었다. 매상 규모는 중앙 경마가 약 2조 9천억 엔이고 지방 경마가 약 7천억 엔, 합쳐서 약 3조 6천억 엔이다.

경륜(競輪)은 지방자치단체가 주최한다. 기록에 남아 있는 범위에서는 1895년에 일본 최초의 자전거 경주가 개최되었다. 1948년에 자전거경기법(自転車競技法)이 성립되고 경륜 경기가 개최되기 시작했다. 매상 규모는 6천억 엔을 웃돌고 있다.

오토바이 경주(オ-トレ-ス)도 지방자치단체가 주최한다. 1950년에 소형자동차 경주법(小型自動車競走法)이 제정되고 경기가 시작됐다. 당초에는 소형자동차 경기도 있었는데 1973년에 폐지되고 현재는 오토바이 경주만 하고 있다. 매상 규모는 약 7백억 엔이다.

모터보트 경주(競艇)도 역시 지방자치단체가 주최한다. 1951년

개봉 복권은 당첨번호가 일치해야 한다

모터보트 경주법(モーターボート競走法)이 제정되고 1952년부터 경기가 시작되었다. 매상 규모는 약 1조 5천억 엔이다.

종합적으로 보면 공영 경기는 대체로 1990년대를 정점으로 하고 점점 쇠퇴되다가 근년에 다시 회복되는 경향이 있다. 쇠퇴하게 된 원인은 인터넷 게임 등 오락이 다양해졌기 때문으로 보이고, 회복하게 된 원인은 인터넷으로 쉽게 표를 구할 수 있게 됐기 때문으로 보인다. 공영 경기에서 얻은 수익이 지방경제 활성화에 도움을 주기도 하지만, 적자가 되는 경우도 흔하다. 그렇게 되면 당장 없애는 것이 좋을 것 같지만, 공영 경기에 얽힌 이권을 누리는 사람들이 있고, 또 사업을 폐지하는 데에도 거액의 돈이 필요하기 때문에 없애고 싶어도 쉽지 않다.

복권(宝くじ)은 지방재정 자금 조달을 위해서 지방자치단체가 운영하고 있다. 1948년에 당첨금부 증표법(当せん金附証票法)이 제정되고 발매되기 시작했다.

복권의 종류로는 개봉 복권(開封くじ), 피봉 복권(被封くじ), 숫자 선택식 복권(数字選択式宝くじ) 등 세 가지가 있다. 개봉 복권은 번호가 인쇄된 증표를 구입한 뒤 후일에 발표되는 당첨 번호와 일치하면 그 당첨금을 받을 수 있는 방식이다. 피봉 복권은 스크래치라고도 하며, 당첨인지 아닌지 미리 인쇄되고 은색으로 봉인된 증표를 구입하여, 동전 따위로 벗기면 결과를 알 수 있는 방식이다. 숫자 선택식 복권은 임의적인 번호의 조합을 지정한 증표를 구입하고, 후일에 발표되는 당첨 번

호와 일치하면 그 당첨금을 받을 수 있는 방식이다.

공영 경기에서 얻은 돈에는 세금이 부과되는 데 대하여 복권 당첨
금에는 세금이 부과되지 않는다. 매상 규모는 한때 1조 엔을 훨씬 웃돌
았으나 근년에는 감소 경향에 있고 8천억 엔 안팎이다.

스포츠 진흥 투표(スポーツ振興投票) 또는 스포츠 진흥 복권(スポ
ーツ振興くじ)이라는 것도 있다. 지정된 축구 경기의 승패 혹은 득점
을 예상·투표하여 적중시키면 당첨금을 받을 수 있다. 일반적으로
축구 복권(サッカーくじ)이라고 하며, 이탈리아의 축구 도박 토토칼초
(totocalcio)를 줄인 토토(toto)라는 애칭도 있다. 1998년에 스포츠 진
흥 투표 실시 등에 관한 법률(スポーツ振興投票の実施等に関する法律)이
제정되고, 문부과학성의 지도·감독 아래 독립행정법인 일본 스포츠진
흥센터(独立行政法人日本スポーツ振興センター)가 운영하고 있다. 스포츠
진흥에 필요한 재원을 확보하기 위하여 복권처럼 많은 사람들로부터
조금씩 기부를 받고자 도입되었다. 매상 규모는 1천억 엔 안팎이다.

공식적으로 허용되어 있는 도박(복권 포함)은 이상인데, 사실은 그
보다 훨씬 더 친근한 도박이 있다. 바로 파친코이다. 파친코(パチンコ)
는 일정 금액으로 구입한 구슬을 기계 장치로 튀겨 특정 구멍에 넣으면
또 구슬을 얻을 수 있는 놀이이다. 파친코는 1930년에 시작됐는데 제
2차 세계대전 중인 1942년에 금지되었다가 종전 후 1946년에 부활되
었다. 1948년에 풍속영업 단속법(風俗営業取締法), 1959년에 풍속영
업 등 단속법(風俗営業等取締法), 1984년에 풍속영업 등의 규제 및 업
무의 적정화 등에 관한 법률(風俗営業等の規制及び業務の適正化等に関す

파친코는 일본인에게 가장 친근한 사행성 유흥 도박이다

る法律)이 제정되었고, 만 18세 미만은 출입이 금지되어 있다.

파친코는 일본인에게 가장 친근한 사행성 유흥이다. 최근 통계에 따르면, 파친코 가게가 8천여 개, 이용 인구가 약 1천만 명, 매상 규모가 20조 엔 가까이나 된다. 과거의 최고치는 파친코 가게가 1만 7천 개 이상, 이용 인구가 약 3천만 명, 매상 규모가 35조 엔 가까이 되었으니, 예전에 비하여 점점 쇠퇴 추세에 있기는 하지만 엄청난 규모임에 틀림없다. 매상 규모로 보면 모든 공영 경기와 복권을 합쳐도 6조 엔 남짓이니 그 규모가 얼마나 큰지 알 수 있을 것이다.

파친코가 도박성을 띤 것은 분명한데 공식적으로는 도박이 아닌 것으로 돼 있다. 손님이 파친코 가게에서 놀고 얻은 구슬을 경품과 바꾸고 경품 교환소에 가져가면 현금으로 바꿀 수 있다. 그리고 경품 도매상이 경품 교환소에서 그 경품을 사들인 뒤 파친코 가게에 팔아넘긴다. 중간에 다른 업자가 하나 더 들어가는 경우도 있다. 이런 식으로 세 개 내지 네 개 업자가 공동으로 영업함으로써 파친코 가게가 손님에게 돈을 주지 않도록 하여 도박이 아닌 것처럼 가장하고 있는 것이다.

파친코와 관련하여 많은 문제점들이 지적되고 있다. 파친코가 실상은 도박이면서 도박이 아닌 것으로 가장하는 등 탈법성이 짙을 뿐만 아니라, 많은 업자들이 탈세를 하고 있는 혐의도 있다. 또 대부분의 업주가 재일 한국인·조선인이고 거액의 자금이 북한으로 유출되고 있다고 하며, 파친코에 중독된 사람이 육아를 등한시하는 등의 사건도 적잖이 일어난다. 그런데도 쉽게 단속하지 못하는 이유는 역시 이권을 누리는 사람들이 많이 있기 때문이다. 경찰관들이 퇴직 후에 파친코 관련 업계에 재취업할 수 있게 되어 있고, 국회의원들도 업계를 도와주고 있으며, 매스컴이나 연예계를 비롯한 수많은 업종들이 이득을 취하는 관계로 얽히고 있다.

다른 나라들의 사례를 참고로 하여 경제 활성화를 위해 일본에도 카지노를 도입하려는 움직임이 있다. 2013년과 2015년에 관련 법안이 제출되고, 2016년에 특정복합관광시설구역의 정비 추진에 관한 법률(特定複合観光施設区域の整備の推進に関する法律:IR 추진법(IR推進法)), 2018년에 특정복합관광시설구역 정비법(特定複合観光施設区域整備法:IR 실시법(IR実施法))이 성립되었으며, 일본에서도 카지노 시설을 설치할 수 있게 되었다. 그런데 2019년 말에 이 사업과 관련된 뇌물수수 혐의로 국회의원이 체포되는 일이 발생하였다. 또한 카지노 시설 설치에 대해서

반대 의견도 강하다. 앞으로 어떻게 될지 불투명한 상황이다.

사실 일본은 세계적으로도 특출한 도박 대국이다. 파친코도 당연히 도박의 일종으로 간주해야 할 것이고, 공영 경기, 복권, 파친코를 합치면 매상 규모가 약 26조 엔이다. 이는 어느 나라와 비교해도 큰 규모라 하겠다.

도박 중독(ギャンブル障害, ギャンブル依存症)도 심각하다. 2017년에 후생노동성이 발표한 바에 따르면, 일본의 도박 중독자 수는 약 320만 명, 성인 인구의 약 3.6%에 이른다고 한다. 이는 다른 나라들에 비해서 상당히 높은 수치이다. 도박과 관계된 범죄들도 적지 않다.

이러한 상황에서 카지노 시설까지 생긴다면 어떻게 될 것인가 걱정스럽다. 계속 추이를 지켜보아야 할 것이다.

일본 도박의 역사에 대해서는『일본의 도박』(日本のギャンブル/紀田順一郎, 中公文庫, 1986), 일본의 도박 중독과 도박 관련 이권 문제에 대해서는『도박 의존 국가 일본』(ギャンブル依存国家 · 日本/帚木蓬生, 光文社新書, 2014)을 참고하면 된다.

17. 인생 역전을 꿈꾸는 일본인

【박상현】

'집을 사고 싶다', '은행 빚을 갚고 싶다', '고급 승용차를 타고 싶다', '해외여행을 하고 싶다'… 서민들의 바람은 어느 나라나 비슷할 것이다. 이 모든 것을 한꺼번에 그리고 적은 투자로 게다가 단기간에 이룰 수 있는 방법은 없을까? 주식과 펀드 그리고 채권 등도 좋은 투자 수단이기는 하지만 이와 같은 조건을 모두 갖추고 있지 않다. 그렇다면 뭐가 있을까? 복권을 사서 당첨되는 것이다. 우리나라에 로또 열풍이 가라앉지 않듯이 일본의 서민들도 복권을 통한 인생 역전을 꿈꾸고 있다.

복권(福券)을 일본어로는 '다카라쿠지'(宝くじ)라고 한다. 하지만 처음에는 '도미쿠지'(富くじ)라고 불렀다. 도미쿠지의 기원은 약 4백 년 전인 에도(江戸)시대 초기까지 거슬러 올라간다. 오사카(大阪)에 있는 절인 농안사(滝安寺)에서 시작되었다. 1월 1일에서 7일 사이에 새해인사를 하러 절에 들린 선남선녀들이 나무로 만들어진 판에 각자 자신의 이름을 적어 상자 안에 넣는다. 그러면 7일째에 스님이 당첨자 3명을 골라 행운의 부적을 주었다고 한다.

농안사에서는 당첨자에게 단지 행운의 부적만을 건네주었지만, 민간에서도 복권 같은 성격을 지닌 것이 생겨났고 점차 돈과 결부되었다. 도박화의 길을 걷게 된 것이다. 1692년에 도쿠가와(德川)막부가 금지령을 내릴 정도로 그 피해는 컸다. 하지만 막부는 금지령을 내리기는 했지만 절과 신사(神社) 만큼은 건물 등의 수리 비용 조달이라는 명목으로 도미쿠지 발매를 허용했다. 그러나 1842년에 도미쿠지 판매가 전부 금지된다. 이런 사정은 메이지(明治)시대에 들어서도 변함이 없었고, 1945년 7월에 다시 발매되기까지 103년이라는 긴 세월 동안 일본에서는 도미쿠지가 발매되지 않았다.

태평양전쟁기에 제국일본은 전쟁을 수행하는데 재정적으로 어려움을 겪었다. 그리하여 일본 정부는 1945년 7월에 군사비 조달을 목적으로 한 장에 10엔하는 '승찰'(勝札)이라는 도미쿠지를 판매했다. 1등 당첨 금액은 10만 엔이었다. 그러나 추첨일을 앞두고 일본이 패전했기에 아이러니컬하게도 이 도미쿠지는 이후 '부찰'(負札)로 불려졌다. 패전으로 발생한 인플레이션을 막기 위해 잠재구매력을 흡수할 필요성이 생긴 일본정부는 같은 해 10월 다카라쿠지라는 이름으로 '정부 제1회 보첨'(政府第1回宝籤)을 발행했다. 이때부터 도미쿠지 대신에 다카라쿠지라는 말이 통용되기 시작했다.

황폐해진 도시를 재건하기 위해 정부뿐만 아니라 시와 도의 지방자치단체 역시 독자적으로 다카라쿠지를 발매하게 되었다. 1946년 12월에 지방에서는 처음으로 후쿠이현(福井県)이 '후쿠이현부흥보첨'을 발

행했다. 정부가 발행하는 다카
라쿠지는 1954년에 폐지되었
고, 그 후로는 지방자치단체가
독자적으로 혹은 공동으로 발
행하는 것만 남았다.

이에 따라 지방자치단체
는 보다 규모가 크고, 보다 많
은 당첨금이 걸린 다카라쿠지
를 판매하기 위해 기존의 다카
라쿠지를 통폐합해갔다. 결국

가장 인기있는 '점보 다카라쿠지'

1959년 4월에 5개의 블록이 만들어졌다. 전국자치 다카라쿠지, 도쿄
다카라쿠지, 관동·중부·동북 자치 다카라쿠지, 긴키(近畿) 다카라쿠
지, 서일본 다카라쿠지가 그것이다.

현재 일본에서 인기가 있는 다카라쿠지 중 하나는 '점보 다카라쿠
지'일 것이다. 이 점보 다카라쿠지는 여름에는 '섬머 점보 다카라쿠지'
로, 연말이 되면 '연말 점보 다카라쿠지'로 각각 발매된다. 1987년 11월
에 처음 발매되었는데 장당 3백 엔이다. 1등 당첨금은 당시 6천만 엔
(약 6억 원)이었다. 개개인이 몇 장씩 사기도 하지만, 같은 회사에 다
니는 직원들이 돈을 모아 많게는 수백 장을 산 후 나중에 당첨금을 나
누기도 한다. 또한 1등 당첨자가 자주 나오는 지역과 판매소가 가끔
TV에 소개되기도 한다. 당첨자를 활용한 이런 홍보 마케팅은 우리와
대단히 흡사하다.

일반적으로 다카라쿠지는 구입한 후 추첨일까지 일정 기간을 기다려야만 한다. 그런데 현대인의 조급함을 반영이라도 하듯이 1984년 11월에는 구입 즉시 당첨 여부를 확인할 수 있는 즉석 다카라쿠지가 발매되었다. '럭키7'이라는 애칭으로 불리는 즉석 다카라쿠지의 1등 당첨금은 100만 엔이었다. 즉석식이라는 것과 게임 같은 재미를 준다는 점이 인기를 얻었다. 2001년 6월에는 인쇄방법이 스크래치(scratch : 긁기)식으로 바뀌어 일원화되었다.

하지만 유럽과 미국 같은 서구 선진국에서 오래 전부터 행해지던 로또와 같은 숫자 선택식 복권에 대한 관심이 점차 높아졌다. 드디어 1992년 5월에는 숫자 선택식 다카라쿠지를 연구하는 '일본 다카라쿠지 시스템'이 설립되었고, 온라인 시스템에 의한 숫자 선택식 다카라쿠지의 기획과 발행 시스템 개발 및 판매 체제의 정비 등이 논의되었다. 그리고 1994년 10월에 일본 최초의 숫자 선택식 다카라쿠지인 '넘버즈'가 탄생되었다. 이어서 1999년 4월에는 '미니 로또'가, 2000년 10월에는 '로또6'이 각각 발매되었다.

'미니 로또'는 31개의 숫자 가운데 5개를 선택하는 방식이고, '로또6'은 43개의 숫자 가운데 6개를 선택하는 방식이다. 특히 '로또6'은 당첨자가 없을 경우, 당첨금이 이월되는 방식을 도입하여 큰 화제를 불렀다.

다카라쿠지 곧 복권에는 순기능과 역기능이 있다고 생각한다. 예를 들어 2011년 3월 11일에 발생한 동일본대지진은 지금도 일본에 적지 않은 어려움을 주고 있다. 2012년에는 이 지진에 피해를 입은 지역과 그 주민들의 재건에 도움을 주고자 '동일본대지진부흥복권'이 만들

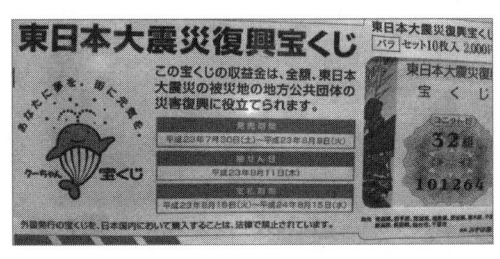

'동일본대지진부흥복권'은 순기능이 많다

어졌다. 이런 성격의 복권은 순
기능이 많다고 생각한다. 반면
에 복권에 중독되어서 정상적
인 사회생활이 어렵게 된 사람
을 주변에서 가끔 보게 된다.
복권이 도박이 된 사례다. 복권에는 이와 같은 역기능도 존재한다.

　　예나 지금이나 다카라쿠지는 일본 서민과 함께 동고동락을 해왔
고, 앞으로도 그럴 것이다. 어쩌면 다카라쿠지만큼 서민들의 애환을
잘 대변해주는 것도 없을 것이다. 당첨번호가 발표되는 그 순간까지 다
카라쿠지를 산 모든 사람은 희망을 가질 수 있고, 인생 역전을 꿈꿀 수
있다. 또한 수익금의 일부는 사회에 환원된다. 다카라쿠지의 순기능이
다. 다카라쿠지를 구입할 때는 도박이 아니라 이런 순기능에 주목해 주
기를 바란다. 특히 지금과 같이 코로나19로 경제가 어려울 때는 더욱
그렇다. 왜냐하면 다카라쿠지에 당첨될 확률은 생각보다 아주 적기 때
문이다.

18. 일본인이 열광하는 파친코

【이시준】

일본 와세다 대학의 어뮤즈먼트(アミューズメント) 총합연구소는 지난 10여년간 파친코나 카지노 등을 대상으로 해서 오락산업의 건전한 발전을 꾀하는 비지니스 모델을 연구개발하고 있다.

학계에서조차도 이론을 세울 필요성을 갖게 된 일본의 거대산업 파친코. 파친코가 대체 무엇이기에 대학에서까지 연구소의 연구테마로 삼게 되었을까?

우선 파친코 산업의 규모를 살펴보면, 2020년도에는 20조 엔 규모로 축소되었지만, 파친코 산업이 피크에 달했던 1990년대 중반에는 30조 엔에 이르렀다. 당시 일본의 실질국민총생산이 약 500조 엔이었다고 하니, 무려 6%에 해당하는 엄청난 금액이다. 일본의 기간산업인 자동차 생산액이 14조 엔, 백화점 전체의 매상이 11조 엔, 주택사업 수익금이 26조 엔, 외식산업 수익금이 28조 엔인 것과 비교하면, 파친코가 일본 경제에서 얼마나 큰 비중을 차지하고 있는지 쉽게 알 수 있다.

과연 파친코는 어떤 이유로 일본인을 열광시키고 있는 것일까? 아마도 게임방식이 남녀노소 누구라도 쉽게 이해하고 즐길 수 있기 때문일 것이다. 간단하게 게임의 요령과 순서를 알아보기로 하자.

합법적 도박장인 파친코장

1. 구슬을 받기 위해 프리페이드카드(=대금선불카드)인 파키카드를 구입한다.

2. 자리에 앉으면 파친코대 옆의 구슬을 빌리는 기계에 카드를 넣고 버튼을 누른다. 구슬이 나오면 핸들을 시계방향으로 돌려 구슬을 쳐내는 강약을 조절한다.

3. 일반적으로 목표로 삼는 곳은 가장 위쪽에 정열된 못 왼쪽의 벌어진 곳에 구슬이 맞으면 구슬이 중심으로 들어가기 쉽다.

4. 게임에서 구슬을 따게 되면 구슬의 수를 계산하는 기계에 넣고 그 수를 헤아린다.

5. 카운트카드가 나오게 되며 여기에 딴 구슬의 수가 기입되게 된다. 구슬의 수만큼 경품과 교환할 수 있다.

6. 경품은 식품, 잡화, 전기제품, 의류 등 1만 엔 이상의 것이 여러 가지로 준비되어 있다. 마음에 드는 것을 골라 카운트카드와 함께 카운터에 가지고 간다. 구슬을 적립할 수 있는 가게도 있다.

이와 같이 게임이 용이하다는 점과 함께 인기몰이에 한몫을 하고 있

일본의 거리에는 대형규모의 파친코장을 쉽게 볼 수 있다

는 것이 파친코 기계의 발달이다. 파친코는 1차 세계대전 이전, '가창코'라는 어린이용 놀이도구에서 출발해서 전후에 나고야의 비행기장의 제조공장 및 부품공장의 잔여물을 가지고 만들어진 것이 최초라고 한다. 구멍에 따라 구슬의 수가 달리 나오는 7 · 5 · 3식 기계에서 '올식'이라 하여 연발식이 되었고 64년경에 나온 튤립형의 파친코를 거쳐 60년대 후반에는 기계의 자동시스템화가 가속되어 이윽고 컴퓨터가 도입, 파친코 기계의 자동집중제어방식에 의한 시스템화가 실현되기에 이르렀다.

또 80년대에는 중앙에 정해진 숫자가 나열되면 구슬이 쏟아져 나오는 피버(fever)기가 등장하자 그 스피드감이 인기를 얻어 파친코 인구가 급격히 늘어나게 되었다. 이와 같은 자동화, 시스템화와 함께 수십만 화소의 정교한 액정화면에서 유려하게 펼쳐지는 화면, 게임의 상황에 따라 변화하는 스토리가 가미된 캐릭터의 역할 등도 빼놓을 수 없는 인기몰이의 주역일 것이다.

그러나 파친코의 매력은 역시 파친코 특유의 수익 구조와 환금성에 있을 것이다. 예를 들어 손님이 빌린 구슬이 1백 개라고 하면 대개 130개에서 140개의 구슬을 따도록 한다. 하지만 이런 상태라면 가게가 적자이기 때문에 손님에게 빌려줄 때는 구슬 1개에 4엔으로 계산하고, 한편 손님이 딴 구슬은 한 개당 2.5엔으로 계산하여 그에 해당하는 금액의 경품을 준다. 결국 가게에서는 이 차액을 수익으로 확보하는 셈이 되고, 손님에게는 게임에 사용된 구슬보다 30~40%가 많은 구슬이 돌아가게 되어 행운을 얻을 확률이 높아지게 되는 것이다.

다음으로는 환금성에 관해서인데 즉 돈으로 바꿀 수 있다는 얘기다. 앞서 획득한 구슬을 경품으로 바꾼다는 설명이 있었지만 경품을 획득한 손님 대부분이 경품을 되사는 환금소(換金所)에서 돈으로 바꾸고 있는 것이다.

한 가지 부연설명을 해두고자 한다. 도박이 아니라 오락으로 규정되어 있는 파친코점은 풍적법(風適法 : 정식명칭은 풍속영업 등의 규제 및 업무의 적정화 등에 관한 법률) 제23조의 풍속영업자의 금지행위가 규정하는 (1)현금 또는 유가증권을 경품으로써 제공하는 것, (2)손님에게 제공한 경품을 다시 사들이는 것 등에 저촉되어서는 안 된다. 그래서 파친코업계가 고안한 것이 경품을 주는 파친코 가게, 경품을 돈으로 바꾸어 주는 경품교환소, 그 경품을 사서 다시 가게에 파는 경품도매상으로 이루어지는 삼점방식(三店方式)인 것이다. 파친코업계는 법에 저촉되는 환금문제에 대해 환금의 주체를 타업계에 넘김으로 해서 교묘하게 법망을 피하고 있는 것이다. 환금합법화를 위한 업계의 필사적인 대응책으로 오사카에서는 경품을 사들이는 업체로 복지재단을 개재시킨다거나 근년 도쿄에서는 경품 대신 금을 제공하는 등의 방법이 모색되고 있으나 법에 저촉되지 않느냐는 의구심을 불식시키지 못하고 있는 것이 현 실정이다.

장기화되는 불황으로 인해 비록 1990년대의 활황에는 이르지 못하지만 2017년 기준 19조 5400억 엔 정도의 시장규모와 참가인원 900만명을 자랑하는 파친코업계. 성공 비지니스산업으로서 위치를 다져가며 일본 성인 대중오락의 큰 부분을 담당하고 있는 파친코. 그러나 파친코업계가 풀어나가야 할 과제도 산적되어 있는 바, 앞서 언급한 환금을 둘러싼 문제와 경품교환소를 노린 절도, 조직폭력배의 개입, 사행심 조장, 게임중독 등의 부정적 요소도 간과해서는 안 될 것이다. 이러한 안팎의 문제를 슬기롭게 극복함으로 해서 비로소 건전한 전국민의 엔터테인먼트 사업으로 거듭날 수 있을 것이다. 짧지만 시사하는 바가 큰 2003년 4월 28일자『요미우리신문』에 실린 다음의 기사로 글을 맺고자 한다.

4월 27일 오후 2시 50분 경 에히메현(愛媛県) 호조시(北条市)의 파친코 주차장에서 마쓰야마시(松山市)에 사는 회사원 오카다 도시(岡田寿, 29세)씨의 장녀 아야카(彩花, 생후 10개월)가 승용차의 뒷좌석에서 축 늘어져 있는 것을 부인 다에(妙, 30세)씨가 발견하고 119에 신고했다. 아기는 시내병원으로 옮겨졌지만 곧 사망했다. 고열이 원인인 듯. 마쓰야마니시(松山西) 경찰서의 조사에 의하면 오카다 부부는 당시 오전 11시경 베이비시트에 아야카를 앉히고 차창을 닫은 채로 파친코점에 들어갔다고 진술했다.

19. 노래방의 원조 가라오케

【후쿠모토타쓰야 】

가라오케(カラオケ)란 '빈 오케스트라'(空オーケストラ)의 줄임말로, 노래를 하기 위해 미리 녹음된 반주음악 테이프나 디스크 혹은 그 연주 장치를 말한다. 일본어의 가라오케라는 말은 영국에서 발행된 옥스포드 영어사전(The Oxford English Dictionary)에 기재될 만큼 세계공통어가 되었고, 방식이 다르긴 하지만 거의 세계 모든 나라에 있을 정도로 중요한 놀이문화로 정착하고 있다.

레저 백서(白書)에 의하면, 가라오케의 절정기는 1994년으로 참여인구는 약 5천 9백만 명에 달했으나 2018년에는 4천670만 명으로 감소하였다. 탄생 이후 한때 연간 매출 1조 엔의 산업으로 발전한 가라오케 산업은 유흥가, 여관 및 호텔 식당, 다방, 결혼식장, 관광버스 등으로 퍼져나갔다.

한국의 노래방에 해당하는 가라오케 박스(カラオケボックス)방은 1996년에 최고로 16만 실이었다. 그 후 점차 감소되었지만 2002년에는 다시 2천 실 가량 증가했으며, 요즘에는 점차 대형화되는 추세라고 한다.

또한 가라오케에서 유래한 '노도지만 대회'(のど自慢:목소리 자랑)
역시 인기행사로 자리매김을 하고 있다. 우리나라의 '전국노래자랑'과
거의 같은 방식으로 행해지는 노도지만 대회는, 모든 출연자가 무대 위
에 서 있고, 한 사람씩 앞에 나와 노래를 부르는 독특한 형식으로 진행
되어 더욱 관심을 끌고 있다.

하지만 가라오케스트라라고 하면 노래가 아닌 오케스트라가 중심
이 되는 듯한 느낌이 짙다. 따라서 가라오케라는 말의 기원을 놓고 이
론(異論)이 분분하다. 그 가운데 비교적 신빙성 있는 몇 가지를 소개하
면 다음과 같다.

1. 밴드 멤버들이 사용한 속어였다. 지방공연 등에서 가수가 도착하기 전
   에 밴드 연습을 할 때, 가수를 빼고 연주를 한다는 의미로 이 말을 사용
   한 것에서 비롯되었다고 한다. 가라오케라면 노래를 부른다는 이미지
   가 강하지만, 처음에는 노래 부르기와는 전혀 관계가 없었던 것이다.

2. 아카펠라 오케스트라(アカペラ オーケストラ)라는 것이 있다. 과거에는
   손님이 아카펠라(acappella:무반주, 무반주합창)로 노래하는 '합창다
   방'이라는 것이 있었는데, 점차 테이프를 이용해서 반주를 하게 되어 아
   카펠라 오케스트라라고 했으며, 이를 줄여서 가라오케라고 하게 되었다
   는 것이다.

3. 1955년 다카라즈카(宝塚) 대극장에서 스피커만을 무대에 놓고 가극을 상
   연하는 실험을 행할 때, 아사히신문이 오케스트라 박스에 오케스트라가

없다는 뜻으로 '빈 오케 박스'(カラになったオケボックス)라는 표현을 사용한 것이 시초라고도 한다.

4. 고베시(神戸市)의 어느 스낵바에서 가수가 갑자기 결근을 하자 주인은 미리 준비한 가수 반주용 테이프에 따라 손님이 노래를 하도록 했다. 가수가 아님에도 무대에 서서 그럴 듯한 반주에 맞춰 노래를 부른 손님은 무척 즐거워했다. 이처럼 우연한 일에서 힌트를 얻은 이노우에 다이스케(井上大佑)는 본격적으로 연주장치를 만들기 시작했다. 초기의 연주장치는 마이크 단자가 있는 8트랙 플레이어가 장착되었으며, 40곡이 담긴 반주 테이프 10개가 준비되어 있었다. 이노우에는 노래 1곡을 부를 수 있는 5분당 1백 엔을 받기로 해서 무척 좋은 반응을 얻었다.

소개한 몇 가지 가설 모두가 나름대로의 설득력은 있지만, 직접적인 경제활동과 연결되며 연주장치로써 개발되었다는 데에는 네번째 이노우에 다이스케의 설(說)이 가장 유력해 보인다.

소규모 연주 장치에서 비롯된 이 사업은 1973년에는 업계의 주목을 받았고, 1976년에는 업소용 기계가 개발되어 '가라오케'라고 명명한 것이 공식적인 시초라고 할 수 있을 것이다. 1980년대 초에는 영상 가라오케가 등장했고, 화면에 배경 영상이나 자막이 나와 오늘날처럼 모니터를 보면서 노래를 부를 수 있게 되었다. 1982년에는 고화질의 레이저디스크가 개발되었으며, 1984년에는 리모콘 선곡(auto changer)이 개발되었다. 하지만 이때까지만 해도 유흥업소 같은 곳에서만 행해졌을 뿐, 현재의 노래방과 같은 형태는 아니었다.

1985년에는 선박용 컨테이너를 개조한 옥외용(屋外用) 가라오케 박스가 오카야마현(岡山県)에 등장했다. 가라오케 박스는 젊은이들의 욕구를 만족시켰으며, 유흥가뿐만 아니라 오피스 타운에도 퍼져 전국적인 붐을 일으켰다.

1990년 전반에 집중관리시스템이 개발되고 채점기, 디스코텍과 비슷한 조명, 고음질의 음향기기 등이 등장하여 가라오케 박스 시장을 크게 성장시켰다. 1992년에는 전화회선을 이용해서 악보 데이터를 보낼 수 있는 통신 가라오케가 등장했다. 이렇듯 가라오케는 최첨단 기술과 밀접한 연관을 가지며 발전을 거듭했다.

발전의 역사는 그렇다고 해도, 과연 가라오케가 일본인들에게 어떤 의미를 가질까. 한 마디로 가라오케는 일본의 문화적 특성을 대변한다고 볼 수 있을 것이다. 일본인에게는 가라오케란 취미나 여가활용의 수단이라기보다는 사교적인 요소가 강하고, 인간 관계를 유지하는 방법으로 활용되고 있다. 특히 회식이나 망년회, 신년회 같은 자리에서는 누구라도 한 번은 노래를 불러야 하는데, 이처럼 '강요된 여흥'이 가라오케를 발전시키고, 유대를 돈독히 하는 데 커다란 몫을 하고 있는 것이다.

하지만 가라오케에 가게 되면 질서와 매너를 중요시하지 않으면 안 된다. 자칫 잘못하면, 오히려 인간 관계를 해칠 수가 있으니 말이다. 가라오케에서 지켜야 할 매너로는 다음과 같은 것들이 있다.

1. 시키지 않아도 자발적으로 부른다.

2. 손님이나 다른 사람이 보고 있다는 것을 의식해서 서비스한다.

3. 박수 치는 것을 잊지 말아야 한다.

4. 웃는 얼굴이 기본이다.

5. 다른 사람이 부를 때는 열심히 듣는다.

6. 잡담은 금물이다.

7. 차례가 되면 바로 노래를 부른다.

8. 반주자, 상사, 손님 등이 있을 때는 그들을 배려한다.

9. 다른 사람의 애창곡을 부르지 않는다.

10. 노래를 마친 사람에게 칭찬의 말을 건넨다.

그저 부르고 싶은 노래를 마음대로 부르면 좋다고 생각하겠지만 그렇지 않다. 다른 사람에게 신경을 써야 한다는 것이다. 일본인들은 대개 자기가 노래 부르고 싶은 것을 참으며, 눈에 거슬리는 행동을 삼가고 남을 배려하려고 한다. 그리고 자기 차례가 되면 애창곡을 편안한 마음으로 다른 사람에게 들려주고자 노력하는 것이다. 따라서 마이크를 계속 잡고 있는 사람, 너무 잘 부르는 사람, 다른 사람이 부르는 노래를 들으려고 하지 않는 사람, 자신의 실력을 과시하고 싶어하는 사람들을 싫어 한다.

그런가 하면 가라오케에서 가급적 부르지 말아야 할 노래도 있다. 여고생이나 OL(office lady)들은 절대로 중장년의 남성들이 부르지 않았으면 하는 노래로 「마이웨이」(My way), 「스바루」(昴), 「술과 눈물과 남자와 여자」(酒と涙と男と女) 등을 꼽는다. 또한 「캐나다로부터의 편지」(カナダからの手紙)는 중년남자 상사가 여직원과 듀엣으로 하고 싶어 하는 노래이므로 젊은 여성들은 싫어한다. 「사랑이 태어난 날」(愛が生まれた日) 같은 노래 역시 마찬가지이다. 이 노래를 부른다고 해서 사랑이 싹트는 것이 아님에도 불구하고.

연령별로 좋아하는 노래 경향 또한 다르다. 10대 미만은 NHK 또는 민영방송의 어린이용 프로그램 주제가를 좋아한다. 10대 전반은 성별에 따라 좋아하는 노래가 다른데, 남아는 인기 애니메이션 주제가를, 여아는 비교적 연령이 낮은 아이돌 가수의 노래를 좋아한다. 10대 후반은 J-Pop뿐만 아니라 서양노래를 좋아하고, 사랑과 연애 또는 성인의 생활을 다룬 노래를 즐긴다.

20~30대 전반은 일본노래, 외국노래 모두를 즐기는데 특히 인기가수들의 노래나 드라마 주제가를 좋아한다. 30대 후반에서 40대 전반은 서던 올스타즈(southern all stars)나 유민(ユーミン)의 노래를 좋아하고, 그 밖에 흘러간 노래나 옛날 애니메이션 주제가를 좋아하는 사람도 있다. 40대 후반 이상은 엔카(演歌), 무드가요, 올디스(oldies:1950~60년대에 걸쳐 유행한 팝송이나 포크송) 등을 좋아한다. 현재 그 해의 대히트곡 뿐만 아니라 히토요(一靑窈)의 「하나미즈키」(ハナミヅキ)와 유즈(ゆず)의 「영광의 가교」(栄光の架橋) 등 2000년대에 유행했던 노래도 많이 불리고 있다. 특히 2010년 이후에는 애니메이션 「신세기 에반게리온」(新世紀エヴァンゲリオン)의 주제가인 「잔혹한 천사 테제」(殘酷な天使のテーゼ)를 비롯한 인기 애니메이션 곡과 AKB48의 히트곡인 「헤비 로테이션」(ヘビーローテーション) 등 아이돌의 노래가 노래방에

서 인기를 얻고 있다. 또한 「겨울왕국」의 「렛잇고」(Let It Go)와 「도망가는 것이 수치지만 쓸모있다」(逃げるは恥だが役に立つ)의 「사랑」(恋)과 같은 인기 영화나 드라마 주제곡들도 변함없이 큰 인기곡이다.

물론 일본인이라고 모두 가라오케를 좋아하는 것은 아니다. 노래를 부르지 못하거나, 남들 앞에 나서기 싫어하는 사람들에게는 가라오케에 가는 것은 엄청난 스트레스를 주는 일로 때로는 공포도 느낀다고한다. 그래서 '가라오케 피해자 우호회', '가라오케와 인권을 생각하는모임'이나 '가라오케강요절멸촉진 운동본부' 같은 모임도 있다.

하지만 가라오케가 있는 한 마냥 피할 수만은 없다. 그래서 가라오케를 즐기려는 사람들이 늘어나고 있다. 음치나 노래를 잘 부르지 못하는 사람들은 노래교실 등을 다니며 열심히 자신의 음악성을 높이기 위한 투자를 하기도 하며, 가라오케 서클이나 강좌 등에 참가하기도 한다. 또한 가라오케와 관련된 책자나 CD, 잡지도 여러 종이 발행되고있다. 사람들은 이들을 통해서 가라오케를 즐기는 방법, 노래를 잘 부르는 방법, 음치를 교정하는 방법, 가라오케 시스템에 대한 기초지식, 도움이 되는 선곡 리스트 등을 숙지하여, 본격적으로 가라오케에 대해배우고 즐기려고 하는 것이다.

20. 일본인의 마음의 고향
엔카(演歌), 그 변천

【안희정】

누구나 저마다 인생을 살아가면서 어려울 때 힘이 되어 준 노래를 간직하고 있다. 일본인의 경우 그 노래의 대다수가 '엔카'(演歌)의 범주에 들어갈 정도로, 엔카는 일본인의 마음이요 일본인의 삶이라고 할 수 있다. 이처럼 삶에 힘과 용기를 주는 엔카를 일본인들은 언제나 자신을 포근히 감싸주는 마음의 고향이라고 여기는 것이다.

엔카의 탄생과 흐름을 간단히 살펴보면, 특이하게도 정치풍자에서 비롯되었다. 노래로 의견을 말한다는 의미인 '엔제쓰'(演説)가 엔카로 변해 메이지 중기(明治시대:1868~1912)부터 사용되기 시작했으며, 1889년에 만들어진 가와카미 오토지로(川上音二郞)의 「옷페케페」(オッペケペ-)를 그 효시로 본다.

1960년대부터 80년대까지를 엔카의 전성시대라고 할 수 있다. 미소라 히바리(美空ひばり)를 필두로 시마쿠라 지요코(島倉千代子), 미하시 미치야(三橋道也), 미나미 하루오(南春夫) 등 많은 가수가 등장하여 엔카의 황금시대를 열었다. 이 기간 동안 수많은 명곡이 탄생했고, 일

본인 누구나가 따라 부르게 되었다. 지금도 일본인의 마음속에 남은 불후의 엔카들은 이 시기의 것이다.

그런데 1990년대에 들어서면서 J-Pop이라고 불리는 장르가 주류 레코드 가요의 대부분을 차지하게 되었다. 1968년 오리콘챠트(オリコンチャート)가 발족한 이후 1996년 처음으로 엔카가 오리콘 연간 싱글챠트 종합 100위 이내에 한 곡도 랭크되지 못하는 사태가 발생하는 등 시장규모가 축소 일로를 걷게 되었다. 엔카를 중심으로 한 일본 대중음악 최고의 상이었던 '일본가요대상'이 1993년으로 중지된 것도 이 같은 사실을 대변한다.

1980년대부터 새로운 장르에 가려 젊은층의 흡수력을 상실하면서 엔카는 빠른 속도로 관심 밖으로 밀려나기 시작하였으며, 엔카를 수용하는 중장년층과 그렇지 않은 젊은층이 명확히 구분되어 겨우 명맥만 유지하게 되었다.

이렇게 쇠락 일변도에 있던 엔카가 잠시 인기를 끌던 시기가 있었다. 먼저 커다란 요인으로 '가라오케'(カラオケ)의 출현과 성장을 꼽을 수 있겠다. 두 번째로는 2000년대 전반에 J-Pop의 인기가 저조해지는 상황에서 히카와 기요시(氷川きよし)가 데뷔곡 「하코네 팔리의 한지로」(箱根八里の半次郎)로 관심을 모으며 혜성처럼 등장, 2000년도 최우수 신인상을 받고 공전의 히트를 기록하면서 엔카가 상대적으로 인기를 누리기도 하였다. 세 번째로는 2010년대에 엔카는 '일본의 전통이다', '엔카는 일본의 마음이다'라는 주장을 내세우며 '일본의 전통이 사라지고 있다'는 위기감을 부각시키며 엔카를 보호하고 진흥시키려는

움직임이 생겨나기도 했다. 이와 더불어 고령화 사회가 되어 가면서 노년층들의 엔카에 대한 수요가 증가할 것으로 예측하면서 라디오나 방송국에서 엔카 비중이 높은 프로그램을 편성하는 등의 다양한 노력을 계속하였기 때문이다.

그러나 이같은 부단한 노력에도 불구하고 엔카는 팬의 80% 이상이 60대 후반 이상이고, 젊은층은 10% 이하에 불과한 결과를 보여 엔카 이탈현상은 여전히 가속화되고 있다. 그 결과 엔카는 '70대 이상의 연령층에 한정된 장르'라는 인식이 강하게 자리 매김하게 되었다. 이러한 엔카 팬의 고령화에 대해 락이나 포크 등의 장르를 듣던 전후 세대들이 중년층이 되어도 엔카 장르로 이동하지 않는 현상을 이유로 들기도 한다.

엔카에 대한 이미지를 세대별로 구분해 보면, 젊은층은 다소 무겁고 답답한 느낌이 있고 촌스러운 듯하지만 차분하고 구성진 맛이 있어 좋다고 한다. 그래서 은근하고 깊이 있는 감정을 느끼고 싶을 때 부른다고 한다. 중년층은 고부시(小節:노래 특히 가요곡이나 민요 등의 미묘하고도 장식적인 가락)를 넣어 부르는 데 매력을 느끼며, 엔카는 인생 그 자체라고까지 말한다. 그 이유는 가사와 멜로디 때문인데 엔카가 없다면 세상살이가 너무 쓸쓸할 것이라고 하는 이도 많다. 노년층은 노래가 많은 반면, 옛날처럼 진지하게 작사나 작곡을 하는 사람은 적고 다른 장르에 밀려서 좀처럼 좋은 엔카가 나오기 어렵다며 안타까워하고 있다.

일본인들은 심금을 울리는 엔카로 미야코 하루미의 「북쪽 고향에서」(北の宿から), 이시카와 사유리의 「쓰가루 해협의 겨울풍경」(津軽海峡

冬景色), 센 마사오의 「북쪽 지방의 봄」(北国の春) 등을 꼽는다. 이들은 모두 엔카의 전성시기인 1970년대의 노래들로 지금까지도 일본인들 마음속에 깊이 남아 있다. 1960~80년대의 '심금을 울리는 노래 100곡'에 「북쪽 고향에서」가 1위, 「쓰가루 해협의 겨울풍경」이 6위에 올라있는 것에서도 이를 확인할 수 있다.

이들 엔카는 모정·체념·미련 등을 모티브로 하고 있으며, 시대를 초월한 일본인의 정서를 나타내고 있다. 대부분의 엔카가 단조의 멜로디인데 반해 「북쪽 지방의 봄」은 장조의 음계를 가진 온화한 분위기의 노래로, 외국에서는 '일본인의 엔카'로 각인되어 있으며, 중국에는 번안곡이 유행하기도 했다.

이 노래들은 일본이 고도 성장을 이루어 가고 있던 70년 말에 발표되어 도시에 사는 사람들의 고향을 그리는 심경을 노래한 것으로 모두 '북쪽 지방'을 다뤘다는 공통점이 있다. 일본에서 북쪽 지방은 춥고 가난한 삶의 상징이었기에 아마도 고달팠던 시절을 아련한 추억으로나마 공유하려는 정서를 담은 것이라 할 수 있다. 「북쪽 지방의 봄」을 비롯한 엔카에서 이러한 아픔을 이겨낸 안도감 같은 것을 느낄 수 있기 때문에 엔카를 마음의 고향이자 인생 그 자체라고 하는 것이 아닐까.

엔카의 음계법은 서양음악의 7음계에서 제4음과 제7음을 사용하지 않는 '요나누키'(ヨナ抜き)음계법 즉 5음계(전문용어로 '펜타토닉'(pentatonic):음계 중 4번째와 7번째 즉 '파'와 '시'의 음을 사용하지 않는 것)가 주로 사용된다. 프랑스 작곡가 드뷔시(Claude Debussy :1862~1918년)의 최고 걸작 중 하나인 교향곡 「La Mer」(海)에 동양적

인 독특한 멜로디를 떠올리게 하는 5음계가 사용되었다고 한다. 그 배경을 당시의 서양음악의 형식을 탈피하여 자유롭고 혁신적인 멜로디를 추구하던 드뷔시와 동양음악의 5음계와의 만남에서 탄생한 것으로 설명하기도 한다.

엔카는 멜로디가 단조로워 따라 부르기 쉬우며, 젊은층의 노래에 비해 가사가 어렵지 않으면서도 시적(詩的)이란 점이 사람들을 매료시키는 요소임에 변함없는 것 같다. 엔카는 가사의 의미를 잘 이해하고 내용을 단어로 나누어 음미하고자 노력한다면 누구라도 절반은 가수처럼 부를 수 있다. 끝으로 가라오케 교실에서 가르치는 '엔카 잘 부르는 방법 10가지'를 소개한다.

1. 이미지를 연상한다. 즉 가사에 산이 있으면 산을, 바다가 있으면 바다를, 인물이라면 구체적으로 떠올린다.
2. 배가 부르지 않아야 한다.
3. 몸의 중심을 발끝에 가볍게 실은 편한 자세를 취한다.
4. 마이크는 왼손으로 잡는다.
5. 리듬을 타야 한다.
6. 호흡은 악보의 지시대로 한다. 대개 2소절에 1회씩 쉼표가 있다.
7. 마음속으로 사랑을 그리면서 감동을 준다는 생각으로 노래를 부른다.
8. 강약과 고저를 적절히 가미하고, 낮고 힘 있는 목소리로 부른다.
9. 노래 마지막 부분은 가능한 음을 길게 끌어준다.
10. 받침, 즉 'ㄱ'의 발음에 주의한다.

21. 전통의 창조적 계승, 일본 현대극

【안희정】

　일본의 연극은 노(能), 교겐(狂言), 닌교조루리(人形浄瑠璃) 및 가부키(歌舞伎) 등의 전통극과 메이지시대 이후에 서양에서 들어온 현대극으로 나눌 수 있다. 오늘날까지 계승·공연되고 있는 전통극은 현대극에 많은 자극을 주었으며 현재에도 여전히 영향을 미치고 있다. 또한 지금도 전통극과 현대극의 교류가 활발히 이루어지고 있는 일본 연극은 세계에서도 드문 특수성과 다양성을 가지고 있다고 해도 과언이 아니다.

　현대극은 메이지시대(明治시대:1868~1912년)의 가부키에 대해 신파극으로 발족한 '소시 연극'(壯士芝居)으로부터 시작되었다. 이 신극은 유럽의 근대운동의 영향을 받아 1909년 전후로 신흥 소시민과 지식인 계급의 요청으로 사회문제 등을 주로 다루는 연극활동을 시작하면서 가부키를 토대로 한 종래의 신극과는 다른 새로운 운동체로서의 길을 걷게 되었다. 제2차 세계대전을 겪으면서 예술집단의 사상이나 표현을 다양화시켰는데 1960년대에 새로운 물결을 타면서 현대연극의 원형을 만들어냈다고 할 수 있다.

일본 현대극의 역사를 거론할 때 절대 빼놓을 수 없는 것이 1953년에 게이오고등학교와 도쿄대학의 연극 관련 동아리가 결속해서 만든 극단 '시키'(四季)이다. 아사리 게이타(浅利慶太)는 이를 통해 창작극 연속 공연을 기획하고 '1960년대의 일본의 상황과 그 속에서 살아가는 인간상을 드라마로 표현하여 정통연극의 전통을 계승한다'는 목적하에 이시하라 신타로(石原慎太郎), 데라야마 슈지(寺山修司), 다니가와 슌타로(谷川俊太郎) 등의 희극을 상연했다.

또한 극단 시키는 독자적으로 완성한 분명한 대사기법 · 경쾌한 움직임 · 적절한 템포와 리듬으로 연출과 연기에 깊이 관여하면서 고전극 스타일에 바탕을 둔 극이나 뮤지컬에서 독자적인 영역을 구축해 나아갔다.

1960년대에는 미일안전보장조약 개정을 반대하고 언더그라운드 연극이라고 불렸던 소위 '60년 안보운동'의 영향을 받아 기성연극, 근대극으로서 신극을 뛰어 넘는 새롭고 창조적인 본연의 모습을 모색하려는 움직임이 있었다. 이 소극장파의 제1세대로는 '상황극장'의 가라 주로(唐十郎), '와세다 소극장'의 베쓰야쿠 미노루(別役実), 'C석 관람석'(天井桟敷)의 데라야마 슈지, '현대인 극장'의 니나가와 유키오(蜷川幸雄), '도쿄 키드 브라더스'의 히가시 유타카(東由多加) 등이 있다.

이 소극장 운동은 연극공간을 도시로 옮기고, 신주쿠의 '가엔'(花園) 신사 경내에 빨간 텐트(紅テント)를 설치하는 등 도발적인 연극으로 언더그라운드 문화의 상징적인 존재가 되었다. 그리고 1970년부터

연극센터 68/71은 검은 텐트에 의한 이동공연을 시작했다.

하지만 1970년대의 제2차 안보투쟁이 종식되고, 정치적인 색채를 띤 연극이 퇴조함에 따라 언더그라운드 연극이나 텐트에 의한 이동연극의 열기도 식어 가면서, 70~80년대에는 학생 연극활동으로 출발한 쓰카 고헤이(つか·こうへい)나 노다 히데키(野田秀樹)가 등장했다. 소극장 제2세대에 속하는 쓰카 고헤이는「아타미 살인사건」,「스트립퍼 이야기」등의 작품을 통해 자조적인 메시지를 던짐으로써 젊은이들 사이에 일대 붐을 일으켰다.

쓰카 고헤이 이후, 언더그라운드로서 적극적으로 활동하고 있던 소극장 운동은 점차 퇴조하여 70년대 말에는 자취를 감추었다. 젊은층의 연극은 더 이상 언더그라운드에서의 어두운 이미지를 가진 마이너가 아니라 메이저이면서 밝고 경쾌한 문화에 속하게 되었기 때문이다.

또한 1970년대를 포함하여 80년대에는 노(能)나 가부키 같은 고전극과 현대연극 사이의 교류 및 신극과 상업연극의 교류가 활발했다. 노 배우와 신극 배우가 같은 무대에 서서 그리스의 비극을 상연하고, 가부키나 노를 통해 세익스피어극을 연출하거나 가부키 배우와 신극 배우가 같은 무대에 서게 된 것이다.

80년대부터의 또 다른 특징으로 뮤지컬의 인기가 높아졌다는 사실을 꼽을 수 있다. 뮤지컬의 본고장 미국 브로드웨이 극단의 일본 공연이 잦아졌을 뿐만 아니라, 극단 시키는 아사리 게이타를 주축으로 한「캣츠」(Cats),「오페라의 유령」(Phantom of Opera),「레미제라블」(Les Miserables) 등의 공연으로 일본 최대의 뮤지컬 극단으로 자리매김하며 롱런 행진을 하기도 했다. 오늘날에도 극단 시키는 각지에 상설관을 오픈하는 등 경영적인 면에서도 커다란 성과를 거두고 있다.

버블 경제가 붕괴된 90년대에는 일상을 담담하게 그리는 히라타 오리자(平田オリザ)에 의한 조용한 연극이 주목받았으며, 2000년대에는 소극장계열 극단과 가부키나 상업연극이 하나가 되어 제작하는 프로듀스 공연도 활발해져 연극 팬의 활동 범위를 넓히는 토대가 마련되었다.

이 시기의 연극을 마치 겨울 같다고 표현하는데, 그것은 양식이 다양해짐에 따라 쉽게 연극의 흐름을 읽어내지 못하는 상황을 놓고 아무런 진전이 없다고 보는 편향된 시각에서 나온 말이다. 이는 언더그라운드나 소극장 운동 등의 연극의 본질을 제대로 파악하지 못하고 단순히 세대만을 구분하려 한 때문이라고 한다.

일본극단협회는 풍부한 경험과 새로운 지식을 토대로 연극 공익단체로 1992년에 첫 걸음을 내딛었다. 이 단체의 활동보고에 의하여 일본의 대형 및 중견 극단의 활동을 알 수 있는데, 현대연극을 하는 극단이 주류를 점하고 있지만 가부키 독립극단이나 아동극, 팬터마임, 인형극 등의 전문극단도 가입되어 있다. 2020년 현재 51개 극단이 가입되어 있다.

가입극단으로는 분가쿠좌(文学座), 하이유좌(俳優座), 민게이(民芸:민게이 대신 세이넨좌(青年座)를 넣기도 함)의 대표적인 3대 극단을 포함해서 NLT, 연극집단 엔, 스바루 등 1960년대에 분리되어 견실히 활동을 넓혀 가고 있는 그룹과 젠신좌, 데아트르 에코, 데오리좌 등 엔터테인먼트 세계에서 저명한 배우가 참여하고 있는 극단, 그리고 영화배우로도 유명한 나카요 다치야(仲代達矢)가 이끄는 무메이 주쿠(無名塾) 등이 있다. 또한 일본 연극계를 대표하는 최고의 연출가로 국제적인 명성을 얻은 센다 고레야(千田是也, 1994년 사망)를 꼽을 수 있다.

2000년 이후 현재까지 20년간 일본의 극단시장은 상당히 축소되어 왔다. 일본극단협회에 의하면 1999년부터 2011년 사이에 극단수와 공연 횟수는 1999년에 75개, 3,092회이었고, 2004년에 88개, 3,561회로 정점을 찍은 후 2011년에 23개가 감소한 65개, 876회가 감소한 2,685회이었다.

감소한 원인으로 연극 이외의 여러 문화 콘텐츠와의 무한경쟁 및 극단측의 공연관객유치 및 공연정보 제공을 위한 인터넷 활용 부족 등을 꼽는다. 인터넷의 고속화와 보급으로 인해 문화 콘텐츠가 다양해지면서 심한 경쟁 속에 놓이게 되었으며, 극단측의 홈페이지와 SNS운용의 부족으로 인해 인터넷으로 공연정보를 얻는 경우가 불과 16%밖에 되지 않는 실정이다. 티켓 구입의 경우도 관계자를 통한 구입과 전화를 이용한 구입이 1위와 2위를 차지한 반면 인터넷 구입은 3위이다.

또한 일본 연극 관객의 큰 비중을 차지하고 있는 60대 관객층이 점차 70대가 됨으로써 앞으로 수년 뒤 관객 인구 감소를 예상해 본다면 연극시장의 축소는 불가피하다고 할 수 있다.

SNS나 디지털 기술의 발전은 인간의 삶을 놀랍도록 변화시키고 있다. 소비에 대한 비즈니스 마케팅의 변화를 일례로 들면 '상품 소비'(モノ消費 : 상품 소유에 가치를 두는 소비)에서 '경험 소비'(コト消費 : 체험이나 경험에 가치를 두는 소비)로, 그리고 다시 '현장 소비'(トキ消費:그 순간, 그 장소에서만 할 수 있는 한정적인 경험에 가치는 두는 소비)로 변화해가고 있다. 이러한 '가치의 변화'에 주목하고 발 빠르게 소비자의 요구를 파악해서 대응해야 할 것이다.

관객을 기다리는 문화에서 관객을 만들어가는 문화로 가고 있는 오늘날 비즈니스 마케팅은 매우 중요한 요소라고 할 수 있다. 디지털기술이 문화 전반에도 크게 영향을 미치고 있는 이 시대에 일본 연극계도 변화를 추구해야 한다. 디지털 시대의 변화를 적극적으로 수용하는 유연함을 갖추고 나아가 관객의 요구·성향·변화 속도 등을 간파하면서 디지털 기술과 문화를 담는 플랫폼 활용을 잘 접목하는 노력을 해 나간다면, 일본 연극의 전통을 살리면서도 창조적으로 계승 발전시킬 수 있을 것이다.

22. 여성 가극단 다카라즈카

【박유자】

효고현(兵庫縣) 다카라즈카시에 위치한 다카라즈카 가극(宝塚歌劇)을 모르는 일본 사람은 아무도 없다. 일명 '다카라즈카'로도 불리는 이 극단은 '깨끗하고 바르고 아름답게'라는 모토를 내걸고, 지금까지 90년 이상의 긴 세월 동안 일본 국민들의 사랑을 받고 있다.

다카라즈카 가극단은 전부 여자로만 구성되어 있다. 남자 역할까지도 여자가 하는 다소 특이한 극단으로 꽃[花], 달[月], 눈[雪], 별[星], 하늘[宙]이라는 5개의 조가 교대로 공연을 하고 있으며, 각 조별로 남자역의 주연과 여주인공이 있고, 주로 이들을 중심으로 해서 연극이 공연된다. 근래에 들어서는 전과(專科)가 생겨 각 조에서 경험을 쌓은 뛰어난 연기자들이 적(籍)을 두고 있다. 이들은 재연(再演)을 하지 않고 항상 새로운 무대를 선보이는 것을 원칙으로 하며, 정기적인 해외 공연도 하고 있다.

극단의 단원이 되기 위해서는 반드시 다카라즈카 음악학교를 졸업해야 한다. 이 학교는 매년 중·고등학교에 재학중인 여학생만을 대상

다카라즈카 공연 모습

으로 신입생을 모집하는데, 입시경쟁률은 평균 40대 1로, 흔히 '동쪽의 도쿄대학, 서쪽의 다카라즈카'라고 할 정도의 명문으로 꼽힌다.

다카라즈카 음악학교는 1913년에 발족한 다카라즈카 가창대(宝塚歌唱隊)에서 시작되었으므로 무려 90년이나 되는 역사를 자랑하고 있다. 그 후 1939년에 음악학교와 가극단으로 분리되었지만, 가극단의 단원은 일관되게 이 학교 출신으로 이루어져 왔고, 지금까지 약 4천 명의 졸업생을 다카라즈카의 무대로 보냈다.

이 학교의 설립 목적은 음악, 무용, 연극 등의 예능을 연마하며, 순수하고 고결한 인격 및 교양을 키워 훌륭한 무대인의 양성에 노력한다는 것이다. 이처럼 훌륭한 덕목으로 인해 다카라즈카의 무대는 예나 지금이나 많은 일본인의 사랑을 받고 있다. 좀처럼 보기 힘든 화려한 무대와 여자만이 표현할 수 있는 섬세함과 부드러움, 그리고 무엇보다 남장을 한 주인공은 항상 일본의 젊은 여성들의 동경의 대상이 되어 왔다.

다카라즈카 무대만의 독특한 화장법 또한 그 화려함을 더해주고 있다. 마치 만화 속 주인공 같은 꽃미남이 실제로 나타난 듯한 착각에 연극을 보는 관객들은 매료되고, 지금도 많은 일본의 젊은 여성들이 다카라즈카의 스타가 되고자 이 학교의 문을 두드리고 있다.

그러나 이 학교에 들어가기란 하늘의 별 따기만큼이나 어렵다. 입학시험도 면접, 성악, 발레들의 과목이 있고 1차, 2차를 거쳐 최종면접을 통과해야만 한다. 면접에서는 용모는 물론 언어, 동작, 태도 등을 꼼꼼하게 체크하고, 발성과 고전 발레까지 완벽하게 소화할 수 있어야만 한다. 따라서 다카라즈카를 꿈꾸는 여학생들은 어려서부터 준비를 한다.

다카라즈카 학교의 또 다른 특징은, 입학생들은 전원 기숙사 생활을 하며, '깨끗하고 바르고 아름답게'라는 모토에 부합되는 여성이 되기 위해 예능의 기초와 여성으로서의 교양을 쌓도록 엄격한 규칙과 철저한 훈련을 받는다는 것이다. 따라서 다카라즈카 출신의 여자들은 극단을 그만두더라도 일등 신부감으로 간주된다. 하지만 결혼을 하면 극단을 그만두어야 하고, 다른 연예활동을 할 때도 극단을 떠나야 한다는 엄격한 규칙이 있다. 실제로 일본에서는 다카라즈카 출신인 여성이 영화배우나 유명인사들과 결혼하는 경우가 많다. 그리고 그들은 자신이 다카라즈카 출신이라는 것을 평생의 자랑으로 생각한다. 현재 일본의 국토통상장관인 오오기 치카게(扇千景)라는 여성도 다카라즈카 출신으로, 무대에서 활약하던 시절에 지금의 남편인 가부키 배우를 만나 결혼하고 장관의 자리에까지 올랐다.

다카라즈카 가극단은 5개의 조로 나누어져 있기 때문에 팬들은 자

다카라즈카 포스터「장미 봉인」

신이 좋아하는 스타의 공연을 골라서 관람을 한다. 극단의 주무대는 본거지인 다카라즈카시에 있는 다카라즈카대극장으로, 연중 교대로 공연이 열린다. 극장은 2,527석의 대극장이며, 관람료도 S석인 경우 7천5백 엔이나 된다. 이 밖에 도쿄에도 전문극장인 도쿄다카라즈카극장이 있다. 이 극장의 경우도 SS석의 경우 관람료가 1만 엔이나 된다.

다카라즈카의 공연 가운데 가장 유명한 것은 역시「베르사유의 장미」일 것이다. 이케다 리요코(池田理代子)의 만화를 연극화한 작품으로 1975년 초연 당시 선풍적인 인기를 얻었다. 원작만화의 주인공 '오스칼'은 그야말로 꽃미남이며 뭇여성들이 그를 사모한다. 하지만 그는 여자임을 숨기고 살 수밖에 없는 남장녀(男裝女)이다.

프랑스혁명을 배경으로 한 귀족생활을 주제로 이야기가 전개되기 때문에 무대장식이 매우 장엄하고, 등장인물들의 의상도 화려하다. 그러나 결국 오스칼은 자신이 사랑하는 사람에게 마음을 알리지도 못하고 고뇌한다.

만화 속에서나 가능한 로맨틱하고 환상적인 세계를 현실에 옮겨놓고, 개성 있는 캐릭터의 모습은 물론 성격까지 빈틈없이 재현해내는 완벽한 연기. 이들이 바로 다카라즈카의 자랑이며 오랫동안 변함없이 일본인들의 사랑을 받아왔던 비결일 것이다.

23. 일본의 국민 영웅 모모타로

【이용미】

부리부리한 두 눈에 머리에는 뿔이 하나 또는 둘 우뚝 솟았고, 귀 밑까지 찢어진 입에 날카로운 송곳니, 몸은 온통 털북숭이이고, 호랑이 가죽으로 만든 팬티를 입고서, 뾰족뾰족 가시가 돋친 방망이를 들고 있는 것은 과연 무엇일까?

'도깨비!'라고 답한다면 맞았다고 할 수도 있고, 틀렸다고 할 수도 있다. 왜냐하면 이것은 우리나라 전래의 도깨비 모습이 아니라 일본의 옛날이야기에 등장하는 '오니'(鬼)의 전형적인 모습인 때문이다.

"아닌데, 우리나라의 '혹부리 영감' 이야기에도 똑같이 생긴 도깨비가 등장하는데"라고 이의를 제기할 사람도 있을 것이다. 하지만 혹부리 영감 이야기가 실은 토종 일본산이라고 한다면 이야기는 달라진다. 일본의 대표적인 옛날이야기인 '고부토리지이'(こぶとりじい)가 일제강점기에 초등학교 교과서에 '혹 뗀 이야기'로 실린 것이고, 당시 교과서에 삽화를 그린 이가 일본의 것을 참조해서 오니의 모습을 그린 것이다. 그러므로 우리가 오니를 우리나라 전래 도깨비의 전형으로 착각하

고 있음에 지나지 않는다. 다시 말해 도깨비의 이미지 역시 일제강점기가 남긴 문화의 왜곡 가운데 하나라고 할 수 있다.

역사에 대한 문제를 접어둔다면, 과연 일본의 오니는 어떤 성격을 가진 존재인지 궁금해지지 않을 수 없다. 우리나라의 도깨비는 가끔 심술을 부리기도 하지만, 어딘가 어수룩한 구석도 있고 때로는 사람을 돕기도 한다.

하지만 일본의 오니는 무척 사악한 존재로 이른바 악당의 이미지를 갖고 있다. 주로 산이나 숲에 살면서 가끔 마을에 나타나 도둑질, 납치, 심지어 살인 등의 해코지를 도맡아 해서 무서운 요괴 가운데 하나로 공포와 두려움의 대상이었다. 따라서 이 무서운 오니를 어떻게 몰아내고 혼을 내주는가가 일본이야기의 중요한 테마가 되곤 했다. 그중에서 일본인이라면 누구나 알고 있을 저 유명한 '모모타로(桃太郎) 이야기'를 살펴보자.

옛날 옛적, 어느 마을에 할아버지와 할머니가 살고 있었다. 어느날 시냇가에 빨래하러 간 할머니는 물 위로 두둥실 떠내려오는 복숭아를 발견하고, 할아버지와 나누어 먹으려고 조심스레 건져올려 집으로 돌아왔다. 그런데 복숭아를 쪼개자 안에 아주 작은 아기가 들어 있지 않은가. 자식이 없던 두 사람은 아기가 복숭아에서 태어났다고 해서 '모모타로'(桃太郎)라 이름짓고 온갖 정성을 쏟으며 키웠다. 모모타로는 무럭무럭 자라나 아직 소년임에도 불구하고 사방 십 리에서는 대적할 만한 사람이 없을 정도로 힘센 장사가 되었다. 하루는 이 소문을 듣고 고을 원님이 찾아와 모모타로에게 '오

니섬'(鬼ヶ島)에 사는 오니를 물리쳐 줄 것을 부탁했다. 흔쾌히 원님의 청을 받아들인 모모타로는 할머니가 만들어준 수수떡 세 개를 허리춤에 차고 오니를 무찌르러 집을 나섰다. 한참을 걷던 모모타로는 개 한 마리를 만났다.

개 : 모모타로야, 어디 가니?

모모타로 : 오니(鬼)를 혼내 주러 오니섬에 간다.

개 : 허리춤에 찬 건 뭔데?

모모타로 : 일본에서 제일 맛난 수수떡.

개 : 그 떡 하나만 수라. 그럼 네 부하가 될게.

모모타로 : 좋아! 자, 떡.

이렇게 해서 개와 동행하게 된 모모타로는 차례로 원숭이와 꿩을 만나고, 역시 수수떡을 주어 이들을 부하로 삼게 된다. 드디어 모모타로 일행은 오니가 살고 있는 섬에 도착하지만, 성문은 굳게 잠겨 있었다. 그러자 먼저 꿩이 날아가 성문 안쪽에서 빗장을 풀고, 개는 달려들어 오니의 다리를 물고 늘어지고, 원숭이는 오니의 얼굴을 마구 할퀴는 등 용맹히 싸운 결과 항복을 받아낼 수 있었다.

덕분에 모모타로는 오니에게 받아낸 금은보화를 가득 싣고 고향으로 돌아와 고을 원님에게 포상도 받고 할아버지 할머니와 행복하게 살았다.

이와 같은 내용의 '모모타로 이야기'는 오니를 퇴치하는 옛날이야기 가운데 가장 대표적인 것으로 지역에 따라 다양한 버전이 있지만 복숭아에서 태어난 아이가 개, 원숭이, 꿩을 부하 삼아 오니를 무찌른다는 내용은 대개 동일하다. 그런데 왜 하필이면 복숭아에서 태어난 아이가 주인공일까?

동양에서는 예로부터 복숭아나무를 생명력을 북돋우고 나쁜 기운을 물리치는 주력(呪力)을 지닌 것으로 믿어왔다. 우리가 제사를 지낼 때 과일로 복숭아를 사용하지 않는 것도 마찬가지 이유 때문이다. 일본의 신화에서도 저승에서 이승으로 돌아오던 이자나기신(伊弉諾尊神)이 복숭아를 던져 추격을 따돌렸다는 이야기가 전해내려오기도 한다. 말하자면 복숭아에 대한 주술적 신앙에 보통 사람과는 다른 영웅만의 특이한 탄생담이 덧붙여져서 모모타로가 세상에 태어난 것이라고 할 수 있다.

한편 개, 원숭이, 꿩이 모모타로의 부하로 등장하는 이유는 무엇일까? 이러한 동물들이 등장하게 된 이유에 대해서는 몇 가지 설명이 가능하다. 우선 꿩은 공군, 원숭이는 육군, 헤엄칠 수 있는 개는 해군에 빗대어 이른바 육해공의 막강한 전투력을 상징하고 있다는 설을 들수 있다. 둘째로 일반적으로 개는 충성, 원숭이는 지혜, 꿩은 용기를 지니고 있다는 의미에서 지인용(智仁勇)을 두루 갖춘 부하를 두면 반드시 승리한다는 점을 상징하고 있다는 것이다. 셋째는 음양오행설(陰陽五行説)이다. 일본에서 예로부터 오니는 동북쪽에 살고 있다고 믿어왔다. 음양오행설의 방위에 따르면 동북쪽은 축인(丑寅:소와 호랑이)에 해당되는데, 여기에서 오니의 전형적인 외모가 파생되었다고 한다. 즉 소처럼 머리에 뿔이 났으며, 오니의 트레이드마크인 호랑이가죽팬티 역시 사는 방향의 상징이었던 것이다. 사람들은 오니가 살고 있는 동북쪽의 반대인 남서쪽인 신유술(申酉戌)을 상징하는 동물, 즉 원숭이[申],

꿩[西:실제로는 닭이다], 개[戌]를 동원하면 물리칠 수 있으리라고 생각한 것이라 할 수 있다.

오늘날 모모타로는 단순한 전래동화로 동심(童心)에만 살아있는 존재는 아니다. 예를 들어 오카야마현(岡山県)은 모모타로의 발상지라는 점을 대대적으로 선전하여, 매년 8월이면 모모타로 마쓰리(祭り)를 개최하는데, 오니가 살던 성, 모모타로의 신사(神社) 등을 꾸며 관광상품으로 개발하여 경제적인 수익을 올리고 있다.

비록 부분적이긴 해도 옛날이야기를 모티브로 무형의 가치를 유형의 가치로 전환시키는 일본인들의 천부적인 소질을 엿볼 수 있다. 그저 감탄만 할 것이 아니라, 우리도 '인당수 관람 겸 연꽃 건지기 대축제' 또는 '콩쥐 신발 찾기 대회' 등 구전설화나 옛날이야기를 보다 적극적으로 활용하여 관광산업의 부가 가치를 창출하면 어떨까 하고 생각해본다.

24. 『태양의 계절』과 태양족

【이재성】

　일본은 1953년에 첫 TV방송이 시작되었고, 1955년에 트랜지스터 라디오가 발매되면서 가정용 전자제품 시대의 막을 열었다. 느린 맘보를 대신해 강렬한 템포의 로큰롤이 크게 유행했던 1956년의 경제백서는, 이제 더 이상 전후(戰後)가 아니라는 선언과 더불어 신세대 젊은이들의 행동양식 변화와 '태양족'(太陽族)의 등장을 보고했다. 듣기조차 생소한 태양족이란 대체 어떤 부류의 사람들을 지칭하는 것일까?

　1955년 히토쓰바시(一橋) 대학에 재학중이던 이시하라 신타로(石原慎太郎)는『문학계』7월호에 중편소설「태양의 계절」(太陽の季節)을 발표했다. 전후세대들의 궤도를 이탈한 자유분방한 행동들을 묘사하면서, 이상을 잃어버린 시대를 사는 젊은이들의 분노와 고독감을 날카롭게 포착한 청춘소설로, 종래의 작품들이 봄날의 햇볕과 같은 분위기 위주였던 것에 비해 작열하는 태양처럼 뜨겁고 눈부신 연애를 그려, 당시로서는 충격과 함께 강한 반발을 일으키기도 했다.

　권투부에 소속된 대학생 쓰가와 다쓰야(津川竜哉)는 부원들과 함께 걷다 거리에서 알게 된 에이코(英子)와 교제 중이다. 자동차 사고로 사랑하는 사람을 잃은 경험이 있는 에이코는 자포자기의 심정으로 여러 남자들과 사귀고 있었다. 여름이 되자 다쓰야와 그의 형 그리고 친구들은 바다로 가서 요트놀이를 하며 직업여성들과 어울린다. 그곳에 에이코가 찾아오고…. 다쓰야와 에이코는 전과는 다른 육체적 쾌락을 경험한다. 다쓰야는 다른 여자를 만나거나, 에이코를 사이에 두고 형과 거래를 함으로써 자신에게 집착하는 그녀에게 상처를 준다. 얼마 후, 다쓰야의 아이를 가진 에이코가 임신중절수술을 받지만, 나흘만에 복막염으로 숨을 거둔다. 그제서야 다쓰야는 자신이 에이코를 진정으로 사랑했음을 깨닫는다.

이 소설은 당시로서는 내용이 지나치게 파격적이어서 많은 비판을 받기도 했는데, 특히 이제는 하나의 전설이 되어버린 '문풍지에 구멍 뚫기' 장면은 세상을 떠들썩하게 만들었다.

욕조에서 나와 전신에 물을 끼얹으며 다쓰야는 이때 비로소 에이코에 대한 마음을 굳혔다. 벌거벗은 상반신에 타월을 걸치고 밖으로 나온 그는 미닫이문 바깥쪽에서 에이코를 불렀다. "에이코씨!" 방안의 에이코가 이쪽을 향한 낌새를 느낀 그는 발기된 음경을 바깥쪽으로부터 찔러 넣었다. 미닫이문의 문풍지가 와삭 하고 건조한 소리를 내며 찢어지고, 그것을 본 에이코는 읽고 있던 책을 있는 힘껏 미닫이문을 향해 던졌다. 책은 정확히 표적을 맞추고 다다미 위로 떨어졌다. 그 순간, 다쓰야는 온몸이 조여오는 듯한 쾌감을 느꼈다.

이시하라 신타로의 동명소설을 영화화한
대표적인 태양족 영화 「태양의 계절」

당시 일본의 문단뿐만 아니라 사회에도 큰 파문을 던진 이 소설은 반사회적, 반윤리적이라 하여 일대 논쟁을 불러일으키는 가운데, 최고 권위를 가진 문학상인 아쿠타가와상(芥川賞)의 제34회 수상작으로 결정되었고 반 년 만에 무려 30여만 부가 팔렸다.

이 소설로 인해, 기성세대의 시각에서 보면 반윤리적이고 궤도를 이탈한 젊은이, 기성의 질서를 따르지 않는 젊은이들을 가리키는 태양족이라는 유행어가 생겨났다. 닛카쓰사(日活社)는 주연배우를 나가토 히로유키(長門裕之)와 미나미다 요코(南田洋子)로 정하고, 후루카와 다쿠미(古川卓巳) 감독을 기용하여 영화화했다. 1956년 5월 7일에 개봉한 「태양의 계절」이 폭발적인 히트를 기록하자, 56년 6월에는 「처형실」(処刑の部屋), 56년 7월에는 「상한 열매」(狂った果実), 56년 8월에는 「역광선」(逆光線), 56년 10월에는 「여름태풍」(夏の嵐) 등 이른바 '태양족 영화'들이 잇달아 제작되었으며, 이러한 일련의 태양족 영화에 맞서 부인단체나 PTA(Parent-Teacher Association:교육효과의 향상과 아이들의 행복실현을 목적으로 설립된 부모와 교사의 모임)가 상영제한운동을 벌이기도 했다.

또 여름밤의 해안에서 사랑을 속삭이는 월광족(月光族)이라는 유행어와 신타로가리(慎太郎제り)라 하여 스포츠형 머리 모양의 앞머리 카

태양족의 대명사가 된 이시하라 유지로

락을 가지런히 하지 않고 이마에 드리우는 헤어스타일도 젊은이 사이에서 크게 유행했다.

이렇듯 '신세대의 기수'라는 화려한 수식어와 함께 스포트라이트를 받으며 문단에 등장했던 이시하라 신타로는, 1968년에 참의원선거 전국구에 출마하여 사상 최고의 득표수를 기록하며 정계에 진출한 후, 지금까지 작가와 정치생활을 병행해오고 있다. 1999년에 도쿄 도지사에 출마하여 당선되었고, 70세가 된 2003년 4월 13일 치러진 통일지방선거에서 70.2%라는 도쿄 지방선거 사상 최고 득표율로 재선에 성공한 그는, 총리가 되겠다는 꿈도 숨기지 않고 있다.

신타로는 또한 제2차 세계대전 전범(戰犯)들이 묻힌 야스쿠니 신사 참배 지지, 역사 왜곡 교과서 지지, 북한에 대한 공격 불사, 아시아인에 대한 차별이나 여성차별 발언 등을 되풀이해온 극우 보수파 정치가로도 유명하다. 『No라고 말할 수 있는 일본』, 『스파르타 교육』, 『아버지를 없애고 국가를 일으킬 수는 없다』, 『혼의 교육─일본의 붕괴를 막는 유일한 수단』, 『이 일본을 어떻게 할 것인가』 등의 에세이를 통해 적극적이고도 일관되게 자신의 생각을 주장해온 점이나, 좌충우돌하는 돈키호테적인 추진력과 강한 리더십에 호감을 갖는 국민들이 많아서, 의원내각제가 아닌 대통령 직선제라면 가장 유력한 후보임에 틀림없으나, 직설적인 표현을 서슴지 않는 그를 좋아하는 정치인은 그리 많지 않다.

한편, 태양족을 이야기함에 있어 결코 빼놓을 수 없는 인물은 다름 아닌 이시하라 신타로의 동생 유지로이다. 이시하라 유지로는 게이오 대학에 재학중이던 1955년에 처음 출연한 영화 「태양의 계절」에서 주 인공 다쓰야의 친구 역으로 잠깐 등장했음에도 불구하고 훤칠한 키와 넘치는 야성미로 엄청난 반향을 불러일으켰다. 그 여세를 몰아 역시 형 신타로의 작품을 원작으로 한 영화 「상한 열매」의 주인공으로 발탁되었 는데 이 또한 크게 호응을 얻었고, 1957년의 영화 「태풍을 몰고 오는 남자」(嵐を呼ぶ男)의 히트로 일약 스타가 되어 새로운 시대의 히어로로 서 젊은이들의 압도적인 지지를 얻었다.

이시하라 유지로가 연기한 태양족 젊은이나 무드액션의 과거를 지닌 남자, 또는 발랄한 청년상은, 수줍음이 많고 유복한 가정에서 자랐으며 노래도 잘 부르고 야성적이며 약간 불량기가 있고 키가 크며 잘생겼고 어 딘가 그늘진 구석이 있어서 여자들에게 인기가 많은 점 등 당시의 젊은 이들이 원하는 모든 것을 갖추고 있었다.

이렇듯 태양족의 이미지를 형상화하며 전후 영화계 최고의 청춘스 타로 등장한 유지로는 기성세대의 반발과 젊은이들의 환호라는 상반된 반응 속에 최초로 일본에 청년문화를 출범시켰다는 평을 받았고, 그가 출연한 작품은 유럽으로 수출되기까지 했다. 또 유지로가 부른 노래가 항구에 울려퍼졌을 때, 일본의 젊은이들은 열광하고 전율했다. 거기에 는 살아 있는 남자의 숨소리, 야성, 다이나믹함이 있었기 때문이다. 젊은이들에게 열렬한 지지를 받으면 받을수록 그는 수줍어하며 "나는 영화 배우일 뿐 가수가 아니다"라고 했는데, 이 말조차 유명세를 탔다.

청춘영화나 액션영화를 중심으로 활약하고, TV에서도 수많은 인기 형사드라마에 출연했던 유지로는, 1987년 7월 17일 간암으로 향년 52세의 짧고도 화려한 생을 마감했다.

이 외에도 원작의 내용과는 많이 다르지만 TBS 연속드라마 일요극장 「태양의 계절」이 와타나베 무쓰키(渡辺睦月) 감독, 다키자와 히데아키, 이케와키 치즈루 주연으로 2002년 7월부터 9월에 걸쳐 인기리에 방영되었으며, DVD로도 출시되었다.

25. 「라쇼몬」부터 「센과 치히로의 행방불명」까지

【구혜경】

세계 3대 영화제의 하나인 베를린영화제에서, 2001년 최고상인 금곰상 수상작은 일본의 애니메이션 「센과 치히로의 행방불명」(千と千尋の神隠し)이었다. 칸영화제, 베니스영화제와 더불어 손꼽히는 국제영화제에서 애니메이션이 최고상을 받은 것은 최초의 일로, 일본 영화산업의 저력을 보여주는 예라 할 수 있다. 하지만 이미 오래 전부터 일본영화는 관계자의 주목을 받았고, 국제영화제에서 수상한 작품도 상당수가 있다.

일본영화사상 제2의 영화 붐을 일으킨 1950년대는 해외 진출을 시도한 시기로서, 세계 영화시장에서 호평을 받은 것은 물론 많은 작품들이 노미네이트되었다.

1951년 구로사와 아키라(黒沢明) 감독의 「라쇼몬」(羅生門)이 베니스영화제에서 그랑프리를 수상한데 이어, 일본영화사상 중요한 위치를 차지하는 미조구치 겐지(溝口健二) 감독은 「사이카쿠 일대녀」(西鶴一代女), 「우게쓰 이야기」(雨月物語), 「산쇼다유」(山椒大夫) 등으로 1952년

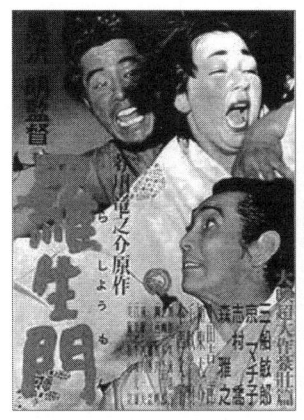

부터 1954년까지 3회 연속으로 베니스 영화제에서 수상하는 쾌거를 이루었다. 또한 1954년에 기누가사 데이노스케(衣笠貞之助) 감독은 칸 영화제에서 「지옥문」

일본영화의 위상을 높인 「라쇼몬」과 「센과 치히로의 행방불명」

(地獄門)으로 그랑프리를 받았다.

유럽의 비평가와 감독들은 극동의 나라에서 만들어진 영화에 경탄했고, 이로 인해 몇몇 감독은 거장(巨匠)이라 불리며 일본 영화의 신화를 만들었다. 이 시기에 이렇듯 많은 일본영화가 세계 영화시장에서 주목을 받게 된 원인은 물론 작품성이라는 면을 배제할 수 없지만, 사무라이 정신이나 전통 기모노 의상 등이 당시 유럽에서 유행하던 오리엔탈리즘을 만족시켜 주었기 때문이라는 사실도 부정할 수는 없다. 또 「지옥문」과 같이 국제영화제 수상을 목표로 해서 서양사람들의 흥미를 유발할 수 있는 주제와 이야기의 전개를 선택하여 영화를 제작한 의도역시 성공 요인이라 할 수 있을 것이다. 즉 이와 맥을 같이 하는 영화의 이면에는 많은 시대극이 만들어졌다는 사실도 간과할 수 없다.

일본영화의 국제영화제 수상은 한동안 주춤하다가 1980년에 「가게무샤」(影武者)가 제33회 칸영화제에서 황금종려상을 수상했고, 1983년 제36회 칸영화제에서 「나라야마부시코」(楢山節考)가 황금종려상을 수상했다. 그 후로는 그다지 주목받을 만한 작품이 없다가, 1990년이 되면서 다시 국제영화제 수상의 열기가 고개를 들기 시작한다.

1980년대부터 일본은 영화관의 규모도 축소되었고, 제작 편수도 현격히 감소했다. 그러나 1994년부터는 시네마콤플렉스 제도의 정착에 의해서 영화관 수도 조금씩 증가했고 제작 편수도 늘어났다. 더욱이 지브리 스튜디오에서 만든 미야자키 하야오(宮崎駿)의 애니메이션 「원령공주」(もののけ姫)가 공전의 히트를 기록하여, 회복의 징후를 보이던 영화계에 활력을 불어넣는다.

1997년 오랜 동안 주춤하던 일본영화가 연속해서 국제 영화제에서 주목을 받으며, 연이어 수상하는 쾌거를 이룩했다. 이마무라 쇼헤이(今村昌平) 감독의 「우나기」(うなぎ)가 칸영화제 그랑프리를 수상했고, 센도 나오미가 「움트는 주작」(朱雀)으로 신인감독상을 받았다. 또한 한국에서도 많은 팬들을 확보하고 있는 만능 엔터테이너인 기타노 다케시(北野武) 감독의 「하나비」(HANA-BI)가 베니스 영화제에서 황금사자상을 받았다.

'일본 영화의 르네상스'라는 말을 들은 이 시기에는 이미 많은 인디 감독들의 존재가 원동력이 되었다. 이와이 순지, 하야시 가이조, 고레에다 히로카즈, 하시구치 료스케, 아오야마 신지 등 신세대 감독들의 해외 영화제에서의 왕성한 활약과 스오 마사유키(周防正行)의 「쉘위댄스」(Shall we dance, 1996)와 오시이 마모루(押井守)의 애니메이션 「공각기동대」(攻殻機動隊, 1995)가 미국 등 해외에서 흥행에 성공한 사실도 일본영화의 국제영화제 수상에 힘을 보탠 것들이었다. 그리고 2001년에 미야자키 하야오 감독의 「센과 치히로의 행방불명」이 베를린 영화제에서 금곰상을 수상하기에 이른 것이다.

이 작품은 인구의 5분의 1에 해당하는 2천5백만 명이 관람함으로써 일본영화사상 가장 많은 관객을 동원한 작품으로 꼽힌다. 기발한 내용과 치밀한 구성 그리고 극중에 등장하는 각종 신(神)들의 모습은 가히 압권이라 할 수 있다.

◆ 세계 3대 국제영화제 수상작

국제영화제는 여러 도시에서 열리고 있는데 영화인들은 세계의 12개 영화제를 중요영화제로 꼽고 있으나 그 가운데 독일의 베를린 국제영화제, 프랑스의 칸 국제영화제, 이탈리아의 베니스 국제영화제가 가장 유명하다. 3대 영화제에서 수상한 일본영화는 다음과 같다.

• 베를린 국제영화제

1954년 은곰상 「살아가는 것」 구로사와 아키라 감독

1963년 금곰상 「무사도 잔혹한 이야기」 이마이 다다시 감독

2001년 금곰상 「센과 치히로의 행방불명」 미야자키 하야오 감독

• 칸 국제영화제

1954년 황금종려상 「지옥문」 기누가사 데이노스케 감독

1980년 황금종려상 「가게무샤」 구로사와 아키라 감독

1983년 황금종려상 「나라야마부시코」 이마무라 쇼헤이 감독

1997년 황금종려상 「우나기」 이마무라 쇼헤이 감독

1997년 신인감독상 「움트는 주작」 센도 나오미 감독

• 베니스 국제영화제

1951년 황금사자상 「라쇼몬」 구로사와 아키라 감독

1952년 비평가상 「사이카쿠일대녀」 미조구치 겐지 감독

1953년 은사자상 「우게쓰 이야기」 미조구치 겐지 감독

1954년 은사자상 「산쇼다유」 미조구치 겐지 감독

1997년 황금사자상 「하나비」 기타노 다케시 감독

26. 기네스북에 오른
최장수 인기영화 「남자는 괴로워」

【김영심】

일본의 국민가수로 미소라 히바리(美空ひばり)를 뽑는다면, 국민영화는 단연 「남자는 괴로워」(男はつらいよ)일 것이다. 1969년에 야마다 요지(山田洋次) 감독에 의해 제작된 이 작품은, 좋은 반응을 얻어 시리즈화(化) 되어 1982년까지 무려 30편이나 만들어져 세계 최장기 시리즈물로 기네스북에 올랐다. 그리고 주인공인 도라상 역을 맡은 아쓰미기 요시(渥美清)가 사망한 1996년까지 총48편이 제작된 명실공히 일본 최장수 인기영화라고 할 수 있다.

술취한 아버지가 실수로 하녀를 건드려 태어나게 된 주인공 도라상. 그가 입버릇처럼 말하듯 태어난 곳도 자란 곳도 도쿄의 변두리 동네 가쓰시카 시바마타. 제대로 교육도 받지 못하고 자란 터라 결코 모범적인 청년이 되지 못했다. 무학비천(無学卑賤)한 그가 할 수 있는 일은 기껏해야 전국을 떠돌며 물건을 파는 장돌뱅이 노릇뿐.

머리에는 누런 모자, 배에는 두툼한 복대, 발에는 언제나 '달가닥 달가닥' 소리를 내는 나막신, 손에는 커다란 가방 하나. 몸도 마음도 가

일본의 국민영화가 된 「남자는 괴로워」(男はつらいよ)

벼이 시바마타를 떠나 오늘도 도라상은 바람 부는 대로 일본 전국 방방곡곡을 떠돈다. 발길 머문 곳에서 미모의 연인을 만나 연모의 정을 느끼지만 누누이 실연의 고배를 마시고 다시금 쓸쓸히 고향 시바마타로 돌아온다.

이처럼 거의 변함없는 형식으로 반복되는 단순한 스토리임에도 불구하고 일본인들이 30여 년이라는 긴 세월 동안 질리지도 않고 매년 설날마다 극장으로 달려가 「남자는 괴로워」를 보아온 까닭은 무엇일까?

첫째는 뭐라고 해도 역시 주인공 도라상(정식명은 구루마 도라지오) 때문일 것이다. 도라상을 맡은 배우 아쓰미는 도쿄의 '시모다니 구루마자카'라는 변두리 동네에서 태어났는데, 주인공의 성(姓) '구루마'는 여기서 따온 것이라고 한다.

일설에 의하면 감독이 주인공을 설정할 때 성을 구루마라고 한 것은 에도시대의 유랑극단을 지배하던 폭력단의 우두머리인 '구루마 젠시치'를 염두에 두었기 때문이며, 도라지오라고 이름지은 것은 희극계의 일인자였던 '사이토 도라지로'를 생각했기 때문이라는 말도 있다. 어찌 되었건 서민 동네에서 자란 배우가 도라상을 연기하는 데 제격이었음은 두말할 필요가 없다.

도라상은 비록 배운것이 없고 겉모습도 시골 야쿠자처럼 험상궂지만 남을 도울 줄 알며 재치 있는 말솜씨로 좌중을 즐겁게 해주는 인정미 넘치는 사나이다. 아무리 자신이 어려운 처지에 놓여 있다 하더라도 불쌍한 사람을 보면 그냥 지나치는 법이 없다. 이기주의와 배금사상이 팽배한 현 사회에서 도라상 같은 사람을 보는 것만으로도 일본인들은 마음이 순화된다고 느꼈던 것이다.

둘째는 도라상이 짝사랑하게 되는 마돈나들이다. 마돈나는 매편 한 명씩 등장하는데 그해 가장 주목받은 여배우가 뽑힌다. 제1편부터 정착하게 된 도라상과 마돈나와의 사랑이야기 이후, 세간에서는 마돈나에 대한 관심이 커지기 시작했다. 아사오카 루리코, 요시나가 사유리, 마쓰사카 게이코, 고토 구미코 등 좋은 평판을 얻은 여배우들은 여러 차례 출연하기도 했다. 일본 국민들은 도라상이 언제쯤 미모의 여인과 결혼할 것인지 기대를 안고 보지만 끝내 이루어지지는 않았다. 아마 도라상이 결혼에 골인했다면 영화는 48편까지 제작되지 않았을 것이다.

마돈나로 나오는 여인들은 미모와 분위기를 갖추고 있어 누가 보더라도 도라상과는 전혀 어울리지 않는다. 때문에 대개는 도라상의 짝사랑으로 끝나기 일쑤지만, 몇몇 마돈나는 적극적이어서 만약 도라상만 적극적이었다면 결혼할 수도 있었다. 그러나 자격지심 때문일까? 도라상은 이루어질 수도 있는 사랑을 코앞에 두고 달아나버린다. 상대방을 독점하지 않고 순수하게 사랑하는 것에 만족하는 그에게서 사람들은 연민을 느끼고, 진정한 사랑이 무엇인가를 생각했을 것이다.

셋째는 따뜻한 가족애이다. 일찍이 부모를 잃은 도라상은, '도라야'라는 가게를 하고 있는 숙부집을 고향집으로 여기며 산다. 숙부는 각지를 떠돌다 집으로 돌아온 도라상을 늘 못마땅하게 여겨 틈만 나면 구박을 하지만 기본적으로는 동정심을 품고 있다. 숙모 또한 도라상을 '도라짱'이라고 부를 만큼 애정을 지니고 있다. 유일한 혈육인 여동생 사쿠라는 나이를 먹었지만 이룬 것 없이 사고만 치지만 가족을 위해서라면 헌신적인 모습을 보이는 도라상을 좋은 오빠로 여긴다.

마돈나들이 이성애적 사랑을 자극했다면, 사쿠라는 무한한 모성애로 도라상을 감싸주는 것이다. 가족은 물론 이웃들도 도라상에 대해 관심을 갖고 따뜻한 시선으로 지켜본다. 이러한 가족, 고향, 마음 따뜻한 사람들이 있기에 도라상은 온갖 실패와 좌절을 겪은 후에도 웃는 낯으로 고향에 돌아올 수 있었던 것이다.

따뜻한 가족애를 보여준 우리나라의 TV드라마 「전원일기」가 최장수 드라마가 된 것처럼 「남자는 괴로워」에서 느끼는 가족들의 진한 사랑이 이 영화를 48편이나 되는 시리즈물로 만들도록 한 것이다. 덧붙이자면 일본에서 1981년부터 2002년까지 장기간 방영된 인기드라마 「북쪽의 고향으로부터」 역시 가족애를 느낄 수 있는 따뜻한 작품이었다.

이 밖에도 영화 속의 인물이 그해에 화제가 되었던 사건을 언급함으로써 영화와 현실의 경계를 없앤다거나 도라상이 돌아다니는 지방의 풍경이 일본인들의 향수를 자극한 것 등을 「남자는 괴로워」의 인기 요인으로 들 수 있다.

하지만 30여 년 동안 일본인들의 사랑을 받았던 이 영화도, 1996

년에 도라상역을 맡은 아쓰미 기요시가 암으로 사망하면서 대단원의 막을 내리게 된다. 자신의 병을 알리지 않은 터라 주위에서는 눈치를 못챘지만, 유작(遺作)인 제48편 「남자는 괴로워:도라지오 베니꽃」의 도라상에게서는 이전의 낭랑한 목소리는 들을 수 없고, 물건을 팔러 다니며 외치는 유명한 대사에서도 기백이라고는 찾아 볼 수 없다. 예전과 같은 활력은 더 이상 없었던 것이다.

비록 48편에서 멈추었지만 이 작품에 전생애를 바친 야마다 요지 감독과 열연한 아쓰미, 그리고 삼십삿 나는 연기로 영화를 한층 돋보이게 한 조연배우들이 만들어낸 한편 한편들은 일본인들에게 세계 최장수 영화라는 프라이드와 인간 심연에 존재하는 인정과 사랑 그리고 향수 같은 따뜻한 감성을 영원히 간직하게 해주고도 남을 것이다.

27. 재일한국인 영화감독 최양일

【김영심】

1990년대 일본 영화계에 커다란 파문을 일으킨 영화감독을 꼽으라면 단연 최양일(崔洋一)을 들 수 있다. 1993년에 발표한 영화 「달은 어디에 떠 있는가」(月はどっちに出ている)가 일본의 중요한 영화상을 휩쓸자 세간은 사이 요이치(최양일의 일본명)라는 재일(在日)한국인 감독을 주목하기 시작했던 것이다.

사실 그전까지 재일한국인 감독이 없었던 것은 아니다. 히나쓰 에이타로라는 일본이름으로 활동하며 최초로 재일한국인 문제를 다룬 「그대와 나」(1941)를 발표한 허영 감독, 일반인에게는 공개되지 않았지만 재일한국인 2세 이사례가 동포소녀 방순홍을 사랑하면서 민족의식을 깨달아 가는 과정을 그린 「이방인의 강」(1975)의 이학인 감독, 재일한국인 3세 소녀 신자와 일본인 청년 유지와의 사랑을 축으로 재일한국인들이 처한 현실적인 문제를 그려나간 「윤의 거리」(1989)를 만든 김우선 감독, 한일 고교생의 교류를 통해 한일관계사를 새로이 정립해야 한다는 목적에서 만들어진 다큐멘터리 「건너야 할 강」(1994)의 김덕철

감독, 재일한국인 50년사를
3시간이 넘는 대작으로 정리
하여 재일한국인의 아이덴티
티를 영상으로 표현한 「재일」
(1997)의 오덕수 감독 등 여러
사람이 있었다.

「개 달리다」의 명장면

　　그러나 최양일 감독이 주목받게 된 것은, 재일한국인에 대한 문제
의식에서 출발하지만 다른 감독들과는 표현방식이 달랐기 때문이다.
「달은 어디에 떠 있는가」는 주인공이 다니던 택시 회사의 동료가 회사
를 찾아오는 길을 몰라 회사로 전화를 걸어 물어올 때마다, 회사 경리
가 하는 '달이 떠 있는 쪽으로 달려오라'는 대사에서 기인한다.

　　'태양[日]의 근원[本]'이라는 뜻의 국명이 의미하듯, 일본인들은 신
화시대부터 태양을 숭상해왔다. 지금도 일본인들이 가장 많이 숭상하
는 것은 아마테라스오카미라는 태양의 신이다. 태양이 우주의 중심이
자 세계의 근원이라면, 달은 어둠과 공존하는 음성적 세계의 상징이
다. 따라서 '달은 어디에 떠 있는가'고 묻는 듯한 제목은 방향감각을 잃
고 일본의 음지(陰地)에서 부유하고 있는 마이너리티로서의 재일한국인
의 현재를 묻는 것과도 같다.

　　하지만 이 작품은 이제까지 어둡고 무식하고 가난한 집단의 표상
으로서 존재하던 재일한국인의 모습을 180도 다르게 표현하고 있다.
즉 재일한국인이 일본사회에서 받는 차별을 고발하는 대신, 유년기에
일본으로 건너가 카바레 여주인이 된 여인과 그 아들, 그리고 필리핀

호스티스가 벌이는 갈등과 사랑을 코믹하게 그려냄으로써 재일한국인들도 일본인과 똑같이 사랑에 울고 웃는 존재로 그렸던 것이다. 이 영화를 통해 일본인들은 재일한국인을 배제의 대상이 아니라 이해의 대상으로 달리 인식하게 되었다고 할 수 있다.

1949년 일본 나가노에서 출생한 최양일은 「감각의 제국」으로 한국에서도 알려져 있는 오시마 나기사 감독 밑에서 조감독을 하며 자신의 영화세계를 구축해 나간다. 오시마 나기사 감독은 1960년대의 일본 영화계의 '누벨바그'라 불리며, 사회고발성 짙은 작품을 만들었는데, 일본인으로서는 드물게 한국이나 재일한국인에 대한 문제를 영화화하기도 했다.

1965년 한국을 여행하며 찍은 「복이의 일기」, 재일한국인 소년이 살인범으로 몰려 형을 받는 과정을 그린 「교수형」(1968) 등이 있으며, 연합군 포로 감시원으로 징용된 한국인 청년을 그린 「전장의 크리스마스」(1983)는 칸영화제 그랑프리를 놓고 이마무라 쇼헤이 감독과 마지막까지 경합을 벌이기도 했다. 최양일이 「달은 어디에 떠 있는가」와 같은 재일한국인을 소재로 한 영화나 사회고발성 영화를 만들게 된 것에는, 감독 본인의 재일한국인이라는 정체성에 기인하는 바도 있겠지만, 오시마 나기사 감독의 영향도 적지 않은 것으로 보인다.

최양일 감독의 데뷔작은 「10층의 모스키토」이다. 이혼한 현직경관이 위자료와 양육비 때문에 사채업자로부터 돈을 빌린다. 그러나 연체가 되어 빚 독촉을 받게 되자 경관은 우체국으로 들어가 강도짓을 하게 된다. 이처럼 법을 수호해야 할 경관의 타락한 모습은 1998년의 「개 달리다」로 이어진다.

「개 달리다」는 일본 도쿄에서도 무국
적 지대의 대명사가 된 신주쿠 가부키초
에서 살아가는 밑바닥 인생들의 일상을
대담하면서도 유쾌하게 그려내고 있다.
비밀 도박장, 폭력과 공갈, 사기와 매춘
그리고 마약 등 현대 일본사회가 안고
있는 지부를 고발하는 영화이다.

야쿠자에게 정보를 흘린 대가로 돈
을 갈취한 다음, 다시 그를 쫓는 나카야
마 형사. 쫓는 자와 쫓기는 자 모두가 입
에 침을 흘리며 헉헉대고 달리는 개로
비유된다. 개들의 천국, 개같은 인생들

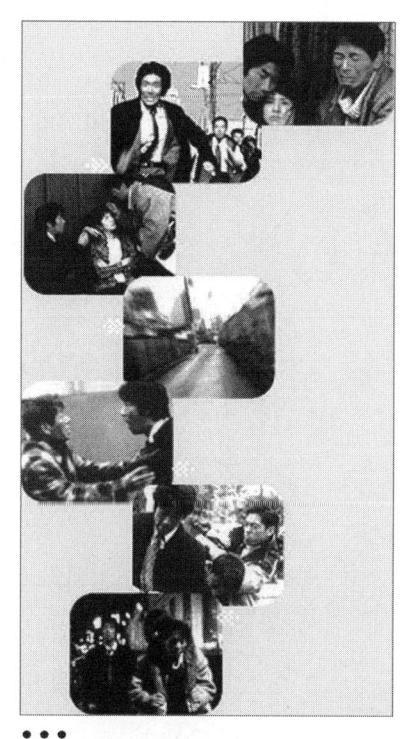

• • •
최양일 감독의 대표작 「개 달리다」의 장면들

의 질주를 허용하는 신주쿠의 뒷거리. 「달은 어디에 떠 있는가」에 이어
내놓은 마이너리티를 다룬 야심작이었다.

'달'이나 '개'로 표상되는 세계가 '부유'와 '질주'라면, 그러한 세계에
서 탈피하여 '폐쇄'와 '고착'의 세계로 앵글을 맞춰 만들어낸 작품이 「형
무소 안」(2002)이다. 사회에서는 망나니처럼 죄나 지으며 돌아다니던
자들이 수감되자마자 우스울 정도로 모범수가 되어 규율에 따른다. 작
은 옥방에 갇힌 죄수들의 최대 관심사는 오직 콩밥뿐이다.

이 작품이 2002년도 제45회 블루리본상(감독상), 일본영화평론가
대상(감독상)을 받는 등 화제를 모으자 어느 음식점에서는 이 '콩밥 식

재일한국인 영화감독 최양일

145

단'을 메뉴로 내놓기까지 했다고 한다.

　재일한국인 최양일이 일본 영화계의 귀재라는 타이틀을 지키도록 옆에서 조력한 이가 있었다면 바로 그들 또한 재일한국인인 제작자 이봉우와 각색자 정의신일 것이다. 이들과의 협력은 「달은 어디에 떠 있는가」와 「형무소 안」 같은 작품에서 빛나고 있으며, 앞으로도 그 관계는 지속될 것이다.

　「A사인디즈」(1989), 「마크스의 산」(1995), 「돼지의 보답」(1999) 등 왕성한 활동을 보이고 있는 최양일. 일본사회에서 마이너리티 계층에 속하는 재일한국인이라는 정체성을 벗어나 재일한국인과 일본사회를 동시에 객관화시킬 수 있는 장점으로 승화시킨 감독 최양일의 힘은 앞으로도 그가 만드는 영화에서 분출될 것이며, 계속해서 일본사회를 경각시킬 것이다.

29. 일본영화의 슈퍼스타 고지라

【츠자키코이치】

1954년, 일본열도를 공포의 도가니로 몰아넣은 초괴수(超怪獸) 영화 「고지라」가 만들어졌다. 여기서 말하는 고지라는 일본산으로 1998년에 헐리우드에서 제작된 미국판 「고질라」(Godzilla)와는 다르다. 진정한 고지라 팬들은 미국판 고질라는 고지라가 아니라고 하니까. 우리에겐 생소할지 몰라도 고지라는 일본에서 1954년부터 2002년 12월까지 모두 26작품이 상영되었다. 그러므로 고지라를 모르는 일본인은 없다고 해도 과언이 아닐 정도의 슈퍼스타이다.

영화 「고지라」가 제작된 1954년은 미국이 행한 수소폭탄실험과 그로 인해 방사능에 오염된 제5후쿠류마루호 사건 등으로 핵무기 위협이 국제적인 문제로 대두되었던 시기였다. 그러므로 고지라에게는 수소폭탄 실험의 영향으로 안주의 땅을 쫓겨난 고대 생물이라는 설정이 부여된 것이다.

고지라라는 괴물을 처음에 생각해낸 이는 제작자인 다나카 토모유키(田中友幸)로, 당시 비키니 환초에서 행해진 수소폭탄 실험이 국제문제화 되어 있는 것에 주목하던 중, 미국에서 원자괴수(原子怪獸)를 주제로 한 영화가 좋은 평판을 얻은 사실을 발견하고, 태고의 공룡이 수소폭탄 실험의 영향으로 일본 근해에 나타나 도쿄(東京)를 습격한다는 스토리를 생각해냈다고 한다.

"아득한 원시시대를 횡횡하던 괴수 고지라는 지각변동으로 인해 태평양의 해저동굴에 갇히게 되고, 기나긴 동면(冬眠)에 들어간다. 수만 년이 지나 인류가 핵실험을 할 때, 그 충격으로 잠에서 깨어난 고지라는 재앙의 신이 되어 도쿄를 덮친다. 그 상징적 의미로서는 인간이 만들어낸 수소폭탄이라는 문명의 이기에 의해 인간이 만든 대도시가 파괴된다. 즉 인간이 스스로가 만든 재앙에 의해 복수를 당한다는 개념인 것이다."

1999년 다케우치 히로시(竹内搏) 등이 회고한 내용을 바탕으로 실업지일본사(実業之日本社)가 발행한 『고지라 1954』에 수록된 다나카의 말에서도 알 수 있듯이, 「고지라」는 실로 심각하고 어려운 테마를 가진 영화로 기획되었다. 영화는 신장 50미터, 체중 2만 톤의 대괴수에 의해 철저히 유린되는 사람들의 공포와 고지라도 역시 핵의 피해자라고 생각하는 생물학자의 갈등을 엮어 대단히 밀도 높은 스토리로 전개되는데, 무엇보다도 반핵(反核)을 주장하며 평화를 갈구하는 메시지가 담겨 있다.

2001년 소학관(小学館)에서 펴낸 『일본영화에 남긴 유산』에 따르면, 영화제작자인 다나카, 감독인 혼다(本多), 특수기술 담당의 쓰부라야 에이지(円谷英二)는 고지라의 제작이 결정되었을 때, '황당무계한 괴물영화라는 부끄러움을 버리고 원자폭탄의 공포에 대한 증오와 놀라움

의 눈으로 다가가자'라고 합의
하고 있다.

「고지라」 제1편은 대단한
반향을 불러일으켰고, 재편집
되어 미국에서도 상영되어 인
기를 얻었다. 그 후 시리즈화되
어 2002년까지 26탄이 제작되었는데, 크게 3개의 시리즈로 나눠진다.

제1시리즈는 1954년에 만들어진 제1편부터 1968년의 15편까지
인데, 공포의 화신이었던 고지라가 작품이 거듭되면서 나쁜 괴물이나
우주인으로부터 지구를 구하는 정의의 영웅으로 변해간다. 즉 어른들
의 영화에서 어린이 영화로 변질된 것이다. 이같은 변화는 많은 어린이
들을 고지라와 친숙하게 했으나, 동시에 유치함이 돋보이는 영화가 되
어 버렸다고도 할 수 있다. 그래서인지 15편이 제작된 후 고지라 영화
는 9년간 잠들고 만다.

1984년, 제2시리즈로서 제16편 고지라가 새로운 출발을 한다.
16편은 1편의 속편이라는 설정으로, 지금껏 인간의 편이 되어 있던 고
지라를 다시 파괴와 재앙의 화신으로 환원시키고자 했다. 또한 신주쿠
(新宿)에 있는 고층빌딩의 높이가 고려되어, 고지라의 신장도 지금까
지의 50미터에서 80미터로 스케일을 확장시켰다. 이 시리즈에 포함
된 7작품의 스토리는 전부 연결되어 있는데, 1995년에 만들어진 제22
탄에서 고지라의 죽음으로 막을 내린다. 그로부터 4년 뒤 제3시리즈인
밀레니엄 시리즈가 시작된다. 도중에 헐리우드판 「고질라」가 공개되었

지만, 역시 일본판 「고지라」를 보고 싶다는 팬이 많았던 모양이다. 밀레니엄 시리즈는 매 작품마다 스토리가 독립되어 있는 것이 특징으로, 2002년 12월에 시리즈 제4편이 제작되었다.

고지라가 탄생한 지 어언 50년이 된다. 초등학생 시절 초기의 「고지라」를 보았던 아이가 이미 50대, 60대가 되어 있다는 얘기다. 어린 시절 영화를 본 아버지가 자기 아이를 데리고 극장에 가고, 그 아이가 또 자신의 아이를 데리고 「고지라」를 보러 간다. 그런 반복이 앞으로도 계속되어질 것인가. 아니면 슈퍼스타의 자리를 누군가에게 빼앗기고, 일본사회에서 사라져 갈 것인가. 필자로서는 「고지라」의 불멸을 간절히 기도한다.

고지라에 대한 서적, 출판물은 대단히 많으며 어린이용판 전집, 백과사전부터 영화해설은 물론 전문적인 고지라사(史), 고지라론(論), 고지라 연구에 관한 서적, 논평까지 수없이 많이 출판되어 있는데, 이러한 서적에서 일본인은 고지라를 어떻게 받아들여 왔는지를 추출하고, 그것에 비교문화, 심리학, 과학, 건축 등 전문가에 의한 고지라관(観)을 섞어서 일본사회에 출현을 반복해온 고지라란 무엇인가를 생각하는 시도도 행해지고 있다.

다카하시 도시오(高橋敏夫)는 1998년 고단샤(講談社)에서 발간된 『고지라의 수수께끼』(ゴジラの謎)에서 다음과 같이 밝히고 있다.

"수소폭탄 대괴수(水爆大怪獣)는 고지라의 아주 작은 일부분을 나타냈을 뿐이다. 고지라는 제2차 세계대전 후의 일본사회에서의 여러 가지 문제를 집약한 '대괴수'인 것이다."

29. 인간보다 더 인간적인 로봇 아톰

【윤호숙】

일본 국제공항에 가면 낯익은 얼굴 하나가 눈에 들어온다. 로봇 아톰이 주먹을 불끈 쥐고 마약을 퇴치하는 모습의 포스터이다. 순간 중장년층이라면 누구나 아련한 추억의 멜로디가 떠오를 것이다.

"푸른 하늘 저 높이 힘차게 날아라. 우주소년 아톰, 용감히 싸워라."

골목길에서 친구들과 시간가는 줄 모르고 놀다가도 이 노랫소리만 들려오면 모두들 허겁지겁 집으로 달려가 TV 속으로 빨려들어갔던 그 만화영화. 아톰이 일본산이라는 사실은 우리에게 전혀 중요하지 않았다. 아무리 일본사람이 나쁘다고 떠들어대도 말이다. 아톰은 일본인뿐 아니라 우리에게도 미래에 대한 꿈과 희망을 심어준 수호천사였으니까.

당시만 해도 머나먼 미래로만 느껴지던 2003년이 현실로 다가오면서 일본열도는 아톰 열기로 후끈 달아올랐다. 그 아톰이 지금 부활할 준비를 하고 있는 것이다. 아톰을 탄생시킨 사이타마현(埼玉県) 니자시(新座市)에서는 아톰에게 주민등록증을 발급한다고 하고, 아톰의 고향인 도쿄 다카다노바바(高田馬場)에서는 아톰의 생일 전야제와 퍼레이드를 준비중이며, 효고현(兵庫県) 다카라즈카(宝塚)시 우체국에서는 기념 우표와 우편엽서를 내고 있다. 또한 전국에서 다양한 캐릭터 상품들이 쏟아져 나오고 있으니, 그야말로 온통 아톰의 세상이라 할 수 있다. 수많은 로봇 가운데 아톰이 유난히 대중적인 인기를 모았던 것은, 로봇의 의무에 충실하면서도 어린이들의 친구로서 웃음을 잃지 않는 모습을 보여줌으로써 당시 태평양전쟁 패전으로 실의에 빠진 일본인들에게 희망을 북돋워 주었기 때문이다. 인간의 감수성을 지닌 로봇 아톰은 경제적 궁핍과 좌절에 빠져 있던 당시의 일본사회에 자신감과 희망을 안겨주었다는 평가를 받고 있다.

2003년 4월 7일, 일본 과학성 장관 덴마(天馬) 박사는 교통사고로 사망한 외동아들 도비오(飛雄)와 빼닮은 로봇을 온갖 정성을 다 기울여 만든다. 덴마 박사는 로봇에게 아톰이라는 이름을 지어주고, 마치 친아들처럼 사랑했는데 세월이 지나도 자라지 않는데 화가 나서 로봇 서커스단에 팔아버린다.

서커스단에서 일하던 아톰은 새로이 과학성 장관으로 취임한 오차노미즈(お茶の水) 박사의 눈에 띄어 다시 예전처럼 살게 된다. 박사는 아톰을 위해 부모 로봇을 만들어주었다.

아톰은 원자융합 시스템에 의한 10만 마력-나중에 1백만 마력으로 성능 강화-의 강력한 파워와 7가지의 무기를 가진 강력 로봇으로, 위기에 처한 인간을 악의 무리로부터 구해내는 맹활약을 한다. 그러나 인간

보다도 더 인간적인 마음을 가지고 있었지만 로봇이기 때문에 인간들
로부터 차별당하는 운명의 십자가를 짊어지기도 했다.

아톰의 원제는 「철완(鉄腕) 아톰」
으로, 일본만화의 신이라 불리는 데
즈카 오사무(手塚治虫)가 1951년 4
월부터 1952년 3월까지 아동용 잡지
『소년』에 「아톰대사」라는 제목으로 연
재한 것이 시초이다. 이 작품은 폭발
적인 인기를 모으며, 데즈카 오사무
의 대표작으로서 일본은 물론이고 우
리나라에서도 선풍을 일으켰다.

아톰이 태어난 2003년에 열린
'도쿄국제애니메페어 2003'에서
큰 인기를 얻은 아톰

1963년부터는 데즈카가 설립한
'무시(虫) 프로덕션'에서 상업 애니
메이션으로서는 일본 최초로 제작된 「철완 아톰」이 TV를 통해 방영되
었다. 이 역시 크게 히트하여 일본 내에서 TV 애니메이션 붐을 일으키
는 계기가 되었으며, 1963년 말에는 '아스트로 보이'(Astro Boy)라는
이름으로 미국을 비롯한 전 세계에 방영되어 아톰은 일약 세계적인 유
명스타가 되었다.

예전에는 일본 역시 미국의 「미키마우스」나 「뽀빠이」 등의 외국 애
니메이션을 수입·방영하는 체제였다. 그러나 「철완 아톰」의 방영을 계
기로 일본 애니메이션은 홀로서기에 성공하였음은 물론 세계의 애니메

이션 시장을 주름잡게 된 것이다. 일본이 현재 세계 최고 수준의 로봇 강국이 된 배경에 지금으로부터 40여 년 전에 만들어진 이 아톰이 있었 다고 한다면 지나친 생각일까?

데즈카 오사무는 인간형 로봇 아톰을 통해 '과학만능주의적 사고방 식에 젖어 있는 사회풍토에서 과학과 인간이 과연 공존할 수 있는가?' 라는 메시지를 던지고자 했던 것이다. 그러면서도 그는 아톰을 통해 무 궁무진한 상상의 나래를 펼치며 꿈과 희망, 그리고 미래에 대한 인류의 청사진을 그려낸다. 이런 점에서 데즈카는 미래학자 이상의 것을 대중 에게 예언한 것이다. 40여 년 전에 다양한 소재를 통해서 그가 그려낸 미래의 모습은 우리 인류가 지니는 근본적인 문제점과 과제들을 직시 하고 있다.

예를 들어 인간의 로봇에 대한 반감, 환경파괴, 해저공장, 원폭실 험, 화성탐험대, 수소폭탄, 일인 세계지배 야욕, 식량위기, 생명공학, 냉동인간, 인공위성, 마약문제, 로봇과 인간성, 백인지배 세계에서 약 소민족의 박해문제, 타임머신, 로봇과 인간과의 화해, 해저왕국, 유령 제조기, 차별, 우주인, 로봇의 날, 달 착륙, 지하세계, 인공태양, 에 너지문제, 투명인간, 복제, 게놈, 최초의 로봇 대통령, 로봇의 전자두 뇌, 지구 최후의 날, 로봇과 인간의 관계, 우주개척, 로봇법 등 당시로 서는 거의 무한하다고까지 할 수 있는 상상이 오늘날에는 범지구적으 로 확대되었다. 그야말로 시공을 초월한 상상력이라 할 수 있다.

"영어를 알아듣지 못한다는 이유로 술에 취한 미군 병사에게 처참하 게 얻어맞았던 경험이 아톰 탄생의 바탕이 되었다. 지구인과 우주인의 싸움, 이민족 사이의 분쟁, 로봇과 인간의 비극 등이 아톰의 주제였다."

　　데즈카가 회고록에서 밝힌 것처럼, 이와 유사한 사건은 지금 이 순
간에도 일본이나 한국, 아니 세계 도처에서 일어나고 있다. 로봇이면
서도 인간보다 더 인간적인 마음을 지닌 아톰에게 지구의 평화 유지를
맡길 수 있다면 하는 상상을 해본다.

30. 에반게리온 속에 감춰진 일본

【김영민】

'에바현상'이라는 신조어(新造語)를 만들며 일본열도 전체를 열광의 도가니로 만든 아니메(アニメ:애니메이션이 아님)「신세기 에반게리온」(Evangelion). 단순히 재미있는 만화를 만들어 내는 것이 아니라 하나의 새로운 세계를 만들어내고 그에 따른 새로운 세계관을 전파하는 일본 아니메의 위력을 극명하게 보여주는 안노 히데아키(庵野秀明)의「신세기 에반게리온」속으로 환상여행을 떠나보자.

서기 2000년 인류는 남극에서 '빛의 거인'을 찾아낸다. 인류를 통치하는 최고조직 제레(SEELE)는 다른 사도들이 깨어나기 전에 빛의 거인이자 제1사도인 아담을 S2이론을 이용하여 알의 상태로 되돌리고자 한다. 하지만 세컨드 임패트(Second Impact)라 불리는 대폭발이 일어나고 남극의 빙하가 녹으면서 각종 천재지변이 발생하여 세계의 인구는 반으로 줄게 된다. 하지만 지도층에서는 이 사건을 남극대륙에 대규모의 운석이 떨어져서 일어난 것이라 허위사실을 유포하고 극비리에

'인류보완계획'을 수립하여 실행에 옮긴다.

그 후 아담과 만나기 위해 차례로 나타나는 사도들을 해치우기 위해서, 제레는 '네르브'(NERV)를 조직하고, 아스카의 자아붕괴와 레이의 자폭까지 감수하며 제3사도부터 마지막 제17사도까지 모든 사도를 파괴한다. 제17사도 나기사 가오루의 죽음은 곧 제레에 의한 인류보완계획의 시작을 의미하는 것으로서, 에바 초호기(初號機)에 의한 전 인류의 절멸을 시도한다. 이는 제18사도는 곧 인간이라는 이론 아래 마지막 사노를 넣하여 완벽하게 신(神)과 동일한 위치에 선나는 인류보완계획의 실체였다.

이러한 과정에서 모든 인간은 그들의 '마음의 벽'(AT Field)을 잃은 채 육체로부터 벗어나 순수한 정신의 형태로 빛의 십자가를 이루며 또 다른 진화의 단계에 이르게 된다. 이때 모든 인류의 미래는 초호기 안의 신지에게 맡겨진다.

완벽한 존재로 진화하여 타인과의 심리적 접촉이 불필요한 고통없는 세계를 선택할 것인가, 아니면 괴로워도 불완전한 존재로서의 인간을 선택할 것인가. 선택의 기로에 서게 된 신지는 심하게 갈등한다. 결국 신지는 신이 되기보다는 인간이 되기를 선택함으로써 인류보완계획은 실패로 돌아가게 된다.

에반게리온은 독일어로 '복음'(福音) 또는 '절대적 진리'를 뜻하는 말이다. 즉 에반게리온은 구약성서에서 기록된 창세기 이후의, 새로운 창세기를 전하기 위한 절대적 진리라는 의미로 볼 수 있는 것이다.

'에바현상'이라는 신조어를 만들어낸 「신세기 에반게리온」

잘 알려진 사실이지만 실제 아니메에서는 '에반게리온'보다는 '에바'(Eva)라는 약어(略語)를 사용하는 경우가 많다. 실질적으로 많은 매니아나 오타쿠들 사이에서도 통용되는 에바란 바로 최초의 인간 아담의 아내 이브와 통한다.

여기서 주의깊게 보아야 할 것은 창세기에 기록된 바와 같이, 이브는 뱀의 유혹에 의해 아담에게 금지된 열매를 먹게 하여 에덴을 떠나게 만드는 존재라는 점이다. 이는 에반게리온이 인류에게 있어서 부정적인 존재임을 은연중에 암시하고 있는 것이다.

에바는 사도(Angel)를 무찌르기 위한 생채병기이지만 동시에 스스로가 사도이기도 한 아이러니를 숨기고 있다. 기본적으로 에바는 기계로 만들어진 로봇이 아니며, 인간의 모습을 한 생체에 로봇의 장갑을 씌운 형태로 되어 있다. 에바의 제작은 네르브의 터미널 도그마에 갇혀 있는 릴리쓰(Lilith:유태 신비주의에 의하면 그녀는 아담의 첫번째 아내로, 그에게 버림을 받자 홍해로 날아가 사탄의 4번째 처가 되었다고 한다)의 복제로 이루어졌으며, 내부에는 각 파일럿의 어머니의 혼이 동화되어 있다고 알려져 있다. 즉 릴리쓰를 복제한 에바는 영혼을 가지지 못한 채로 만들어졌지만, 각 파일럿의 어머니의 혼을 동화시킴으로써 인간의 혼을 가지게 된 것이다.

에바는 그야말로 일본을 가장 일본다운 방법으로 축소해놓은 작품이라 하겠다. 1980년대, 부모가 모두 일하러 나가고 없는 일본의 아이들은 혼자 커야 했고, 또한 혼자 노는 법을 배워야 했다. 또한 어릴 때부터 혼자 자라온 아이들은 급속하게 변해가는 세계에 어떻게 적응할지를 스스로 고민해야 했다. 이런 세대를 흔히 '어덜트 칠드런'(Adult Children)이라고 한다.

다시 에바로 돌아와보면 에바 속의 주인공 신지를 비롯한 대부분의 캐릭터들이 바로 어덜트 칠드런 자신인 것이다. 어머니는 돌아가시고 아버지는 세계평화에 온 힘을 쏟고 있으니 혼자 자랄 수밖에 없는 신지, 세컨드 임팩트로 부모를 잃고 군인이 된 미사토, 어머니가 스스로 컴퓨터가 된 리쓰코, 에바 개발 도중 어머니가 자살한 아스카. 그렇기 때문에 많은 어덜트 칠드런들이 에바의 캐릭터에게 동질감을 느끼며 스스로 에바의 오타쿠가 된 것이다.

안노 감독은 어디에서도 에반게리온에 관해서는 한마디도 언급하지 않는다. 그러나 그는 에반게리온에 열광하는 오타쿠들에게 '이제는 현실로 돌아가라'는 차가운 메시지를 던지고 있다. 결국 오타쿠들은 각박한 현실을 잊기 위해 도피의 수단으로 자신만의 세계, 자신만의 문화에 집착하는 게 아닐까? 안노 감독은 아마 이런 도피가 현실을 전혀 바꾸어낼 수 없다고 판단했을 것이다.

에반게리온의 주인공 이카리 신지

왜 침략해오는지도 모르는 사도들과 무작정 싸워야 하는 신지처럼 소년, 소녀 (어덜트 칠드런)들은 무언가와 싸워야 한다. 에바는 어머니의 몸이자, 어머니 세대가 만들어둔 문화적 도피처(아니메)이기도 하다. 아이들은 그 속에 숨어서 현실을 보지 않으려 한다.

에바는 무적의 로봇이 아니라 살과 피로 이루어진 육체에 철갑을 두른 것일 뿐이라는 설정은, 부모세대가 만들어낸 세계 최고가 되겠다는 이른바 '거대 로봇 신화'를 뒤집기 위한 것으로 보인다.

서구문화에 대한 일본인의 열등감이 만들어낸 거대 로봇 만들기는 우리 사회에서도 '근대화'라는 이름으로 진행되어 왔다. 에바가 이성을 잃고 사도를 뜯어먹는 모습은 경쟁사회의 잔인한 속성을 적나라하게 보여준다. 인류보완계획이 인류말살계획이라는 사실이 드러나고, 인류를 유지시킬 것인가, 말 것인가의 선택이 신지에게 주어진다. 하나의 개체로 살아갈 것인가 아니면 완전한 영혼의 일부가 될 것인가의 갈림길에서 신지는 스스로 하나의 불완전한 개체로 남기를 선택한다.

인간은 모두 AT필드로 구별되어 있기 때문에 외로운 존재다. 늘 혼자 세상에 맞선다. 신지는 결국 인간으로서 살아남아야 한다고 결정하지만 그 결정에 이르는 과정이 힘들었던 것은 신지를 둘러싼 모든 것이 그를 고립시키고 있기 때문이다. 신지는 안노 감독이 생각하는 나약하고 우유부단한, 결코 현실과 마주치려 하지 않는 일본 청소년들의 전형이라고 볼 수 있다.

신지는 에바 속에서 갈등한 끝에 인류보완계획의 일부가 되는 것을 거부했고, 그 결과 아스카와 둘만이 살아남는다. 그들의 앞에 놓여진 절망적인 상황, 기존의 모든 상식을 거부하고 신지와 아스카는 처음부터 다시 시작해야 하는 것이다.

아니메는 "기분 나빠"라는 아스카의 마지막 대사로 끝이 난다. 신지와 아스카는 영원히 사는 게 아니다. 그 둘이 살아남았다는 것은 새로운 창세기를 의미하는데 그 둘은 다시 아담과 이브와 같이 유한성의 역사를 만들어 가야 하는 것이다.

안노 히데아키 감독은 「신세기 에반게리온」을 통해서 타인을 철저하게 밟고 올라가 개인이 스스로를 철저하게 소외시키지 않으면 살아남을 수 없는 일본사회를 가장 일본적인 방법으로 묘사하고 있다. 또한 자기 자신에 대한 자신감을 잃은, 또한 현실을 직시하지 못하는 오타쿠들을 향해 '이제는 현실로 돌아가서 너희들만의 신세기를 만들어가라'는 메시지를 전하고 있다.

왜 안노 감독은 마지막 대사로 "기분 나빠"라는 말을 썼을까? 과연 사도란 무엇이고 누가 적이고 누가 아군인가?

31. 천재 애니메이션 감독,
미야자키 하야오

【이용미】

    방과 후, 마루에 책가방을 던져두고 친구들과 뒷산으로 앞개울로 한바탕 휘돌고 나면 서산마루에 노을이 번지기 시작했다. 빨리 집으로 돌아가 네 발 달린 흑백 TV 앞에 앉아 또 다른 여행을 떠날 시간이 된 것이다. 그 시절 보았던 「알프스의 소녀 하이디」, 「엄마 찾아 삼만리」, 「미래 소년 코난」은 한창 감수성이 자라나던 어린 소녀의 마음에 얼마나 많은 동경과 설렘을 안겨 주었던가. 그러나 이 작품들이 일본의 애니메이션 작가 겸 감독인 미야자키 하야오(宮崎駿, 1941~)의 작품임을 알게 된 것은 훨씬 나중의 일이었다.

    어릴 때부터 그림과 만화를 좋아한 그는 대학시절에도 전공인 정치학보다 아동문학 동아리 활동에 더 열성이었으며, 대학 졸업 후에는 도에이(動映) 영화사에 입사하여 본격적으로 애니메이션 창작의 길에 접어들었다. 미야자키 감독은 이 시기를 두고 "떠올리기만 해도 가슴이 벅차오르는 우리들의 시대였다"고 회상한다. 여기서 '우리들'이란 훗날 둘도 없는 동료이자 동업자가 된 다카하타이사오(高畑勲)를 가리키는데 이 두 사람의 합작품인 TV 애니메이션 「알프스 소녀 하이디」(1974)는 당시 평균 26.9%라는 엄청난 시청률을 거둔다.

이윽고 두 사람은 만화잡지에 연재했던 「바람 계곡의 나우시카」를 극장용 애니메이션으로 만들어 대성공을 거두고, 이를 발판삼아 '스튜디오 지브리'를 설립한다(1984). '지브리'(Ghibli)란 사하라 사막에 부는 열풍을 가리키는 이탈리아어로 2차 세계대전 중 이탈리아 군용 정찰기의 이름이기도 하였다. 올바른 발음

ある日, 少女が空から降ってきた!

天空の城 ラピュタ

스튜디오 지브리의 첫 성공작 「천공의 성 라퓨타」

은 '기브리'이지만 비행기 마니아인 미야자키 감독이 '지브리'로 잘못 읽은 것이 그대로 굳어져 '스튜디오 지브리'가 되었다. 애니메이션계에 뜨거운 열풍을 일으키자는 의미에서 붙인 이름이라고 하는데 열풍을 넘어 강력한 허리케인의 수준에 이르렀으니 이름값을 톡톡히 해내고 있는 셈이리라. 그렇다면 과연 스튜디오 지브리가 이루어낸 작품의 면면은 어떠할까.

스튜디오 지브리는 「천공의 성 라퓨타」(1986)로 성공의 첫 포문을 연다. 「이웃집 토토로」(1988)는 아직도 일본인이 가장 좋아하는 애니메이션으로 꼽히며 「붉은 돼지」(1992)는 애니메이션 페스티벌에서 대

상을 수상했다. 뒤이어 개봉된「헤이세이 너구리 대작전 폼포코」(1993)는 관객 동원에 있어 같은 시기에 개봉된 미국 영화「쥬라기 공원」을 앞질렀다. 스튜디오 지브리의 성공은 여기에서 그치지 않았다. 구상 기간 16년에 제작만 3년이 걸린「원령공주」(1997)는 일본 국내에서만 1,400만이 관람했으며「센과 치히로의 행방불명」(2001)은 308억 엔의 흥행을 거두었는데 이는 지금까지도 일본 영화 역대 흥행 수입 1위의 자리를 지키고 있다. 또한 이 작품은 애니메이션으로는 처음으로 베를린영화제 최우수작품상인 금곰상(2002)을 수상하기도 하였다. 이후「하울의 움직이는 성」(2004),「벼랑 위의 포뇨」(2008),「마루 밑 아리에티」(2010),「고쿠리코 언덕에서」(2011),「바람이 분다」(2013) 등 선보이는 작품마다 많은 사랑을 받았다. 그렇다면 과연 스튜디오 지브리의 끊임없는 성공을 가능하게 하는 미야자키 하야오만의 비결은 어디에서 찾을 수 있을까?

무엇보다 애니메이션에 관한 그의 흔들림 없는 철학을 들 수 있다. 그는 어느 잡지와의 인터뷰에서 다음과 같이 말한다.

"어린이들이 진심으로 기뻐할 수 있는 필름을 만들고 싶다. 이런 나의 근본 신념을 절대 잊어서는 안된다고 생각하며 만약 이 정신을 잃어버린다면 스튜디오 지브리 역시 문을 닫게 될 것이다."

이처럼 미야자키 감독은 어린이에게 꿈과 희망을 안겨주는 것을 자신의 출발점이자 도착점으로 삼고 있다. 때문에 그의 작품에는 어두운 현실에서도 밝은 태도와 진실한 행동을 잃지 않음으로써 절망을 희망으로 바꾸는 주인공과 그를 도와주는 사람들이 등장한다. 미야자키

는 이러한 등장인물을 통해 사람들이 입은 마음의 상처가 정화되어 가는 모습을 그려내는 것이다. 이러한 그의 근본 철학은 여러 작품을 관통하는 일관된 메시지에 의해 더욱 빛을 발하게 되는데 이를 한마디로 표현하면 '자연과 인간의 교류와 공존'이라 할 수 있을 것이다.

「이웃집 토토로」는 숲의 정령인 토토로와 자매의 우정을 그린 작품으로 1950~60년대 도시의 근교 농

자연과 인간의 공존을 다룬 「이웃집 토토로」

촌을 배경으로 도시화가 진행되면서 점차 잃어가는 인간과 자연의 교감을 보여주고 있다. 주인공 자매 중 언니의 이름이 일본어로 음력 5월을 뜻하는 '사쓰키'이고 어린 여동생은 '메이' 즉 영어의 5월과 같은 점에서도 이 작품의 지향점을 엿볼 수 있다. 또한 「헤이세이 너구리 대작전 폼포코」는 택지 개발이라는 미명하에 자연 파괴를 자행하는 인간들의 이기주의에 맞서는 너구리의 활약상을 그리며 「원령공주」에서는 자연과 인간의 대립과 화해의 과정을 보여준다. 한편 「센과 치히로의 행방불명」은 과학적 합리주의의 장막에 가려져 더 이상 설자리가 없게 된 신들의 외로움과 끝없는 탐욕으로 스스로 파멸의 길로 접어든 인간의 자기소외를 그린다.

그런데 미야자키 감독은 이러한 '자연과 인간의 교류와 공존'이라

마지막 장편 애니메이션 「바람이 분다」

는 전인류적 메시지를 가장 일본적인 틀 안에 담아내고 있다는 점도 그의 독창적인 매력 중의 하나일 것이다. 예를 들어 「이웃집 토토로」의 토토로와 「센과 치히로의 행방불명」에 등장하는 수많은 신들은 모든 만물에 각각의 정령이 깃들어 있다고 믿는 애니미즘에서 출발된 일본 신도(神道)의 종교적 심성을 모태로 태어난 캐릭터라고 할 수 있다. 일본인들은 예로부터 좋은 신(수호령)도 인간에게 소홀한 대접을 받거나 냉대를 당하면 사람들을 해코지하는 등, 재앙을 내리는 악신(원령)으로 바뀌기도 하고, 반대로 악신일지라도 정성껏 치성을 받으면 재앙을 거두고 복을 내리는 신으로 바뀐다고 여겨왔다. 즉 서양의 천사와 악마처럼 절대불변의 선악관이 아니라 가변적이고 유동적인 신관념을 지닌 것으로 예를 들면 분노가 폭발하여 인간에게 재앙을 내리는 「원령공주」의 '다타리 가미' 역시 이러한 일본 특유의 종교관을 배경으로 탄생한 것이다.

중노동에 가까운 업무를 감당할 수 없는 체력적 한계를 이유로 미야자키 하야오는 「바람이 분다」를 마지막으로 장편 애니메이션 제작에서 은퇴를 선언하였다. 그러나 창작을 향한 열정으로 2017년 다시 팬 곁에 돌아온 미야자키의 차기작은 「너희들은 어떻게 살아갈 것인가」이다.

분야를 가리지 않는 방대한 독서가로 마음에 드는 줄거리나 장면을 접하면 즉시 이를 이미지로 바꾸어 머릿속에 저장해 두는 사람, 카메라 대신 자신의 눈과 상상력을 믿는 사람, 어렵사리 성사된 거장 구로자와 아키라(黑沢明) 감독과의 대담에서 유독 무사들이 활통을 어깨에 차고 다녔는지 아니면 허리에 차고 다녔는지를 집요히 묻던 밀리터리 마니아, 그러나 전쟁 행위에는 단호히 반대하는 반전주의자, 군대 위안부 문제는 피해 국민의 자긍심을 손상시킨 일본이 제대로 사죄하고 배상해야 한다는 주상을 펴는 일본의 살아있는 양심, 개헌 반대, 원전 반대의 평화주의자, 이러한 미야자키 하야오 감독이 만들어내는 꿈의 세계를 늘 설레는 마음으로 기대한다.

32. 일본의 TV사정 얼마나 알고 계십니까

【구혜경】

　일본에서 TV방송이 시작된 것은 1953년으로, 프로레슬링과 프
로야구, 스모 등을 실황중계하는 길거리 방영에 사람들이 모여들었다.
당시 TV는 매우 고가의 사치품이었기에 웬만한 가정에서는 엄두도 내
지 못할 물건이었다. TV가 전기세탁기, 전기냉장고와 함께 '3종의 신
기(神器)'라 불리며 초인기상품으로서 급속하게 보급된 것은 60년대
전반의 일이다. 1959년 현 일왕이 왕자였던 시절의 결혼 퍼레이드와
1964년 도쿄올림픽 등 당시 최고의 이벤트를 TV가 방영한 것이었다.
이를 기회로 TV는 급속하게 일반 가정에 침투하게 된다.

　TV 보급률과 보유대수는 물론 방송시간과 시청시간을 보더라도,
일본은 미국 다음가는 'TV대국'이라 할 수 있다. 현재 일본의 TV 채널
은 7개로, 이들 모두를 이용하면 다양한 프로그램을 접할 수 있다. 하
루 24시간 방송을 하는 것도 그렇지만 공영방송인 NHK TV 두 채널과
5개의 민간방송채널을 자유롭게 돌려가며 볼 수 있는 것이야말로 일본
의 TV가 가지는 강점이다. 또한 각각의 방송국은 제각기 다음과 같은

특성을 지니고 있다.

NHK 종합 TV (www.nhk.or.jp) : 정확한 뉴스의 전달.

NHK 교육 TV : 교육방송

니혼 TV (www.ntv.co.jp) : 야구 해설에 정평이 나 있다.

TBS TV (www.tbs.co.jp) : 시사, 버라이어티, 토크쇼에 강하다.

　　　　　　　　　　　마이니치신문 계열사.

후지TV (www.fujitv.co.jp) : 연예, 오락, 코미디 등 흥미 본위의

　　　　　　　　　　　프로그램. 산케이신문 계열사.

TV 아사히 (www.tv-asahi.co.jp) : 신랄한 풍자와 화제성 정치뉴스.

도쿄방송 (www.tv-tokyo.co.jp) : 주식과 경제동향에 강하다.

　　　　　　　　　　　도쿄신문 계열사.

이들 방송국은 로컬방송국과 연결되어 있어, 중앙방송이 제작한 프로그램은 물론, 지방에서 자체 제작한 프로그램도 내보내므로 실질적으로는 상당히 많은 채널이 존재한다고 해도 과언이 아니다. 이 밖에도 NHK 위성방송 3채널과 각종 케이블 TV 등이 있다.

일본 TV는 각 시간마다 내보내는 방송의 성격도 판이하게 다르다. 오전 8시까지는 대체로 날씨나 뉴스, 교통정보 등을 방송하고, 그 이후에는 연예계 소식을 전달하는 와이드쇼, 10시 이후부터는 주부들을 위한 프로그램을 방영한다. 정오 무렵에는 각 방송국마다 오락 프로그

램을 방영하여 시청률 경쟁을 하기도 한다. 오후에는 재방송이나 요리 프로그램을 방영하고, 오후 6시쯤에는 애니메이션을 내보내며, 7시를 기준으로 메인 방송을 시작한다.

메인 프로그램은 드라마나 버라이어티쇼, 코미디, 음악 프로그램과 같이 흥미로운 내용으로 시청자들을 사로잡는다. 심야가 되면 남성들을 위한 시간인 양, 선정적인 프로그램이 주류를 이룬다. 예를 들면 아사히 TV의 「투나잇」이라는 프로그램에서는 여성들이 남성들을 위해 서비스하는 풍속업소들을 소개하고, 그 업소에서 일하는 여성과의 인터뷰를 하기도 한다. 물론 심야 프로그램에서 여성의 상반신 노출은 아무런 제약이 없고 포르노와 비슷한 장면을 방영하기도 하는데, 시청자 또한 아무런 비판 없이 받아들이고 있다.

이처럼 필요로 하는 것은 무엇이라도 시청자들에게 전달하는 것이 일본 TV가 가지는 특성이라고 할 수 있겠다. 만일 우리나라라면 어땠을까? 조금이라도 선정적인 장면이 브라운관에 나타나면 청소년들에게 악영향을 끼친다는 이유로 제재가 가해지고 또한 시청자들의 항의가 쇄도할 것이다. 하지만 일본인들은 TV가 청소년들에게 미치는 영향에 대해선 크게 우려하고 있지 않는 듯하다.

이같은 분위기는 일본인들이 남의 탓으로 돌리지 않는 국민성과 관계가 있을 것이다. 어떤 사건이 일어났을 때 모든 잘못은 외부의 탓이 아닌 자기 자신의 문제로 생각해버리는 일본인들의 사고방식이 경우에 따라서는 편리할지도 모르겠다. 일본인들에게 오랫동안 시청자의 사랑을 받는 TV 프로그램은 다음과 같다.

와랏테 이이토모(웃어도 좋고말고) : 후지 TV. 월~금 정오~1시.

애니메이션. 치비마루코짱 : 후지 TV. 일요일 저녁 6시~6시 30분.

사자에상 : 후지 TV. 일요일 저녁 6시 30분~7시. 애니메이션.

오모이키리 테레비(마음껏 TV) : 니혼 TV. 월~금 정오~2시.

뉴스 스테이션 : 아사히 TV. 월~금 오후 9시 54분~11시 10분.

데쓰코노 헤야(데쓰코의 방) : 아사히 TV. 월~금 오후 1시 20분~1시 55분

미토코몬 : TBS TV. 월요일 저녁 8~9시. 시대극.

33. 망가의 천국 일본

【이숙연】

만화와 망가는 느낌이 다르다. '망가'(MANGA)는 현재 세계 공통어로서 일본문화의 한 장르로 자리잡고 있다. '망가'가 보통 아이들이 보는 것이라는 등식에서 벗어난 것은 1960년대 이후의 일이다. 사실적인 표현과 다이나믹한 묘사를 특징으로 하는 스토리 중심의 만화로 이동하는 과정에서 만화를 읽는 대상의 폭도 폭발적으로 증가했다. 소년·소녀만화, 청년만화, 레이디스 코믹, 청년만화 등 남녀노소가 즐길 수 있도록 전문성이 확대되어 가고 있다. 교과서나 문학작품도 만화로 만들어져 불황인 출판업계에 다소 희망이 되고 있는 것도 사실이다.

서점은 물론 편의점, 역사(驛舍)의 매점 등에 만화책이나 만화잡지가 다양하게 진열되어 있으며, 카페나 지하철 등에서 아무 거리낌없이 누구나 만화책을 읽고 있는 곳이 있다. 출판업계 판로에 가속도를 내고 있는 곳은 바로 일본이다.

일본에서 발간되는 만화잡지 중 가장 인기있는 슈에이샤의 『주간소년 점프』의 1995년 전성기 시절의 발행부수는 주당 653만 부였으며, 인기작품의 단행본 판매 역시 수백만 부를 넘어서고 있다.

2018년도 기준으로 일본에서 1억 부 이상 판매된 만화도 있다. 오다에 이치로우(尾田栄一郎)의 『원피스』(ワンピース：ONE PIECE)가 3억 6천만 부, 사이토 타카오(齊藤隆夫)의 『고르고 13』(ゴルゴ13)이 2억 부, 토리야마 아키라(鳥山明)의 『드래곤 볼』(ドラゴンボール)이 1억 6천만 부가 판매되는 경이로움을 보이고 있다.

일본 망가는 자국 내에서뿐만 아니라 세계적인 인기를 끌고 있다. 『원피스』(ワンピース：ONE PIECE), 『명탐정 코난』(名探偵コナン：Detective Conan), 『드래곤 볼』(ドラゴンボール：Dragon Ball), 『시티 헌터』(シティーハンター：CITY HUNTER), 『슬램덩크』(スラムダンク：Slam Dunk) 등은 세계 각국에서 번역·출판되었을 뿐 아니라, 애니메이션으로 만들어져 큰 성공을 거두었다.

현재 우리나라 만화 시장도 약 40% 정도를 일본만화가 점유하고 있다고 한다. 대체 일본망가는 어떤 특성을 가졌기에 이토록 세계적인 성공을 거둘 수 있는 것일까?

아마도 그 중요한 이유 중 첫 번째는 우리에게도 익숙한 일본 망가의 신화인 '아톰'의 데즈카 오사무(手塚治虫)와 같은 작가가 있기 때문일 것이다.

일본인은 900년 전부터 동적 표현을 두루마리 그림 속에 그렸고 그 명맥은 우키요에인 호쿠사이망가(北斎漫画)를 거쳐, 시모카와 헤코텐(下川凹天) 등의 근대 만화가들에게 계승되어 1920년대부터 그들의 애니메이션 제작으로 이어지게 되었다.

이처럼 만화의 초창기부터 훌륭한 망가들을 많이 접해온 일본인들이 뼛속 깊이 망가의 강력한 매력을 이해하고 있는 것은 매우 당연한 일이다. 2차 세계대전 후 데즈카 오사무가 학생 신분으로 그린『신보물섬』(新宝島)은 깔끔하고 귀여운 캐릭터, 영화적인 연출방식, 탄탄한 스토리 등 그때까지의 만화에서 볼 수 없었던 요소들을 한꺼번에 보여준 획기적인 작품이었다.『철완 아톰』(鉄腕アトム),『정글대제』(ジャングル大帝),『리본의 기사』(リボンの騎士) 등 지금도 회자(膾炙)되는 작품들이 만들어진 1950년대는 한마디로 '데즈카의 시대'였던 동시에, 오늘날 일본만화의 확고한 기틀이 마련된 시기라고 할 수 있다. 데즈카 자신은 물론 그의 영향을 받은 제자들이 그린 단정하고 착하고 귀여운 주인공들이 펼치는 밝은 데즈카풍 만화의 전성기는 1960년대 초반까지 이어진다. 1960년대가 되어서는 패전의 수렁에서 벗어나고, 데즈카의 망가를 본 세대가 점차 성장하면서 일본망가는 큰 변화를 겪게 된다. 도쿄올림픽, 베트남전, 한일협정, 전공투 학생운동의 격동으로 치닫기 시작하는 1964년 9월 일본 예술망가의 중요한 보루인 잡지「월간만화 가로」(月刊漫画ガロ)가 탄생하고, 12월부터「가무이전」(カムイ伝)이 연재되기 시작한다. 좌파 노조 운동가의 아들로 태어난 한국계 시라토 산페이(白土三平)는 리얼한 화풍으로 사무라이 시대의 계급적 갈등을 그린『가무이전』(カムイ伝)으로 특히 청년층의 큰 반향을 불러일으킨다.

이로써 일본 망가는 이제 데즈카풍의 귀엽고 단순한 그림체를 벗어나, 보다 사실적인 그림체와 이야기를 가진 '극화'(劇画)의 시대로 접어든다. 또한 망가를 읽으면서 자란 세대들이 성인이 되어서도 계속 만

화를 놓지 않으면서, 본격적으로 성인 독자층이 형성되기 시작했다. 아울러 이 시기는 망가가 대중문화의 한 부분으로서도 본격적으로 개화한 시대이기도 하다. 1960년대 중반 「소년매거진」(少年マガジン)이 백만 부 발행 시대에 접어들고, 이후 청년잡지가 창간되면서 망가는 일본문화를 이해하기 위한 필수적인 조건이라 해도 과장이 아니게 된다.

일본망가가 크게 성장하게 된 두 번째 이유로써, 전후 일본사회의 특성 혹은 일본인의 특성을 들 수 있다. 만화라는 매체가 주로 그림이라는 이미지 정보에 의존한다는 점에서는 논리적인 사고보다 감성적인 사고에 가까운 것은 사실이다. 즉 유아적인 심성에 보다 가까운 표현형태인 만화는 활자처럼 관념적, 논리적이라기보다는 훨씬 현실적이고 감성적이다. 그리고 이것은 역사적으로나 국제적으로 보아도 전후 일본의 특징이기도 하다. 당시 세계는 미소 냉전체제 등 이데올로기의 대립이 극명하게 표출된 시기였음에도 불구하고 일본은 이상주의나 관념주의와는 무관한 자본주의 국가로서 번영을 구가했던 것이다. 이러한 세계관에 대한 일본사회의 무관념성은 일본인의 유아성과 현실성을 강조하며 더욱 만화에 심취하도록 만들었다고 볼 수 있다.

세 번째로 일본망가의 특성 및 성장의 동인(動因)으로 꼽을 수 있는 것은 만화 속에서의 묘사 내지 표현에 있어 사실주의에 입각한 노력을 기울인 때문이라고 볼 수 있다. 일본만화에는 세심하고 철저한 고증과 장인정신에서 비롯된 노력이 담겨져 있는 것을 알 수 있다. '우라사와 나오키'(浦沢直樹)의 스릴러 만화 『몬스터』(モンスター:MONSTER)에서 배경이 되는 독일 하이델베르크(Heidelberg)성은 실제와 한 치의 오차

일본인들의 오랜 사랑을 받아온
〈마루코짱〉(위)과 〈시마 과장〉(아래)

도 없고, 1930년대가 배경이면서 당시 지명을 그대로 사용할 정도이다. 또한 전문 분야인 의학 혹은 심리학을 다루는 경우에도 전문가의 자문을 받았다고 생각될 정도로 내용이 정확하다. 즉 사실과 고증이라는 측면에서 일본 만화는 매우 신뢰도가 높다는 점도 일본만화 성장의 원동력이 되고 있는 것이다.

일본망가가 가지는 또 다른 특성은 소재가 다양할 뿐만 아니라, 일상성를 바탕으로 하기 때문에 경쟁력이 있다는 점이다. 일본만화는 일상을 포착하는 데 탁월하다. 빈틈없고 재미있는 스토리 능력은 TV 만화영화 「치비마루코짱」(ちびまる子ちゃん)과 『시마 과장』(課長島耕作)에서 극을 이룬다. 여의찮은 생활 속의 마루코를 보면 '아, 우리도 이랬는데…' 하는 묘한 향수를 느끼게 하고, 히로가네겐시(弘兼憲史)의 작품인 『시마 과장』에서도 사회에 편입한 전공투 세대인 힘겨운 중년을 여러 각도에서 보여주고 있다. 회사 안의 권력 암투와 출세, 가족붕괴 등, 평범한 일상 속에서도 볼 수 있는 리얼한 에피소드를 읽다 보면 사회에 대한 현실적인 묘사에 공감하지 않을 수 없다. 즉 일상성 및 사실성을 바탕으로 한 일본망가는 독자들로 하여금 실제 일어나지 않았을 일이라도 정말 사실처럼 느끼게 하는 매력을 가지고 있다.

일본의 애니메이션 영화 시장은 우리나라의 극영화의 강세와는 달리 일본 제작사 작품의 존재감이 현저하게 크다. '지브리 스튜디오'의 작품 제작은 디즈니 계열과 버금갈 정도로 만화시장이나 애니메이션에서는 양분할 정도이다. 특히 1997년의 「원령공주」(もののけ姫)는 애니메이션 영화에서는 처음으로 일본 영화 시장의 흥행 수입 역대 1위를 기록하였으며, 극 영화에서는 같은 해 「타이타닉」이 뽑혔다. 2001년의 「치히로의 행방불명」(千と千尋の神隠し)으로 다시 선두에 나선 경험이 있으며 2016년에도 세계적인 기록을 세운 바 있다. 『포켓 몬스터』(ポケットモンスター), 『명탐정 코난』(名探偵コナン), 『도라에몽』(ドラえもん)과 같은 작품은 매년 정기적으로 신작이 공개되어 일정한 매출을 유지하고 있다. 최근에는 요리, 여행, 탐정, 연극, 문학작품 등 누구나 관심을 갖고 있는 내용 등 만화의 소재가 넓게 사용되고 있다.

34. 일본인이 좋아하는 만화 주인공

【요시모토 하지메】

일본인이 만화를 좋아하고 일본 만화가 세계적으로도 인기가 있는 것은 주지의 사실이다. 그 많은 만화들을 모두 소개할 수는 없으므로 대표적인 만화와 주인공만 소개하기로 한다. 여기에서 소개할 작품들은 몇십 년에 걸쳐 오랫동안 많은 사람들로부터 인기를 얻고 있는 것이다. 애니메이션은 TV 만화라고 불리기도 하듯 만화의 일종으로 간주할 수도 있으니 아울러 소개하겠다.

첫째, 오랫동안 사랑받고 있는 만화라고 하면 우선 『사자에 상』(サザエさん)이 떠오른다. 『사자에 상』은 하세가와 마치코(長谷川町子: 1920~1992)가 1946년부터 1974년까지 여러 신문지상에 연재한 네 컷 만화이다. 그림책, 영화, 라디오 드라마, TV 드라마, 애니메이션, 연극 등 다양한 형식으로 전개되어 왔다. 특히 애니메이션은 1969년부터 50년 이상이나 방영되고 있어서 기네스 세계기록을 가지고 있다.

주인공 후구타 사자에(フグ田サザエ)는 명랑하고 상냥한데 덜렁대는 데가 있는 가정 주부이다. 특별한 사건도 없는 평범한 일상 속에 일

어나는 사소한 일을 다룬
것이다. 폭발적인 인기가
있는 것은 아니지만 역사
에 길이 남을 작품이다.

사자에 상(왼쪽)과 철완 아톰(오른쪽)

둘째, 『철완 아톰』(鉄腕
アトム)도 빠뜨릴 수 없다.
일본에서는 만화의 신이라

고 불리는 데즈카 오사무(手塚治虫：1928~1989)의 작품이다. 1951년부
터 1952년까지 연재된 『아톰 대사』(アトム大使)에서는 아톰이 조역이
었는데 1952년부터 1968년까지 연재된 『철완 아톰』에서 아톰이 주인
공이 되었다. 1963년부터 1966년까지 일본 최초의 30분 TV 애니메
이션 시리즈로 방영되었다. 그후에 여러 번 TV 애니메이션, 영화, 뮤
지컬, 게임 등으로 제작되었다. 만화 연재와 애니메이션 방영 기간이
특별히 긴 것은 아니지만 일본의 만화·애니메이션에 끼친 영향은 엄
청나고 이 작품을 빼고 이야기할 수는 없다.

덴마 박사(天馬博士)는 아들 도비오(天馬飛雄)를 교통사고로 잃고
아들의 모습을 닮은 로봇 도비오(トビオ)를 만들었다. 로봇 도비오는 인
간과 비슷한 감정과 뛰어난 여러 가지 능력을 가졌지만 인간처럼 성장
은 하지 않았다. 그 사실을 슬프게 여긴 덴마 박사는 로봇을 서커스단에
팔아넘겼고, 서커스단 단장이 아톰이라는 이름을 지었다. 그 후 로봇이
인간과 동등하게 살 수 있다는 법률이 제정되어, 아톰의 가능성에 주목
한 오차노미즈 박사(お茶の水博士)가 떠맡게 되었다. 아톰은 정의감이

강하고 상냥한데 인간과 다르다는 사실 때문에 고민하기도 한다.

고양이 모양의 로봇 도라에몽

셋째, 『도라에몽』(ドラえもん)도 반드시 언급해야 한다. 『도라에몽』은 후지코 F. 후지오(藤子.F.不二雄:1933~1996)의 만화이다. 후지코 F. 후지오도 수많은 인기 만화와 인기 캐릭터를 탄생시켰는데 대표작 하나를 뽑으라면 역시 『도라에몽』이 될 것이다. 만화 『도라에몽』은 1969년부터 1996년까지 여러 매체에 발표되고, 지금까지 여러 번 TV 애니메이션, 영화, 연극 등의 형태로도 창작되었다.

주인공 도라에몽은 22세기에 제조된 고양이 모양의 로봇인데 낮잠을 자고 있을 때 쥐가 귀를 갉아먹어서 없어졌고, 그 기억 때문에 쥐를 무서워한다. 공부도 못하고 운동도 못하는 초등학생 노비 노비타(野比のび太)의 후손이 조상을 도와주기 위하여 타임머신으로 도라에몽을 20세기에 보낸다. 노비타가 곤궁에 빠지면 도라에몽이 4차원 주머니에서 미래의 비밀도구를 꺼내 도와준다.

넷째, 『호빵맨』(アンパンマン)도 인기가 있다. 『호빵맨』은 야나세 다카시(やなせたかし:1919~2013)가 1969년에 성인 대상의 이야기로 발표하고, 1973년부터 어린이용 그림책으로 발표한 것이다. 1979년에 TV 애니메이션으로 만들어졌고, 1988년부터 TV 애니메이션 시리즈

로 방영되기 시작했다. 그
이외에 소설, 만화, 게임
등도 있다. 『호빵맨』은 수
많은 캐릭터들이 등장하
는 것으로 기네스 세계기
록을 가지고 있다. 그 수
는 2,200명 이상이며 지
금도 계속 늘어나고 있다.

호빵맨과 피카츄 캐릭터

　주인공 호빵맨은 제조 중인 빵에 생명의 별이 들어가 탄생하였다.
호빵맨의 얼굴 속에는 팥고물이 가득 차 있으며 빈곤한 사람을 위해 자
신의 얼굴을 준다. 얼굴을 주면 힘이 약해지는데 새로운 얼굴을 받으면
부활한다.

　다섯째, 『포켓몬스터』(ポケットモンスター)도 인기를 얻은 지 이제 오
래되었다. 『포켓몬스터』는 처음 1996년에 게임으로 발매되고 1997년
부터 TV 애니메이션 시리즈가 방영되기 시작했다. 그 외에도 카드게
임, 만화, 영화 등도 있다.

　포켓몬스터는 약 900종이 있는데, 가장 널리 알려지고 인기가 있
는 것은 피카츄(ピカチュウ)이다. 다람쥐 같은 모습을 하고 있으며, 전
체적으로는 노란색이고, 등에 갈색 줄무늬가 있다. 싸울 때에는 상대
에게 전기를 방출하여 공격한다. 빛나는 양상을 나타내는 '피카'(ピカ)
와 쥐의 울음소리 '츄'(チュウ)를 합쳐서 명명되었다.

　여섯째, 만화 자체가 오래 지속되고 있는 것으로 『골고 13』(ゴルゴ

13)을 들어야 한다. 『골고 13』은 사이토 다카오(さ
いとう たかを:1936~)가 1968년부터 50년 이상이
나 계속 연재하고 있다. 이보다 더 오랫동안 연재된
만화도 있기는 하지만 지명도까지 감안하면 단연 제
일이다. 프로덕션 스탭들이 취재를 하고 각본을 쓰
고 그림을 그리는, 분업 형태로 만화 제작을 하고 있
는 것이 큰 특징이다. 애니메이션, 영화, 드라마, 소
설, 게임, 파친코 등도 있다.

주인공 듀크 도고(デューク東郷)는 초일류 저격수이며 고르고 13은
그의 코드네임이다. 그는 자신이 정한 규칙에 맞는 의뢰만 맡고 한번
맡은 일은 어떤 어려움이 있더라도 반드시 완수한다. 과묵하고 냉정하
며 타인과 사귀지 않는다.

일곱째, 역시 오래 지속된 만화로 『여기는 가쓰시카구 가메아리공
원 앞 파출소』(こちら葛飾区亀有公園前派出所)도 들어야 한다. 이 만화
는 아키모토 오사무(秋本治:1952~)가 1976년부터 2016년까지 40년
동안 연재했다. 단행본 총200권이 나왔으며, 발행 권수가 가장 많은
만화로 기네스 세계기록을 가지고 있다. 이 또한 TV 애니메이션, TV
드라마, 라디오 드라마, 영화, 연극, 게임 등도 있다.

주인공 료쓰 간키치(両津勘吉)는 파출소에 근무하는 경찰관인데,
상상을 초월한 체력·생명력과 많은 자격·기술을 갖추고 있는 반면
술과 돈벌이를 매우 좋아하여 경찰관답지 않게 말썽을 자주 일으킨다.
또 그의 동료들도 여러모로 파격적인 인물들이다.

여덟째, 『드래곤볼』(ドラ
ゴンボール)도 전설적인 만화
가 되었다. 『드래곤볼』은 도리
야마 아키라(鳥山明:1955~)
가 1984년부터 1995년까
지 10년 남짓 연재했다. 또
1986년부터 1996년까지 11
년간 TV 애니메이션이 방영
되었다. 그후에도 애니메이
션, 영화, 게임 등이 제작됐
고, 지금도 인기가 계속되고
있다. 만화 연재 기간이나 애
니메이션 방영 기간이 특별히
긴 것은 아니지만 그 영향력
은 크다 하겠다.

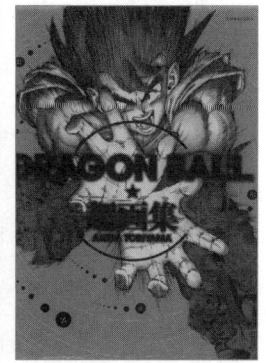

일본인이 좋아하는 만화의 주인공들

드래곤볼이란 세계 곳곳에 흩어진 일곱 개의 구슬이며, 그것을 모
으면 어떤 소원이든 하나만 이룰 수 있다고 한다. 주인공 손오공(孫悟
空)은 드래곤볼을 찾기 위해 모험에 나서고 여러 강적들과 싸우는 가운
데 우주 최강의 전사로 성장한다.

아홉째, 『명탐정 코난』(名探偵コナン)도 오랫동안 지속되고 있는 작
품이다. 아오야마 고쇼(青山剛昌:1963~)가 1994년부터 20년 이상 연
재하고 있다. 1996년부터 TV 애니메이션도 방영되기 시작했다. 또한

영화, 연극, 소설, 게임, 학습 만화 등 다양한 형태로 전개되고 있다.

고등학생 탐정 구도 신이치(工藤新一)는 국제적 범죄 조직의 범죄 현장을 우연히 목격했는데, 그의 뒤에 있던 조직원이 그를 기절시키고 독약을 먹였다. 그런데 그 약의 부작용으로 그는 몸이 작아져 소년의 모습이 되었다. 그후로 그는 에도가와 코난(江戸川コナン)이라는 이름으로 살면서 여러 가지 사건을 해결한다.

열째, 『원피스』(ONE PIECE)도 일본을 대표하는 만화로 자리를 굳혔다. 『원피스』는 오다 에이이치로(尾田栄一郎:1975~)가 1997년부터 20년 이상 연재하고 있다. 발행 부수로는 일본 만화 사상 최고이며 가장 많이 발행된 단일 작가의 만화로서 기네스 세계기록을 가지고 있다. 1999년부터 TV 애니메이션도 방영되기 시작했다. 그 외에 영화, 드라마, 소설, 게임, 가부키 등 다양한 형태로 전개되고 있다.

주인공 몽키 D. 루피(モンキー D. ルフィ)는 어느 날 고무고무 열매를 먹고 헤엄을 못 치는 대신에 몸이 자유로이 늘었다 줄었다 하는 고무 인간이 되었다. 그의 꿈은 대비보 '원피스'를 찾고 해적왕이 되어 그가 우상으로 삼는 해적단 우두머리와 재회하는 것이다. 그는 마음이 맞는 동료들을 모아 모험에 나선다.

일본인이 좋아하는 만화와 등장인물은 물론 각자 다르고 인기도 그때그때 다를 것이다. 그러나 적어도 몇십 년 동안 변함없이 큰 인기를 누리고 있는 만화 주인공이라면 위와 같은 인물들이라 할 수 있다. 주인공의 모습이나 성격도 중요하지만 무엇보다 재미있는 스토리가 뒷받침해 주어야 할 것이다.

35. 소년만화 주간지의 신화

【츠자키코이치】

일본에서는 집 밖, 예를 들어 카페에서, 공원 벤치에서, 지하철 안에서 책이나 잡지를 읽는 사람의 모습을 자주 볼 수 있다. 특히 잡지, 그중에서도 만화잡지를 읽는 사람이 많다. 물론 자기가 만화잡지를 사서 읽는 사람이 많겠지만 다른 사람이 읽고 지하철 선반에 놓고 간 소년만화 잡지를 집어 읽는 사람도 있다. 그러고 보니 지하철 선반, 역의 벤치 등에는 다 읽은 만화잡지가 버려져 있는 것을 흔히 볼 수 있다. 역 쓰레기 통 등에도 많은 잡지가 버려져 있는데 그 대부분이 만화이다.

만화잡지는 또한 작은 식당, 찻집, 이발소, 미용실, 병원 환자 대기실 등에도 놓여져 있다. 식당에서 주문한 음식이 나올 때까지 만화를 읽으며 기다린다. 기다릴 때 읽는 것 뿐 아니라 읽으면서 식사를 하는 회사원이나 학생도 적지 않다.

1999년 통계에 따르면 일본 내에서의 만화잡지 판매액은 총 3천억 엔이었으며 만화잡지와 단행본 만화인 코믹의 발행부수는 일본 출판물 전체의 30%를 차지했다고 한다. 만화잡지는 소년, 소녀를 대상으로 하는 것이 64종, 청년, 여성을 대상으로 하는 것이 107종, 어른들을 대상으로 하는 것이 109종, 도합 208종이 발행되고 있다. 그중에서 가장 출판 부수가 높은 것이 소년 대상의 만화주간지로 매주 4백만 부 이상 발행되는 잡지도 있다.

이러한 소년잡지의 원형은 쇼와(昭和) 초기에 이미 보이지만 지금의 주간지와 같은 형태는 아니었다. 1950년대 후반에 이르러 많은 주간지가 창간된다. 1956년에는 일본 주간지의 효시라고 할 수 있는 『주간신조』(週刊新潮), 1958년에는 『주간명성』(週刊明星), 이어 1959년에는 『아사히 저널』과 『주간문춘』(週刊文春) 등이 창간되었고, 이러한 붐에 편승하여 소년만화잡지도 주간지로서 모습을 바꿔 창간된다.

1959년 3월 『주간 소년매거진』과 『주간 소년선데이』가 창간되었다. 물론 오늘날처럼 100% 만화로 이루어진 것은 아니지만, 어린이들에게 인기 있는 만화를 많이 게재하려고 한 것이다. 이들의 출현으로 인해 주류를 이루던 월간 소년만화지는 발행부수가 떨어지고, 결국 휴간(休刊)되기에 이른다. 게다가 1963년 8월 『주간 소년킹』-주간 소년지 창간 초기에 태어난 잡지 중 유일하게 폐간되었다-이 창간되고, 같은 해에 소녀를 대상으로 한 순정만화 주간지인 『주간 소녀프랜드』가 창간된다. 『소년 킹』이 창간되었을 즈음의 주간 소년지의 가격은 50엔 정도였으며, 현재는 대개 230엔 정도이다.

『소년 매거진』, 『소년 선데이』 창간 10년 후인 1968년, 『주간 소년점프』가 등장한다. 『소년점프』는 신인 만화가의 과감한 채용과 함께 애독자엽서의 통계에 따라 인기가 부진한 작품은 10회만 게재하고 중지

한다는 독자에게는 즐겁지만 만화가에게는 혹독한 정책으로 발행부수를 늘려간다. 1970년 말에는 주당 1백만 부, 79년에 3백만 부, 84년에 4백만 부라는 경이적인 기록을 계속 갱신하며 다른 주간 소년지를 압도하고 독주를 계속한다.

그 무렵부터 소년지의 독자층이 넓어지고 전철이나 지하철 안에서 이를 읽는 대학생이나 젊은 회사원이 눈에 띄게 된다. 『소년 점프』에 연재되어 공전의 히트를 이룬 대표적인 작품으로 「드래곤 볼」을 들 수 있는데, 우리나라에서도 잡지에 연재되었으며, 단행본은 물론 애니메이션은 TV를 통해 방영되기도 했다. 당시 인기작가의 잡지 연재 원고료는 페이지당 2만 엔 정도였고, 단행본 판매로 인한 인세 수입은 엄청났다고 한다.

하지만 소년용 주간지의 발행부수가 증가함에 따라 게재된 만화에 대해 폭력적이라는 등의 비판의 목소리도 커지게 된다. 1960년대 주간 소년지에 전쟁만화 붐이 일어나는데, 이로 인해 전쟁긍정론이 어린이들에게 심어질 수도 있다는 우려가 생겼다. 특히 1960년대 후반, 한 주간지에서는 애독자를 위한 상품으로 옛 일본해군병학교(日本海軍兵学校)의 제복을 내걸어 비난의 여론이 빗발치듯 했고 신문에도 게재되는 등 작지 않은 파문을 일으켰다.

또한 대단히 큰 비난을 받은 만화로서 「파렴치학원」이 있다. 1968년 『소년점프』 창간 당시부터 연재된 만화인데 치마 들추기 등의 성(性)의 유희화 및 권력과 성욕의 화신인 교사를 묘사하고 있어, 1970년의 TV 방송 이후 큰 비난을 받게 된다. 이 만화는 주간지나 NHK의 보도

방송에도 언급되어 미에현(三重県)에서는 교사들이 미에현 행정부에게 유해 도서로 지정해 달라고 요구했다.

그러나 그 당시 비판, 비난받은 만화도 현재의 소년지에 게재된 만화에 비교하면 점잖다고 할 수도 있다. 현재 소년지에는 대단히 폭력적이거나 성적인 색채가 강한 만화가 적지 않아서 폭력에 의한 반사회적 악영향이나 섹스에 의한 반윤리적 악영향, 또한 사탄이나 악마를 예배하는 오컬트(occult) 작품으로 인한 이상성격의 형성 등을 우려하는 목소리가 높다.

최근에 들어 소년주간지는 전체적으로 발행부수가 떨어지고 있다. 특히 『소년 점프』의 하락세가 현저하다. 한때 주간 650만 부를 기록하는 등 24년간 독주를 계속해 온 『소년 점프』는 1997년에는 부수가 급락하여 2위의 『소년 매거진』과 비슷하게 되었다.

발행부수가 감소한 원인으로 소비자 특히 젊은이들의 라이프 스타일의 변화를 생각할 수 있다. TV나 영화의 발달, PC 게임, 휴대전화를 통한 모바일 서비스 등 오락의 다양화와 함께, 만화방의 등장으로 만화를 사지 않고 빌려서 보는 사람이 늘고 있는 것이다.

하지만 무엇보다 가장 큰 것은 만화의 질적(質的) 저하에서 기인했다고 여겨진다. 사견이지만 최근 소년지에 연재된 만화는 도무지 재미가 없다. 앞을 다투어 주간 만화지가 창간된 당시 소년지에 연재된 만화는 무척 재미있었다. 특히 『소년 점프』에는 뛰어난 작품들이 가득했다. 그 가운데는 지금 다시 보아도 역시 재미있는 것들이 많다. 이에 비해 현재 연재되는 만화는 그림체가 몰개성(沒個性)하고 스토리도 기발하지 않고, 폭력적이거나 선정적인 묘사만 눈에 띌 뿐 도무지 사람의 마음을 끌어당기는 힘이 없다. 옛날처럼 감동을 주는 작품으로 회귀하지 않는 한 소년지의 앞날은 밝다고 할 수 없다고 생각된다.

2002년 11월, 미국에서 미국판 소년 점프『Shonen Jump』-일본어의 발음을 로마자로 표기했다-가 발행되었다. 일본의『소년 점프』에 연재되었던 과거의 인기만화를 모은 것으로 미국에서는 처음으로 발매되는 잡지 형식의 만화라고 한다. 과연 일본의 만화가 미국에서도 성공을 거둘지 궁금해진다.

36. 현대판 가장행렬 코스프레

【김영민】

많이 알려져 있는 사실이지만 일본에는 '오타쿠'라는 것이 있다. '매니아'보다도 한 차원 높은 단계라고 칭송되는 계층이다. 그야말로 한 가지밖에 모르는, 혹은 한 가지에만 자신의 모든 것을 걸고 애정을 쏟는 사람들을 오타쿠라고 부른다.

이같은 오타쿠들의 세계에서 알려져 있는 문화의 한 갈래가 바로 '코스프레'이다. 코스튬(costume)과 플레이(play)의 합성어인 코스프레는 단어 자체의 뜻만으로도 80% 이상은 해독이 가능하다. 만화, 애니메이션, 게임, 영화 등 특징 캐릭터의 의상과 소품을 제작해 착용하고, 이를 다른 사람들에게 소개하며 즐기는 행위의 총체인 것이다. 그야말로 캐릭터를 카피(copy)하는 행위인데, 최근에 들어서는 자신이 직접 디자인하는 경우도 늘고 있다.

코스프레는 원래 영국에서 죽은 영웅들을 추모하며 그들의 모습대로 분장하는 예식에서 유래했다고 한다. 이것이 미국으로 전해져 '슈퍼맨'이나 '배트맨'과 같은 만화 캐릭터들이 입은 의상을 입는 축제가 유행

하게 되었고, 다시 일본으
로 넘어오면서 만화나 영
화, 컴퓨터게임 주인공들
의 흉내내기로 확대되고
대중화되었다.

코스프레 의상을 입은 일본 소녀들

　하지만 코스프레는 이
제 단순한 흉내내기의 차
원을 넘어서 어엿한 하나
의 취미문화로 자리매김한 독립적인 형태가 되었다. 그런데 코스프레
를 이해하기 위해서는 먼저 오타쿠를 이해해야 한다.

　일본에서 '버블경제'가 무너지면서 아이들은 혼자 노는 법을 배워
야 했고, 전 세계를 석권한 닌텐도나 세가 등이 만든 게임이나 만화,
애니메이션에 깊이 빠지기 시작했다. 혼자 행동하는 데 익숙해 있는 아
이들은 그만큼 자신한테 몰두하는 것이 가능했고, 그 영향은 곧바로 애
니메이션 시청률과 만화 및 게임의 판매량을 높이는 결과를 낳았다. 아
이들이 만화나 게임 속의 캐릭터들에 대해서 친구 이상의 감정을 가지
게 된 것은 지극히 당연한 일일지도 모른다.

　이러한 성장배경을 가지고 있는 오타쿠들은 특정 캐릭터에 대한
무한한 애정과 관심으로 어느 순간부터인가 그들을 따라하기 시작했
다. 이를 쉽게 이해할 수 있는 것이 누구나 한 번쯤은 둘러봤을 보자기
망토가 있다. 배트맨이나 슈퍼맨 등의 '영웅'에 대한 동경을 아이들은
그런 식으로 표현한 것이다. 이 역시 어떤 의미로는 코스프레라 할 수

있겠으나, 다만 지금의 코스프레는 전문성에서 차이가 난다.

요즘엔 오타쿠뿐만 아니라 일반인들 사이에서도 제법 알려지긴 했지만, 그래도 코스프레는 만만하게 볼 수 있는 것이 아니다. 완성된 의상이나 소품들은 그저 보이는 것처럼 멋지고 예쁘지만 그 의상이 완성될 때까지 얼마나 많은 수고와 노력이 있는지는 직접 참여해 활동해본 플레이어(player)가 아니고서는 결코 쉽게 알 수가 없다. 코스프레는 기성복을 이용할 수 있는 경우가 매우 드물기 때문에, 보통 직접 원단을 사다가 제작하기도 하고, 특별히 주문 제작하거나, 중고의상을 구입하기도 하는 것이다.

일본의 하라주쿠나 신주쿠 거리를 걷다 보면 하나 둘쯤은 눈에 띄는 것이 '코스프레숍'이다. 코스프레 의상만을 전문적으로 취급하는 가게를 말하는데, 가격이 꽤나 비싼 편이다. 직접 만드는 경우에도 조금은 부담을 줄일 수는 있어도 상당한 시간과 노력이 요구된다.

코스프레는 그 의상을 팔거나 하지 않는 이상, 플레이 자체에는 아무런 보상이나 상금은 없다. 하지만 아이로니컬하게도 이러한 문제에도 불구하고 코스프레이어-costume player의 약어-는 끊임없이 늘어가고 있는 추세이다. 이처럼 코스프레에 애정을 가질 수 있는 것은 활발하고 적극적인 애니메이션 보급을 하는 일본이라는 공간적 특수성도 이유의 하나로 꼽을 수 있지만, 보다 정확한 답은 코스프레에 대한 '애정'과 '정열'이 있기 때문이라고 할 수 있다.

코스프레가 우리나라에서도 이뤄지기 시작한 것은 비교적 최근의 일이다. 지금은 활발해졌다고는 해도 역시 일본에 비하면 대중화되었

2003 도쿄코스프레캐릭터쇼 (사진출처:Cospre.Com)

다고 할 정도는 아니다. 더구나 코스프레를 즐기는 연령층이 대부분 10대의 학생이므로 기성세대와의 갈등도 적지 않다. 겉으로는 '만화나 영화의 흉내를 내는 것이 유치하다'는 것이지만, 공부하기에도 모자라는 시간을 할애해서 의상이나 분장 등 각종 준비를 하는 것이 탐탁치 않게 여겨지는 것이 분명하다. 그래서 부모님의 반대와 갈등으로 코스프레를 즐기지 못하는 경우도 있다고 한다.

하지만 우리나라에서도 이제는 코스프레가 하나의 취미문화로서 자리매김하고 있다는 것을 확인할 수 있는데, 심심찮게 열리는 만화 및 애니메이션 행사에서 코스프레가 빠질 수 없는 감초가 된 것으로 보아도 잘 알 수 있다. 그만큼 코스프레에는 오타쿠가 아닌 일반인들도 쉽게 다가갈 수 있고 그들을 끌어들이는 매력이 있는 것이다.

이러한 것들을 무조건 반대할 것이 아니라, 이제는 그들만의 문화로 인정해주고 적극적으로 장려해주는 것이 어른들의 몫이 아닐까 생각한다. 비록 우리 고유의 것은 아니지만 코스프레가 치열한 입시경쟁으로 지쳐있는 청소년들이 즐길 수 있는 건전하고 유익한 취미문화로 정착되었으면 하는 생각을 해본다.

37. 파미콘과 PC방의 파이널 판타지

【이수경】

　일본의 TV광고를 잠시만 살펴보라. 언뜻 봐서는 무슨 광고인지 알 수 없지만, 너무 아름다워서 혹은 기괴하거나 아주 코믹해서 유난히 눈길을 끄는 광고가 있다면, 그것은 십중팔구 새로 출시될 TV게임광고일 것이다.

　새로운 게임소프트를 사려는 사람들이 발매 전부터 상점 앞에 장사진을 이루는 모습이나, 이번 게임은 발매 며칠만에 매진되었는가 하는 기록이 뉴스에 오르내리는 일 정도는, 일본에서는 그리 낯선 풍경이 아니다. 일본에서 만든 「포켓몬」이나 「다마곳치」를 아이에게 사주기 위해 긴 줄을 서야 했던 유럽의 아빠들, 그리고 화려한 시뮬레이션 게임에 매료되어 흥미진진한 눈길로 일본을 바라보는 우리의 젊은이들.

　'만화의 왕국'과 함께, 지금의 일본에게 붙여진 또 하나의 확고한 브랜드 네임은, 바로 '게임의 왕국'이다.

　인터넷게임이 확산된 오늘날은 사정이 좀 다르지만 전자오락의 역사는 하드웨어 즉 게임기의 탄생과 함께 시작되었다. 1975년에 점과 선을 움직여 진행하는 단순한 게임인 「TV 테니스」가 제작되었고, 1979년에는 역시 단순한 슈팅게임인 「인베이더」(Invader)가 크게 히트하기도 했지만, 본격적으로 TV게임시장이 뜨거워진 것은 1980년대 중반의 일이다.

엔고(円高)로 인한 경제 위기를 타개하기 위해, 가전회사들이 새로운 시장 창출을 꿈꾸며 강도 높은 아이디어를 짜내어, 일본의 일렉트로닉스 산업이 비약적으로 발전을 이룩하게 되는 그 한가운데에서 혁신적인 게임기가 등장하였다. 반다이, 닌텐도, 세가, 카시오와 같은 큰 완구회사나 가전회사들로부터 각종 게임기종이 판매되었으나, 결국 TV게임 시장을 제패한 것은 닌텐도가 내놓은 '파미콘'(family computer의 약어)이었다. 파미콘의 등장으로 일본의 게임시장은 폭발적으로 성장했고, 이후 TV게임의 대명사가 되었다.

어린이용 완구에서 가정용 필수품으로 자리잡은 이 요술상자를 통해, 일본인들은 다채롭고 환상적인 가상현실을 경험하게 되었다. 우리나라의 386세대들도 한때 전자오락실에서 무아지경이 되도록 흠씬 빠졌던 갤러그, 버블버블 같은 슈팅게임부터, 순발력과 공간감각을 요하는 테트리스 같은 퍼즐게임, 실제보다도 더 현장감 넘치는 스트리트 파이터 같은 격투게임, 수퍼마리오나 바이오해저드 같은 액션어드벤처게임, 젊은이들까지 순식간에 거리에서 춤추게 만들었던 댄스댄스 레볼루션(DDR) 같은 리듬액션게임에 이르기까지, 강한 흡인력과 중독성을 지닌, 실로 다양한 장르에 걸친 게임의 행렬이 이어졌다.

그러나 무엇보다도 지금의 일본인들에게 절대적인 인기를 얻고 있는 장르는, 파이널 판타지 시리즈 같은 롤플레잉게임이나, 도키메키메모리얼 같은 시뮬레이션게임이다. 이들이 게이머들을 매료시키는 요인으로는, 감동적인 시나리오와 환상적인 그래픽, 긴 플레이 시간 등도 꼽을 수 있겠지만, 무엇보다도 게임에 등장하는 캐릭터에 대한 감정이입이 주는 모의체험의 마력이 아닐까 생각한다.

가상현실 속의 등장인물이 되어, 한바탕 전쟁을 치르기도 하고 미지의 세계를 탐험할 수도 있으며, 육성(育成) 시뮬레이션을 통해 한 아이를 맡아 키워보기도 하고, 연애 시뮬레이션을 통해 화면 속의 인물과 사랑에 빠질 수도 있다. 어디 그 뿐이랴. 한 도시의 행정이나 대기업의 경영을 모의적(模擬的)으로 재현할 수도 있으며, 어렸을 때부터 꿈꾸던 비행기 조종의 꿈을 실현할 수도 있다.

단 한 번뿐이기에 조심스럽고 힘겨울 수밖에 없는 '진짜 인생'과는 달리, 가상세계에서는 얼마든지 썼다 지웠다 할 수 있는 화이트보드처럼 수정과 재생이 가능하다. 회사를 경영하다가 도산하거나, 아이를 키우다가 문제아가 되더라도, 다시 '로딩'하면 그 뿐이다. 존재하지 않는 이미지나 표상이 현실보다 더욱 현실적으로 느껴지는 시뮬레이션의 체험이, 일본인들로 하여금 게임소프트를 사기 위해 하루 종일 줄을 서서 기다리도록 만드는 것이다.

또한 영상이나 만화 속의 세계를 현실에서 재연하는 '코스프레'(Costume Play의 약어)에 열중하게 만들기도 하며, 한편으로는 교제를 단절하고 집안에 틀어박혀 혼자만의 세계에 몰두하는 오타쿠를 낳기도 하는 것이다.

최근에는 애니메이터나 만화가들이 애니메이션 회사를 외면하고 게임소프트회사 쪽으로 대량유입되는 추세를 보이며, 게임이 먼저 인기를 얻어서 영화나 캐릭터산업으로까지 이어지는 경우도 많다. 어린이의 완구 정도로 여겨졌던 TV게임은 이제 애니메이션, 게임소프트, 게임기 등의 하드웨어에까지 이르는 관련 사업의 전후방 네트워크를 지닌, 일본의 현대문화산업의 총아로 변모해 있다.

그러나 바위덩어리처럼 견고하게만 보이는 이 거대한 게임의 왕국이, 지금 일대 전환기를 맞고 있다. 그동안 힘겹게 성장시켜온 게임 인구를 순식간에 앗아갈 만한 물건이 등장한 것이다. 90년대 후반, 사회 전반에 가장 큰 변화를 불러일으킨 문명의 이기(利器) 바로 휴대폰의 출현이다. 이미 사회의 기본 구조가 되어버린 휴대폰이 가져다주는 각종 부차적인 유희들은, 집에서 혼자 TV 앞에 앉아서 하는 게임보다 훨씬 매력적일 수 있다.

하지만 이전에는 단순히 '휴대폰이 게임보다 재미있어서' 게임 인구를 감소시킨다기보다, 그 사용요금이 만만치 않다는 것이 문제이다. 일본의 청소년들은 한 달 용돈의 70% 이상을 통신비용으로 사용하고 있는데다가 자주 통화하다 보면 모임도 잦고 사교비용도 증가하게 마련이어서, 게임에 투자할 돈이 그만큼 줄어든다는 얘기다. 스마트폰 게임 앱이 등장하면서 그 양상이 달라졌다. 기본 무료인 게임을 즐길 뿐만 아니라, 게임 내의 아이템이나 유료 컨텐츠에 100엔 내지 500엔을 지불하는 사람이 해마다 증가하고 있다. 올해 조사에 따르면 한 달에 '1000엔 이상 5000엔 미만'을 받는다는 사람이 가장 많았다.

또 다른 요인으로 불법복제의 문제가 있다. 아무리 게임을 하는 이들이 많아도, 결국 불법복제 소프트는 매상에 아무런 영향을 주지 못하기 때문이다. 침체된 게임업계에 활력을 불어넣어 줄 것으로 기대했던 「플레이 스테이션 2」의 등장도, 이것이 DVD 플레이어 기능을 겸하다 보니, 엉뚱하게도 DVD업계의 활성화로 이어졌을 뿐 게임소프트웨어 판매로는 이어지지 않고 있는 것이다.

이와 같은 난관을 한마디로 날려보낼 수 있는 마법의 키워드로 떠오르는 것이 바로 네트워크 게임 즉 인터넷 온라인게임이다. 물론 이 부분에 있어서는 우리나라가 한 발 앞서 있는 것이 사실이다. 몇 년 전까지만 해도, 닌텐도의 '게임보이'를 들고 다니면 최고였지만, 짧은 시간에 IT 선진국으로 발돋움하며 네트워크 사회를 이룬 우리나라에는 컴퓨터 게임의 열풍이 거세게 불어닥쳤다.

일본의 경우에는, 전 세계적으로 크게 붐을 일으켰던 스타크래프트조차도 모르고 있는 젊은이들이 많을 정도로, 그 흐름은 크게 변하지 않고 소니의 플레이스테이션과 닌텐도의 닌텐도 스위치 등의 게임기기가 아직까지 큰 인기를 끌고 있다. 그러나 우리나라에서 개발한 네트워크게임 「리니지」(Lineage)가 일본에도 온라인 서비스를 개시한 최근 2년 동안, 등록 유저(user) 수가 32만 명을 넘어서면서, 일본에서 자체적으로 결성된 리니지 동호회가 대대적인 모임을 가졌을 정도로 반향을 불러일으키고 있다.

일본 내의 온라인게임 시장을 널리 개척한 공로를 인정받아 일본 '컴퓨터 엔터테인먼트 협회'로부터 특별상을 받기도 한 리니지는, 현재 우리나라를 비롯해서 대만, 홍콩, 미국, 일본 등 5개국에서 인기가 많은 온라인 게임이다.

현재 일본 온라인 게임업계는 기존의 대형 게임사들이 중심이 되어 온라인 전용게임을 출시해서 서비스하고 있다. 특히 갑콘(カプコン)의 '몬스터헌터'(モンスターハンター) 시리즈나 스퀘어 에닉스(スクエア・エニックス)의 '파이널 판타지14'(Final Fantasy14)는 매우 인기가 높다. 그 와중에도 '파이널판타지14'는 2019년 전 세계 계정수 1800만을 돌파했다. 파이널 판타지는 1987년에 시작돼 2020년 현재 '파이널 판타지15'(Final Fantasy15)까지 발매된 일본의 대표적인 RPG 게임인데, 온라인판 14개는 왕년의 파이널 판타지 팬뿐만 아니라 10대부터 20대 젊은 세대의 유저까지 다양한 연령층에서 인기가 있다. 또한 플레이스테이션이나 닌텐도 스위치에는 온라인 기능이 있어 전보다 온라인 게임을 쉽게 즐길 수 있게 되었다. 그 배경으로는, 2001년에 '브로드밴드 원년'이라고 해서, 브로드밴드 회선이 일본 전국에 급속히 보급된 것, 그리고 스마트폰의 급속한 보급을 들 수 있다. 2018년 조사에서는 13세에서 19세 사이의 남성 69%, 여성 43.4%가 온라인 게임을 하는 것으로 나타나 PC 내지 스마트폰으로 온라인 게임을 즐기는 사람들이 많아졌다는 것을 알 수 있다.

패미컴이 등장한 지 40년 가까이 지난 지금 일본의 게임 환경은 게임기에서 PC, 스마트폰으로, 그리고 오프라인에서 온라인으로 극적으로 바뀌었다. 앞으로도 계속될 것으로 예상되는 변화에 대해 게임업계에서는 기존의 게임기나 스마트폰의 게임앱 뿐만 아니라 AR, VR 등 최

신 ICT 기술을 활용한 보다 리얼리티 높은 게임체험을 유저에게 제공
해 나가는 것이 향후 테마 중 하나가 될 것으로 예상하고 적극적인 개
발을 하고 있다.

38. 일본의 표정문자에는 어떤 것이 있을까?

【김대성】

\(#⌒0⌒#)/   :⌒r   -_=

이런 문자와 기호는 무슨 뜻을 나타내는 것일까? 아마도 N세대들은 금방 대답할 수 있을 것이다. 첫째는 '너무나 좋아해', 둘째는 '메롱' 하고 약올리는 옆모습, 셋째는 '한쪽 눈에만 쌍꺼풀이 있는 모습'을 각각 나타낸다. 이와 같은 것을 '표정문자'(表情文字)라고 하는데, 일본에는 과연 어떠한 것들이 있는지 알아보도록 하자.

표정문자란 일본에서는 보통 '가오모지'(顔文字:얼굴문자,facemark)라고 한다. 컴퓨터를 이용한 커뮤니케이션(computer mediated communication)의 새로운 문화의 하나로 등장한 것으로 전자메일이나 게시판 등에서 쓰이는데, 잘 알다시피 컴퓨터의 키보드로 입력할 수 있는 문자나 기호를 조합하여 얼굴 표정을 나타내는 그림문자를 말한다.

따라서 우리나라에서 쓰이는 표정문자와 많은 부분에서 비슷하지만, 일본의 표정문자에는 일본 키보드에만 있는 문자나 기호를 사용한 것이 있기 때문에, 서로 다를 수밖에 없는 부분도 상당히 있다.

본래 표정문자는 미국에서 생겼는데, 옆얼굴을 기준으로 뾰족한 코가 달려 있는 것이었다. 즉 위의 두 번째 예에 해당하는 것이 많다. 그러던 것이 일본에서는 얼굴 정면을 기준으로 코가 없는 형태로 발전 하였는데, 이 점은 우리와 마찬가지이다. 또 한 가지 다른 점은 미국은 옆얼굴이기 때문에 실제로 볼 때, 읽을 때에는 시계방향으로 90도 돌 려서 보아야 한다는 것이다. 일본이나 우리나라는 본래부터 얼굴 정면 을 기준으로 하기 때문에 이와 같은 번거로움이 없다는 점이 다르다.

서로 간의 차이를 알아보기 위해 간단하게 미국의 표정문자와 일 본의 표정문자를 몇 가지 들어보면 다음과 같다.

1. 미국(시계방향으로 90도 회전해서 보면 알 수 있다)

  :_P 미안해   :·〈 졸려요   :_I 침묵

2. 일본

  (·-·; 식은땀   (*_*) 어마 놀래라   m(_)m 미안해   (-_\) 졸려요

일본어 윈도우 상에서 마이크로소프트사의 일본어 입력기(MS-IME)에 설치되어 있는 표정문자에는 40여 개가 있다. 이중 몇 가지를 소개해 보면 다음과 같다.

〇_〇 아파요   (';') 아기   (·o·)/ 야~(부르는 말)

(^_–) 윙크   (^o^)/ 야～   ( )～ 올챙이

(‥;) (–_–ㄨ))^o^((+_+) (@_@) (T_T) 갖가지 얼굴표정

☆ミ 반짝반짝 \(ロ\)ココハドコ? 여기는 어디?

(/ロ)/アタシハダアレ? 나는 누구게?

(Q))╳ㅋㅋ 〈*)))=〈 물고기

\(ロ\)(/ロ)/ 그쪽 이쪽 (^_^)/～～ 안녕. 바이바이

(–_–)zzz 자고 있어요 _(._.)_ 〈(_)〉 꾸벅(절하는 모습)

\(～o～)/ 만세 !(⌒⌒)! 맞았어요 (^_^)v 승리의 브이

(p_–) 돋보기 (^0_0^) 안경

이 예들 중에서 '〈 ㅋ レ ㅊ ロ ㅋ ㅅ ミ 등은 일본 키보드에서만 사용할
수 있는 문자이다. 그리고 일본어 입력을 위해서는 빼놓을 수 없는 입
력프로그램인 이치타로(一太郎)에는 기본으로 설치되어 있으며, 또한
단독으로 다른 워드프로세서에서도 사용할 수 있는 'ATOK'에서 사용
하고 있는 몇 예를 보자.

(～Q～;) 아 덥다 | (–_–) | 안 들려

^_^)) ((^_^)/ 체조   (^0_0^) 정말, 과연

o(;–_–X;)o 버티다   )^o^(돼지

(––X) 야쿠자   (^_^)/"" 좋아 좋아

이 밖에도 여러 유저들에 의해 만들어져 무료로 내려받기를 할 수

있는 것과 쉐어웨어로 유료인 표정문자가 있는데 그중에서 일본어 학습에도 도움이 되는 생활일본어와 관련된 표정문자를 몇 가지 소개해 본다.

(^o^)/, (⌒▽⌒)/ 아침인사(안녕하세요)

(^o^)/, (⌒▽⌒)/, (o^^o)ノ 낮인사

(^ ^)/ 저녁인사 =(ノ‥)ノ 다녀왔습니다

\(¨0¨)人(¨0¨)/ 오랜만이다 (¨¨)人(¨¨) 우리는 친구

(^人^) 부탁해요

_(._.)_, 〈(_)〉, m(__)m, (^_-)☆, ﾚ(￣ ￣*) 처음 뵙겠습니다

'-'*), (^-^), \(. .*), (o￣ ￣)/ 땡큐

(*^-^)人(^-^*) 사이가 좋아요

( )ン? (^*^) 키스. (^^)-☆ 키스

v(^^)v 승리의 브이

(._.)) 〈('^') 난처하구나

o(*)〈)o (ノ-×｡) 안 돼!!!

(._.)ノ□ 옐로카드(경고). (._.)ノ■ 레드카드(퇴장).

┌(o)┐ ﾚ(o)﹃, ﹃ ﾄ ﾆ ﾄ 두 손 들었다

Ψ(｀▽´)ΨΨ(｀▽´) 이~히히~ (귀신, 저주)

(⌒▽⌒)/C□ ☆□ D\(⌒▽⌒) 건배

그런데 표정문자를 사용하면 어떤 효과가 있을까? 인터넷상에서

205

채팅을 한다거나 이메일을 주고받는 것은 우리가 직접 만나서 이야기하거나 전화로 대화를 하는 것과는 많이 다르다. 우리가 보통 사람들과 만나서 이야기할 때는 언어보다도 언어 이외의 수많은 표정과 몸짓 또는 언어 자체에도 감정을 담아서 전달할 수 있다. 때로는 말보다 행동이나 표정이 마음을 대변해주는 경우도 많다. 그러나 인터넷상에서는 단지 문자로만 대화를 해야 하는데, 표정문자를 병행한다면 보다 확실한 의사 표시를 할 수 있는 것이다

표정문자! 인터넷 시대의 새로운 산물(産物)이지만, 때로는 전혀 알아보지 못할 말이거나 때로는 거칠기까지 해서 국어순화에 역행한다는 평을 듣는 통신용어보다 훨씬 정겨운 의사표현 수단이라고 할 수 있겠다.

39. 아침인사는 084

【김대성】

　　IT산업이 발달한 오늘날에는 숫자를 이용해서 말을 만들어 광고효과를 극대화시키는 것이 때로는 사업의 성쇠를 결정짓는 중요한 관건이 되고 있다. 누구나 익숙한 숫자의 조합을 가진 전화번호를 통해 상호나 업종을 떠올리게 하는 연상광고가 새로운 화두로 떠오른 것이다.

　　고전적인 숫자언어로 이삿짐센터 2424, 복덕방 4989 등이 있지만, 요즘에는 더욱 발달하여 쌈밥집은 3875(=쌈밥차려), 교회는 9191(=구원구원), 치과는 2875(=이빨치료), 목욕탕은 8888(=팔팔팔팔) 또는 휴대폰에서는 1004(=천사) 등이 쓰이고 있다. 영어의 2ME(=to me), 4U(=for you) 등도 마찬가지이다.

　　그렇다면 일본에는 어떠한 예들이 있을까?

　　일본에서 숫자로 어떤 정보를 전달하고자 하는가를 알기 위해서는 우선 일본어의 숫자에 대한 기초지식은 갖추어야 한다. 일본어에서 한자어에 의한 숫자는 0은 레이, 1은 이치, 2는 니, 3은 산, 4는 시 또는 욘, 5는 고, 6은 로쿠, 7은 시치 또는 나나, 8은 하치, 9는 규 또는 구, 10은 주라고 한다. 그리고 우리의 하나, 둘과 같은 고유어로는 1은 히토쓰, 2는 후타쓰, 3은 밋쓰, 4는 욧쓰, 5는 이쓰쓰, 6은 뭇쓰, 7은 나나쓰, 8은 얏쓰, 9는 고코노쓰, 10은 도라고 한다.

숫자로 말을 나타낼 때는 2자 이상인 경우는 원칙적으로는 첫 글자만 쓴다. 즉 레이는 '레', 이치는 '이', 후타쓰는 '후'라고 한다. 또한 받침이 있는 경우에는 받침을 발음하지 않는다. 즉 욘은 '요', 밋쓰는 '미'가 되는 것이다. 우리가 흔히 '다섯'을 '다'라고, 여섯을 '여'라고 하는 것과 비슷하다. 한 가지 재미있는 것은 일본어의 유(ユ) 자는 모양이 아라비아 숫자 7과 비슷하다고 해서 7을 나타내는 데 쓰인다.

외국어 전문학원으로 유명한 노바(Nova)의 전화번호는 324929이다. 일본어로는 '미니요쿠쓰쿠'(身によくつく)가 되는데, 마지막 2는 '쓰', 영어의 2(two)를 일본식으로 읽은 것이다. 해석하면 '몸에[身に] 잘[よく] 벤다[つく]' 즉 외국어가 쏙쏙 들어온다는 의미로 쓰인 것이다.

야쿠르트 광고 전화번호는 11−8960이 있다. 11은 이이(いい)로 '좋다'는 뜻이며, 8960은 '야구로도'(야쿠르트)가 되어, 몸에 좋은 야쿠르트를 나타내는 것이다.

일본의 전통문화를 이용한 사진관 전화번호로는 20−8753(하타치−야시치고산)이 있다. '하타치'는 스물 즉 성인식을 거행하는 나이를 나타내고, '시치고산'이란 남아는 3·5세, 여아는 3·7세가 되는 해의 11월 15일에 행하는 축하행사이다. 이와 같이 성인식이나 시치고산을 맞이할 때는 기념사진을 찍기 때문에 사진관 광고로 쓰인 것이다. '야는 영어의 앤드(and)를 나타낸다.

세탁소 번호로는 434-5074(시미요-고레나시)가 있다. '시미'(シミ)는 '얼룩', '요고레'는 '더러운 것'(汚れ) 그리고 '나시'(無し)는 '없다'는 뜻이므로, 얼룩과 더러운 것을 없게 깨끗하게 세탁해준다는 뜻으로 쓰인 것이다.

일본 최대의 통신회사인 NTT는 0120-506506(고오루고오루)인데, 이는 영어의 콜(call)을 반복하여 상담을 위한 전화번호임을 나타내는 것이다.

이 밖에 숫자만으로 일본어를 나타낸 것을 모아서 제시하면 다음과 같다.

860144(하로오이시시) : 하로오(=Hello), 이시시(ECC) ⇒ 헬로 ECC

4182440(요이하니시요오) : 요이(=좋다), 하(=이), 니(=로) 시요오(=만들자) ⇒ 좋은 이[歯]를 만들자

6480(무시바제로) : 무시바(=충치), 제로(zero) ⇒ 충치 제로

4103(요이오산) : 요이(=좋다), 오산(=출산) ⇒ 순산(順産)

12039(이쓰모산큐) : 이쓰모(=늘), 산큐(=Thank you)

⇒ 언제나 고마워

889514(하야쿠고이요) : 하야쿠(=빨리), 고이요(=와라) ⇒ 빨리 와

3755(민나고고) : 민나(=모두), 고고(=go! go!) ⇒ 모두 가자

4649(요로시쿠) : 요로시쿠(=잘 부탁해)

5963(고쿠로산) : 고쿠로산(=수고했어요)

1192(이이구니) : 이이(=좋다), 구니(=나라) ⇒ 좋은 나라

114(이이요) : 이이요(=괜찮다) ⇒ 괜찮아

07556(온나고코로) : 온나(=여자), 고코로(=마음) ⇒ 여자의 마음

07564(온나고로시) : 온나(=여자), 고로시(=죽임) ⇒ 여자를 혼미하게
　　　　　　　　　　만드는 매력남

51556(고이고코로) : 고이(=사랑), 고코로(=마음) ⇒ 사랑하는 마음

503007(우와사노온나) : 우와사(=소문), 노(=의), 온나(=여자) ⇒ 소문난
　　　　　　　　　　여자. 좋지 않은 의미이며, 5를 '우'로 읽는 것은
　　　　　　　　　　마작할 때 중국어의 5를 '우'라고 하는 데서 온 것

16503(이로고노미) : 이로(=색), 고노미(=좋아함) ⇒ 호색가

120(히토즈마) : 히토(=다른 사람), 즈마(=아내) ⇒ 남의 아내

5114(고이비토요) : 고이(=사랑), 비토(=사람), 요(=여)
　　　　　　　⇒ 사랑하는 사람이여

081(옷파이) : 젖가슴

01482(와이샤쓰) : 와이셔츠. 0을 '와'로 읽는 것은 일본어의 와(ワ)가 차바
　　　　　　　퀴나 둥근 모양을 나타내는 말이기 때문이고, 48은 '시
　　　　　　　야'로 읽지만 '샤'(シャ)가 '시'(シ)와 '야'(ャ)로 구성되어
　　　　　　　있는 때문

06306(에루사레무) : 예루살렘. 0을 '에'로 읽은 것은 둥근 모양 즉, 원을
　　　　　　　'엔'이라고 하기 때문

235(후산코) : 부산항. 부산(釜山)의 일본 발음은 '후산'

41220(요이쓰부레) : 요이(=취함), 쓰부레(=쓰러짐) ⇒ 술을 많이 마시고

누워 있는 것

181(잇파이) : 가득 또는 한 잔

11067(아이노무치) : 아이(=사랑), 노(=의), 무치(=매) ⇒ 사랑의 매

36432(미로쿠보사쓰) : 미(=미), 로쿠(=륵), 보(=보), 사쓰(=살) ⇒ 미륵보
　　　　　　　　　　살. 4는 영어의 four를 일본식으로 발음한 것

893(야쿠자) : 야쿠자

875(파친코) : 파친코. 7을 '친'으로 읽은 것은 마작할 때 중국어의 7이 '치'
　　　　　　　인 때문

52941(우쓰쿠시이) : 아름답다

23041(후사와시이) : 어울리다

343(사시미) : 생선회

084(오하요) : 안녕하세요

135(히미코) : 3세기경의 일본 고대 야마타이국의 여왕

819(하이쿠) : 하이쿠는 5 · 7 · 5조의 17자로 이루어진 짧은 시

0019(오레이쿠) : 오레(=나), 이쿠(=가다) ⇒ 나 간다

1656(아루코루) : 알콜

　그 밖에 '29(니쿠)-(가)1010(주주)'는 불고기집에서 '고기가 지글
지글', '1122(완완냐-냐-)'는 '완완'은 영어의 원(one)의 일본발음으로
개 짖는 소리인 '멍멍'을, '냐-냐-'는 고양이 울음소리인 '야옹야옹'을
나타내므로 가축병원의 전화번호로 쓰이고 있다.

40. 일본인과 편지

【고자와야스노리】

일본인이 '편지'하면 가장 먼저 떠올리는 건 연하장일 것이다. 일본인들은 새해인사를 위해 친구들이나 평소에 도움을 주었던 친지, 오랫동안 연락이 없었던 사람, 그 외에도 회사나 거래처 앞으로 연하장을 보내는 일이 많다. 즉 자신과 어떤 식으로든 관계가 있는 사람 혹은 다소 관계가 소원해진 있는 사람이라 할지라도 아예 인연을 끊을 생각이 없다면 연하장을 보내는 것이다. 따라서 주고받은 연하장 수가 그 사람의 인간관계나 사회적 지위를 나타내는 하나의 바로미터라 할 수도 있다.

연하장은 대개 엽서를 이용한다. 매해 11월 즈음이 되면 우체국은 연하엽서의 판매를 시작한다. 물론 이 엽서를 이용하지 않고 일반엽서 또는 전통종이로 만들어진 고급엽서 등을 사용해도 되지만, 대다수의 사람들은 연하엽서를 이용한다. 여기에는 나름대로 이유가 있다.

우체국에서 발행하는 연하엽서를 세간에서는 '오토시다마'(お年玉) 연하엽서라고 부르는데, 여기에는 추첨을 위한 번호가 기입되어 있다. 추첨은 이듬해 1월 15일에 이루어지는데, 당첨되면 상금이나 상품을

일본에서는 주고받은 연하장의 수가 인간관계를 나타내기도 한다

받게 된다. 즉 엽서를 보냄으로써 새해인사도 하고 '혹시나' 하는 기대도 갖도록 하는 것이다.

대부분의 경우 연하장의 인사말은 정해진 양식에 따라 쓴다. 아마도 '새해 복 많이 받으십시오'(新年明けましておめでとうございます)라는 인사가 성별이나 연령에 관계없이 누구나 사용할 수 있는 가장 대중적인 말일 것이다. 중년 이상의 남성들은 '근하신년'(謹賀新年)이라는 표현을 사용하는 경우도 많으며, '지난해에는 여러 모로 폐가 많았습니다'(昨年中はいろいろお世話になりました)라는 말도 흔히 쓴다.

연하장은 1월 1일에 도착하도록 보내야 하기 때문에, 실제로 연하장을 쓰는 시점은 작년이 아니라 금년이지만, '작년' 혹은 '구년'(旧年)이라는 말을 사용하며, 이어서 '올해도 잘 부탁드립니다'(今年もよろしくお願い致します)라고 쓰는 것이 일반적이다. 즉 연하장을 받는 시점을 기준으로 하는 것이다. 그 외에 판화 연하장 등도 있긴 하지만, 최근에는 컴퓨터와 워드프로세서의 발달로 가족사진 등에 새해인사를 프린트해서 보내는 사람도 늘었다.

연하장은 새해인사이므로 1월 1일에 상대편에게 도착하도록 보내는 것이 기본이다. 하지만 엄청나게 많은 양이 발송되기 때문에 웬만한 시스템으로는 이를 다 소화해내기 어렵다. 따라서 일본 우체국에서는 12월 초순부터 연하장 접수를 시작한다. 엽서 우측상단의 우표가 인쇄된 부분 아래에 붉은 글씨로 '연하'(年賀)라고 쓰면, 접수일에 상관없이 정월 초하루에 도착하게 된다.

새해인사는 늦어도 마쓰노우치(松の内)인 1월 7일까지 하는 것이 예의이나, 그보다 늦어질 것 같은 경우에는 '간추미마이'(寒中見舞)라고 하는 겨울 인사편지를 보낸다. 간추미마이와는 반대로 여름에 보내는 인사편지를 '쇼추미마이'(暑中見舞)라고 한다. 우리의 추석에 해당하는 오봉(お盆) 전까지는 '더운 여름에 문안 여쭙니다'(暑中お見舞もうしあげます)라는 인사로 시작하는 것이 보통이지만, 그 후에는 '아직 더우니 문안 올립니다'(残暑お見舞もうしあげます)로 써야 한다.

계절인사 이외에는 연하장처럼 정례화된 표현은 사용되지 않으며, 또한 연하장에 비해 그 관습화 정도는 낮아 보내지 않는 사람도 많다.

관혼상제(冠婚葬祭)와 편지

초대장이나 안내장의 형태로 보내는 편지 중 가장 대표적인 것이 청첩장이다. 청첩장은 봉투에 넣어 보내며, 안에는 보통 답신용 엽서가 들어 있다. 일본의 결혼식 피로연은 좌석이 지정되어 있는 연회형식이 일반적이므로 출석 여부를 통보해주어야 하는 때문이다. 따라서 청첩장도 적어도 결혼식 한 달 전까지는 보내야 한다.

또 신혼여행에서 돌아오면 결혼식에 초대했던 사람과 초대할 수 없었던 사람들에게 결혼을 알리는 편지를 보낸다.

장례식의 경우 통지를 편지로 하는 일은 없지만, 장례식에 참석해준 사람들에게 조의금에 대한 답례로 탈상 후에 편지를 보낸다. 예의를 갖춰야 할 사람에게는 직접 전하고, 그 외의 경우에는 우편을 이용한다.

전보

결혼식이나 장례식에 참석할 수 없었던 사람들이 축의나 조의를 표할 때에는 보통 전보를 이용하는데, 각각 '축전'(祝電)과 '조전'(弔電)이라고 한다.

그 외의 전보로는 '합격전보'가 대부분이다. 집에서 멀리 떨어진 대학의 입시를 치른 경우, 발표를 보기 위해서 다시 그 학교를 찾기가 쉽지 않은 때문에 전문회사를 통해 결과를 전보로 통지받는 것이다. 합격의 경우 '벚꽃이 피다'(サクラ咲く), 불합격의 경우에는 '벚꽃이 지다'(サクラ散る)라고 하는 것이 가장 일반적이지만, 대학창시자의 이름을 빌어 '아무개가 웃는다'(○○笑う)거나 '아무개가 운다'(○○泣く) 등 다양한 표현을 사용하기도 한다.

편지

일본인은 대개 웅변보다는 과묵(寡黙)을 좋아한다. 이는 말뿐 아니라 문장의 경우에도 적용된다. 일본 편지글 중에 명문(名文)으로 여겨지는 것이 있다. 이 편지는 도쿠가와 이에야스(德川家康)의 가신이었던 혼다 사쿠사에몬시게쓰구(本多作左衛門重次)가 전쟁터에서 아내에게 보낸 편지글이라 알려져 있다. 간결한 문장으로 하고 싶은 말을 다 전한 편지글의 모범으로 오늘날에도 자주 소개되고 있다.

　一筆啓上火の用心 おせん泣かすな馬肥やせ

　붓 들어 전하니. 불조심! 오셴 울리지 말고, 말 살찌우시오.

　문장의 서두에서 보여지듯, 화재에 대한 방비가 잘 되어 있는 오늘날과 달리 필요 이상이라 생각될 정도로 불 관리에 대해 신경을 쓰고 있다는 것을 알 수 있다. '오셴'(お仙)은 시게쓰구의 장남인 센치요(仙千代)를 말하는 것으로, 마흔이 넘어 얻은 대를 이을 장자였기 때문에 걱정을 한 것이며, 또한 당시에 말은 전쟁에서 필수불가결한 것으로 때로는 사람의 생명보다 더 중시하고 있었기에 염려를 표현한 것이다. 오셴은 후일 마루오카(丸岡) 성의 성주가 되었고, 아버지가 보낸 편지의 문구를 새긴 석비(石碑)를 세웠다.

　마루오카시에서는 이러한 정신을 기리고, 편지 문화를 되살리기 위해 '어머니께 쓰는, 일본에서 가장 짧은 편지'를 공모하여 뜨거운 호응을 얻었다. 이를 필두로 '가족에게 쓰는 편지', '아버지께 쓰는 편지' 등 매년 다른 테마를 정해 '잇피쓰게이조오보에'(一筆啓上覚)를 공모하는 콘테스트는 이제 일본인들에게 뜻깊고 친숙한 행사가 되었다.

　한편 어머니가 자식에게 쓴 편지의 모범으로, 황열병(黃熱病) 연구학자로 노벨상 후보에도 올랐던 노구치 히데요(野口英世)의 어머니인

시카(シカ)의 편지가 꼽힌다. 히데요의 어머니 시카는 7살 때부터 남의 집에서 일을 하면서도 밤에 혼자 글공부를 하여, 뉴욕으로 간 아들에게 다음과 같은 편지를 보냈다.

> おまイのしせ(出世)にわ みなたまけました わたしもこころぼそくありまする
> ドカはやく きてくだされ
> 네 출세에 다들 놀라고 있다. 나도 맘이 불안하다. 부디 빨리 오너라.

삐뚤삐뚤한 글씨에 문법도 맞지 않지만, 자식을 생각하는 모정이 절절히 담겨 읽는 이의 마음을 감동시키는 이 편지 또한 짧으면서도 깊은 내용을 담은 것으로 유명하다.

히데요의 출생지인 후쿠시마현(福島県) 이나와시로초(猪苗代町)에서는 '유대감(紐帯感) 만들기 실행위원회'를 결성하고 자식에 대한 애정이 담긴 '어머니가 자식에게 보내는 편지'를 모집했고, 이 또한 엄청난 반향을 불러일으키고 있다.

일본인의 편지는 경칭이나 계절 인사 등 형식과 정해진 법도를 중시하는 격식을 차린 편지가 많다. 그러나 동시에 간결함을 미덕으로 여기는 편지문화도 존재하며, 문체가 화려한 것 보다는 비록 서툴더라도 마음이 담겨 있는 것을 중히 여긴다고도 할 수 있을 것이다.

41. 일본의 주요 교통수단
지카테츠(地下鉄)와 덴샤(電車)

【이숙연】

　　외국 생활에서 그 나라 환경에 대한 적응 여부를 논할 때 객관적인 기준이 될 수 있는 것은 교통수단을 이용할 때의 정확성과 신속함에 기인할 수 있다. 일본에서의 생활일 경우, 일본인과 같은 순발력으로 교통수단을 이용할 수 있다면 현지 생활에 잘 적응하고 있다는 반증일 것이다.

　　한국이나 일본이나 땅은 좁은데 사람도 많고 자동차 또한 많으니 교통이 혼잡한 것은 마찬가지지만, 실제로는 적지 않은 차이가 있다. 일본의 경우 주요 교통수단은 전철이며, 버스나 택시는 보조적인 기능만 한다. 버스의 경우는 도쿄 23구 내의 버스 요금은 일반 210엔으로 균일하고, 노선버스는 시민의 발로서 중요한 역할을 하며, 여행자들을 위한 시내 관광 버스와 장거리 버스도 있지만 교통 체증과 긴 운행 간격 때문에 이용하는데 번거로움이 있다. 택시는 기본 요금이 대개 2km까지이며, 그 이후는 주행할 때마다 요금이 가산된다. 가산요금은 지역에 따라 다르며, 시속 10km 이하로 주행할 경우에는 거리시간 합산

요금제가 적용되기 때문에 요금이 부담스럽고 버스와 마찬가지로 교통 체증시 요금이 비싸진다. 그렇기 때문에 대부분의 일본인들은 전철이나 지하철을 이용하고 있다. 일본의 지하철은 현재 도쿄도(東京都) 외에도 오사카시·나고야시·요코하마시·삿포로시·교토시·고베시·후쿠오카시·센다이시 등에 있어서 통근이나 통학 등 일상생활 용도와 관광 용도로 널리 일반적으로 이용되고 있다.

3대 도시권의 서비스면에서는 지상으로 다니는 전철 노선과 크게 다르지 않지만, 지하를 통과하여 용지 수용이 어려운 지역까지 들어간 편리한 노선망을 구축하고 있다. 특히 도쿄도나 구(区), 부(府)와 오사카시, 나고야시에서는 도심의 주요 이동 수단으로 지상의 사철·재래선·자동차·버스·택시 등을 능가할 정도의 지위에 있다. 한편, 지방권의 삿포로·후쿠오카·센다이(지방 중추 도시)에서는 지상의 재래선을 넘을 정도의 운행 빈도에 따라 도시 내 교통의 중심적인 존재가 되어 있다. 강수량이 많은 대도시에 충적 평야를 중심으로 발달해 있는 일본에서 지하철을 건설하려면 지하수가 풍부한 연약 지반에 굴을 파고, 다발성 지진에도 견딜 수 있는 강도를 가진 지하 터널이나 지하역을 건설할 필요가 있었으며 이로 인한 토목 기술의 발전에 기여했으며 건설비도 상대적으로 고액이다.

현재 도쿄의 지하철은 민영 지하철(営団) 9개 노선과, 도에서 운영하는 지하철(都営) 4개 노선, 총 13개 노선이 있다. 도쿄역 지하철은 지하 1층만이 아니고 지하 4층까지 내려간 곳도 있다. 민영 지하철(営団)은 일본에서 가장 오래된 지하철인 오렌지색 긴자센(銀座線)을 비롯하여 녹색의 지요다센(千代田線), 빨강색의 마루노우치센(丸ノ内線), 연청색의 도자이센(東西線), 은색의 히비야센(日比谷線), 노란색인 유라쿠초센(有楽町線), 보라색의 한조몬센(半蔵門線), 엷은 녹색의 난보쿠센(南北線), 갈색의 후쿠토신센(副都心線) 등 9개 노선이다.

도에서 운영하는 지하철(都営)은 도영 아사쿠사센(都営 浅草線), 도영 신주쿠센(都営 新宿線), 도영 미타센(都営 三田線), 도영 오에도센 (都営 大江戸線) 등 4개 노선이 있다.

지하철 가운데 민간기업이 운영하고 있는 사철(私鉄)은 JR보다는 요금이 조금 싸며, 주로 신주쿠(新宿)등의 중심지나 JR선인 야마노테센(山手線)과 연결되는 경우가 많고 종류는 무척이나 다양하나 JR선과 지하철은 한국과 같이 환승이 되지 않기 때문에 교통비에 대한 부담이 크다고 할 수 있다.

대표적인 사철로는 오다큐센(小田急線), 게이오센(京王線), 세이부신주쿠센(西武新宿線) 세이부이케부쿠로센(西部池袋線), 도큐센(東急線), 게이세이센(京成線), 게이힌큐코센(京浜急行線), 도부센(東武線), 세타가야센(世田谷線) 등이 있다.

JR선과 도쿄시가 운영하는 공공지하철, 민간기업이 운영하는 사철이 있는 만큼 일본의 지하철은 지하와 지상을 모두 오가는 전철(電車)과 지하에서만 운행하는 지하철(地下鉄)로 나뉘는 등 실로 거미줄과 같은 운행노선을 가지고 있다.

경영 주체에 따라서도 도쿄권 중심의 노선인 야마노테센과 일본전역의 굵직한 신칸센(新幹線) 등 국가에서 운영하는 국철과 JR선 그리고 지하철과 도쿄 외곽노선 및 지방 연결노선 등을 사설로 운영하는 사철로 나뉜다. 이들의 시작과 발전의 전개양상을 보면 도쿄 외곽지역에서의 택지개발과 도심권의 백화점 간을 연계시켜 해당 민간기업이 사철 부설 권한까지 가지면서 발전해 나간다.

일본 지하철의 시작은 1906년(메이지 39년)에 도쿄 지하 전기 철도가 다카나와(高輪)−아사쿠사(浅草)간 및 긴자(銀座)−신주쿠(新宿) 사이가 최초의 계획이었으나 실제로 건설을 전제로 면허 신청은 1917년 일본 지하철 창시자인 하야카와 노리츠구(早川德次)에 의해 시작된다. 1914년에 런던의 지하철을 견학한 하야카와는 도쿄에 지하철 도입의 필요성을 통감해서 다카나와−아사쿠사 사이 및, 우에노(上野)−미나미센쥬(南千住) 사이로서 경전철법에 의한 부설 면허를 신청하여 원래는 신바시(新橋)−우에노(上野)로 허가가 났으나, 1923년의 관동대지진에 의해 구간변경이 이루어져 1925년에 우에노(上野)−아사쿠사(淺草)가 착공되어 1930년 1월 1일에 만세바시(万世橋), 1931년 11월 21일에는 간다(神田)까지 개통되었고, 1934년 6월 21일에는 신바시(新橋)까지 노선이 완공된다. 그 후 도쿄시에서 면허를 받아 '도쿄 고속철도 주식회사'가 설립되어 도쿄의 두 번째의 지하철 건설 공사가 1935년에 시작되었다. 착공 구간은 시부야(渋谷)−신바시(新橋) 구간이며, 1938년 11월 18일 첫 번째로 아오야마 육쵸메(青山六丁目){현:오모테 산도역(表参道駅)}−도라노몬역(虎ノ門駅)을 개통한 것을 시작으로 1939년까지 시부야(渋谷)−신바시(新橋) 사이인 6.3킬로미터가 개통되고, 1940년에는 시부야(渋谷)−아사쿠사(浅草) 사이의 직통 운행이 시작되어 현재의 일본 최초 지하철 구간인 긴자선(銀座線)의 구간이 완성되었다.

일본의 지하철은 배차시간이 각 역에서 배포하는 열차 시각표와 정확하게 일치한다는 점에서도 유명하다. 각 역마다 도착시각이 정확하게 표시된 안내판이 있고, 배차시간은 유무선 인터넷으로도 쉽게 찾아 볼 수 있다. 야후 일본 사이트는 도쿄 29개 국·사철 노선의 정확한 운행시각, 배차간격, 환승정보, 역 주변 상점, 요금, 최단거리를 안내하는 노선정보 등의 서비스를 제공한다. 전국 어디든지 출발역과 도착역만 입력하면 모든 정보를 실시간으로 정확하게 제공받을 수 있다.

각 역에서의 승차권 구입은, 개찰구 근처의 자동판매기나 매표창구에서 할 수 있다. 자동판매기 위에 지하철 노선 표시판이 있는데 현재의 위치는 빨간색으로 표시되어 있으며 거리에 따른 지하철역 요금이 적혀 있다. 표지판에서 요금을 확인한 뒤 해당 금액을 자동판매기에 넣으면 금액이 적힌 네모판에 불이 들어오고 그곳을 누르면 티켓이 나온다. 요즘은 한글표기도 되어 있어서 한국인이 일본어를 몰라도 편리하게 이용할 수 있다.

이렇게 다양한 지하철을 잘만 활용하면 도쿄 관광은 의외로 교통비와 시간을 절약하면서 편리하게 여행을 할 수 있다. 예를 들어 도쿄를 여행하는 사람들이 가장 많이 찾는 관광지를 전철과 지하철 노선도로 연결하면 다음과 같은 코스가 가능하다.

"도쿄역(東京驛)-(도보10분)-황궁(皇居) - 도쿄역 - (JR 京浜東北

線2駅 4분)-아키하바라(秋葉原)-(JR 4분)-우에노역(上野駅)-(도보5분)-우에노공원(上野公園)-(도보10분)-국립박물관-(도보10분)-우에노상가-(도보5분)-아메요코(アメ横)시장-우에노 히로코지역-(긴자선 지하철 10분)-(도보5분)-아사쿠사 칸논지(浅草観音寺)-(도보15분)-아사쿠사바시역(JR 츄오선3분)-(아키하바라역에서 JR마루노테선으로 환승 5분)-유라쿠초역(有楽町駅)-긴자 가부키초(銀座歌舞伎町)-유라쿠초역(JR 마루노테선 5분)-하마마쓰초역(浜松町駅)-(도보15분)-도쿄타워(東京タワ-)야경-(도보10분)-록본기(六本木)-(지하철 마루노우치센에서 히비야센 15분)-도쿄역"

　　일본 전철이나 지하철 이용시 편리한 점은 역내뿐만 아니라 역세권이라고 할 수 있는 역 주변이 백화점이나 쇼핑센터로 연결되어 있어, 직장인들이 퇴근하며 쇼핑을 할 수도 있고 세탁물을 찾을 수도 있으며 백화점 지하 푸드 코트에서 폐점 시간 임박한 할인 찬스도 이용할 수 있다.

42. 스트릿 패션의 정석 하라주쿠,
다양한 패션의 혼종으로 하위문화 리드

【김 영】

하라주쿠는 도쿄 도심부를 순환하는 JR 야마노테선의 시부야역과 신주쿠역 사이에 위치한 역이다. 하라주쿠 근처의 요요기 공원이나 대표적인 신사인 메이지진구와도 연결되어 있고, 럭셔리 브랜드와 고급 부티크가 즐비한 오모테산도와 같은 인기 명소와 근접해 있다. 하라주쿠역은 도쿄에서 가장 오래된 목조 역사가 유명한데, 이 역은 2020년 6월에 '문화와 창조력을 세계에 발신하는 TOKYO의 새로운 프레젠테이션 스테이지'를 테마로 하여 다시 태어났다. 일본에서는 누구나 알고 있는 장소이며, 특히 패션에 민감한 10대와 젊은 세대에게 인기가 많다.

일본 서브컬처의 영감, 하라주쿠

세계적인 팝 아티스트 그웬 스테파니의 히트 팝 「하라주쿠 걸즈」(Harajuku girls) 덕분에 이 거리의 이름은 전 세계 많은 사람들에게 알려지게 되었다. 「하라주쿠 걸즈」는 그가 일본 하라주쿠에 가서 받았던 영감을 표현한 곡이다. 스테파니는 일본으로 자주 콘서트를 다니며 일본문화에 관심을 가졌고, 그의 세명의 백댄서들은 스테파니가 상상으로 만들어낸 고딕 양식의 로리타에 영향

하라주쿠 거리는 패션과 젊음의 상징이다

을 받은 의상을 입고 다닌다. 또한 스테파니의 의상들은 일본 패션의 영향을 받은 크리스티앙 디오르와 일본 스타일을 조합시킨 것이라고 한다.

최근에는 일본의 팝 가수 캬리 파뮤파뮤가 하라주쿠 특유의 미의식과 패션, 신나는 음악으로 국제적인 호평을 받았다. '하라주쿠 이야호이'(原宿いやほい)를 비롯한 그녀의 많은 히트곡들은 당연히 하라주쿠에서 영감을 받아 탄생했고 하라주쿠 대표 모델에서 일본과 유럽을 아우르는 일본 아티스트가 되었다.

패션에서 문화현상까지 : 다케노코족, 고딕패션, 고스로리

하라주쿠는 화려한 의상을 입은 '다케노코'(竹の子)족, 어두운 분위기의 '고스' 패션, 만화 주인공의 의상을 그대로 따라하는 '코스프레' 등의 성지로 불리며 소위 '하라주쿠 스타일'이란 신조어를 만들어낸 곳이다.

다케노코족(竹の子族)은 야외에서 독특하고 화려한 의상으로 디스

JR 하라주쿠역은 젊은이들로 항상 붐빈다

코 사운드에 맞춰 스텝 댄스를 추는 사람들의 총칭이었다. 1980년대 초반 도쿄 하라주쿠 요요기 공원 옆에 마련된 보행자 공간에서 붐박스를 들고 디스코댄스를 추는 사람들을 일컬었다.

'고스'(Goth)는 고딕(Gothic)의 약칭으로 일본에서 고딕패션과 그것을 둘러싼 문화현상, 대표적 하위문화를 말한다. 고딕 소설이나 고딕 소설을 바탕으로 한 영화에 등장하는 근세의 귀족과 같은 복장을 가리켜, 롱 드레스에 코르셋, 슈트, 클래식인 셔츠에 팬츠, 타이나 롱부츠 등을 특징으로 한다. 그 밖에도 악마나 마녀, 흡혈귀 등을 연상되는 아이템이 선호된다.

일본의 고딕 패션은 서양에서 볼 수 있는 하드한 인상을 주는 고딕 패션과는 달리 레이스나 프릴, 밧스르스카트나 코르셋 같은 귀족적이며 드레시한 것이 주류로 오히려 로맨틱한 것이 대부분이다.

이후 일본에서는 고딕패션을 로리타 패션과 결합한 고딕 앤 로리타, 소위 '고스로리'가 태어났다. 고스로리는 서양의 로코코 스타일처럼 중세에서 근세에 이르는 귀부인처럼 환상적인 치장을 하는 점이 특징으로, 길거리 패션이면서도 서구 귀족의 전통이나 문화를 이어간다는 점이 독특하다. 2000년에 고딕&로리타에 특화된 잡지 「고딕&로리타 바이블」이 창간되었고, '고스로리'라는 줄임말을 사용하기 시작한 것도 그 독자들 사이에서부터라고 알려져 있다.

참고로 로리타(ロリータ)패션은 2000년대의 화려하고 과도하게 부풀린 치마로 상징되는 소녀 지향 스트리트 패션이다. 바로크, 로코코, 빅토리안처럼 역사에 존재하는 예술 양식과 소녀 시절에 동경할 만한 공주님 이야기 이미지가 한데 섞여 있다. 그 특성 때문에 유달리 눈에 띄어서 스트리트 패션 중에서도 존재감이 특별하다.

로리타 패션은 본디 자신이 중심인 패션이다. 여성이 멋을 잘 부리는 기준은 남성의 평가가 영향을 준 부분이 크다는 견해도 있지만, 로리타는 타인이 하는 평가나 사회에 퍼진 유행에 개의치 않고, 그저 자신이 좋아하는 옷을 입는 것이다.

코스프레의 본고장

일본의 만화, 애니메이션 등 일본의 대중문화가 인기를 끌면서 정교한 묘사와 독자적인 미의식이 반영된 일본의 아니메는 해외에서도 높이 평가되고 있다. 동시에 아니메나 게임의 캐릭터로 분장하는 코스프레('costume=의상'과 'play=놀이'의 합성어)도 큰 주목을 끌고 있다. 코스프레(コスプレ)는 컴퓨터 게임, 애니메이션이나 만화 등의 캐릭터, 혹은 연예인 등 대중적으로 관심을 끌고 있는 사람의 의상을 입고 촬영회나 행사에서 다른 사람들에게 퍼포먼스를 하는 행위이다. 하라주쿠에는 개성적 의상과 캐릭터 메이크업으로 코스프레를 즐기는 젊은이들이 모여든다.

일본의 코스프레 문화는 오타쿠 문화의 일환으로 발전했다고 한

다. 오타쿠(オタク)는 한 분야에 열중하는 사람을 뜻하는데, 요즘 한국에서는 '덕후'로 통한다. 오타쿠는 몰입 정도에 따라 '팬', '마니아', '오타쿠'로 분류할 수 있는데, 팬(fan)이 주로 열렬한 애호가나 지지자를 의미한다면, 마니아(mania)는 좀 더 전문가적 요소를 가진 광기의 의미를 포함해 어떤 한 가지 일에 열중하는 사람을 의미한다. 여기에 오타쿠는 득도의 경지에 이르러 전문가를 뛰어넘은 수준을 가진 '초 전문가'의 경지에 이른 사람을 말한다. 과거 오타쿠는 폐쇄적이고 사회 부적응자라는 부정적인 이미지가 강했는데 최근에는 긍정적이고 미래지향적인 존재로 수용되기 시작했다. 각 분야에서 남다른 개성과 창의력으로 두각을 나타내면서 오타쿠에 대한 재평가가 이루어지고 있다.

이러한 오타쿠 문화의 일종인 일본의 코스프레 문화는 일본의 개인주의적이면서 오타쿠적인 성향이 짙다. 최근 한국에서도 일본의 영향을 받아 코믹월드와 코스프레 커뮤니티들의 자체 행사로 코스프레 행사가 정기적으로 열리고 있다. 각 지방자치단체에서도 지역축제에서 코스프레 행사를 진행하고 대학가에서 코스프레 대회를 개최하는 등 확대추세이다.

스트릿브랜드의 혼종

스트릿브랜드(street brand)란 단어 그대로 스트릿과 브랜드의 합성어로 길거리에서 주로 볼 수 있는 편하고 일상생활에서 많이 이용하는 아이템, 패션을 말한다. 주로 10~20대의 젊은 세대를 중심으로 마니아 층이 형성되어 있으며, 유행에 민감하고 다양한 층위의 사람들의 개성을 담은 패션이 있다. 1950~60년대에는 기존 이데올로기에 반항하는 하위문화로 인식되었으나 지금은 '대중적인 패션'으로 각광을 받는 브랜드로 자리 잡았다.

하라주쿠는 한국의 홍대와 같은 젊은이들의 거리로 컬러풀한 옷과 액세서리, 헤어가 하라주쿠 패션의 상징이라고 할 수 있다. 남녀불문하고 인기가 많은 패션 계통의 하나로 하라주쿠는 패션에 관심이 많은 사람들이 모이는 장소이기 때문에 하라주쿠 패션이라는 단어도 생겨났다.

일본의 국민성을 이야기할 때, 집단성, 화(和), 남에게 폐를 끼치지 싫어하는 기질이 많이 언급되는데, 패션에서는 남의 개성을 인정하고 존중하는 경향이 많다. 따라서 일본에서는 유행을 타지 않는 무난함을 추구하는 패션과 동시에 하라주쿠에서만 찾아볼 수 있는 신기한 패션들, 위에서 언급한 고딕, 고스로리, 로리타, 코스프레 등을 발견할 수 있는 재미가 있다.

43. 고서점의 거리 간다(神田) 진보초

【윤재석】

일본은 출판왕국이라 할 만큼 서적이 많이 출간된다. 우리의 시각에서 보면 도저히 출간될 수 없을 것 같은 아프리카의 오지(奧地)를 소개한 책자를 비롯해서 개인의 수필집이나 아마츄어 수준의 연구 논문 등 자비출판도 성행하고 있다.

이렇듯 많은 수의 서적이 만들어지는 데는 여러 가지 이유가 있겠지만 서적의 수명이 매우 길다고 하는 배경도 있을 것이다. 바꿔 말하면, 중고서적만을 취급하는 유통구조가 형성되어 있기 때문이라고도 할 수 있다.

중고서적의 유통이 가장 전문적이고 대규모로 이루어지는 곳이 바로 간다(神田) 고서점가이다. 일본에서도 손꼽히는 상업지역이 중고서적을 취급하여 운영이 된다고 하니 흥미롭다.

간다 고서점가는 보통 '간다'라는 이름으로 알려져 있지만, 구체적으로는 지요다구 간다 진보초(千代田区 神田 神保町) 교차점을 중심으로 한 대략 반경 6백 미터 내에 있는 지역을 말한다. 따라서 간다 고서점가로 칭하기보다는 간다 진보초 고서점가로 부르는 것이 정확할 것이다.

간다 지역에 서점가가 형성된 데는 나름대로의 배경이 있다. 메이지유신 이후 국·공·사립의 각종 학교들이 간다 주변에 설립되었다. 또한 근처에는 신정부에서 일하는 고관 같은 지식인층의 거주지도 형성되었다. 학생이나 지식인들의 왕래가 많은 만큼 서적에 대한 수요가 증가했고, 이에 따라 자연스럽게 서점의 수도 늘어났던 것이다. 세월이 지나며 서적의 제작·유통·판매 등과 관련된 업체와 기관이 간다를 중심으로 모여들며 일본 최대의 서적 관련 거리가 형성된 것이다.

현재 간다 고서점가에는 150여 곳의 고서점, 30여 곳의 신간서점, 30여 곳의 도매중개상 그리고 5백이 넘는 출판사가 영업활동을 하고 있는데, 이는 집중성·종합성·전문성에서 세계 최고라 할 수 있다.

이곳에서는 매년 10월 말에서 11월 초에 걸쳐 간다 고서적 축제가 열린다. 이 축제는 도쿄의 대표적 문화행사 중 하나이다. 이때는 각 서점들이 보유하고 있던 고서적들을 가판대에 놓고 세일을 한다. 때문에 발품을 팔아 부지런히 여기저기 찾아다니다 보면 생각지 않았던 희귀서적을 만날 수도 있다.

일본어에 '우연히 얻게 된 귀한 물건'(掘出し物ほりだしもの)이라는 말이 있는데, 사전의 설명에 '고서점에서 귀한 책을 찾았다'(古本屋で掘出し物を見つけた)라는 예문이 있는 것만 보아도 일본인들이 책을 얼마나 아끼며 또한 고서점의 문화적 가치를 인정하는가를 알 수 있다.

일본의 고서점들은 운영 또한 독특하다. 대개 대를 물려 운영되고 있기 때문에 역사가 오랜 곳이 많고, 각기 전문분야가 있다. 즉 아무

간다 지역의 고서점(古書店) 안

리 작은 고서점이라도 입구에 고전문학, 근대문학, 철학, 역사, 미술 등 취급하는 서적류를 표시하여 찾는 이의 수고를 덜고 있다. 비록 취급하고 있는 책은 헌것이지만 운영에 관한 한 신간서점에 뒤떨어지지 않는 것이다.

이곳을 찾는 그리고 찾을 이들을 위해, 고서점별로 주요 취급서적류를 간략히 적어 본다.

야기서점(八木書店) : 역사 관련 서적의 복각 등. 신간도 취급한다.

교쿠에도서점(玉英堂書店) : 고전서적, 근대작가의 친필 등.

분센도서점(文泉堂書店) : 일본 근대문학 관련 연구서, 전집, 외국문학 전집 등.

다무라서점(田村書店) : 일본근대문학 관련 서적 특히 전집류를 주로 취급.

기타자와서점(北沢書店) : 영미문학 관련 고서 중심.

아카시아서점(アカシヤ書店) : 바둑, 장기 관련 고서 등.

스이코도서점(翠光堂書店) : 절판된 만화류 등.

분세도서점(文省堂書店) : 사진잡지, 사진집, 영화, 격투기 관련 고서적 등.

미와서점(みわ書房) : 절판된 아동도서, 1945년 이전 아동도서, 그림책 등.

고만도서점(五万堂書店) : 역사서, 고고학 관련 고서, 발굴조사 보고서 등

간다 고서점가에 가기 위해서는 도에이신주쿠센(都営新宿線)을 타고 진보초역(神保町駅)에 내리는 것이 가장 편리하다. 바로 이 역을 중심으로 고서점가가 형성되어 있기 때문이다.

JR 오차노미즈역(お茶の水駅)에서 내려 도보로 갈 경우에는 약 10여 분을 걸어야 한다. 도중에 메이지(明治)대학이 도로변에 위치해 있다. 25층의 신식 건물이 서 있는데, 학생이 공부하는 건물이라기보다는 비즈니스 빌딩이나 호텔이라는 느낌이 든다. 참고로 메이지대학 부설 형사박물관에는 에도시대의 고문 및 처형 용구 등이 전시되어 있다.

지금은 도쿄 외곽으로 이전한 학교가 많지만, 이 주변은 대학의 거리라 할 수 있다. 지하철로 20~30분 정도면 갈 수 있는 유명 대학으로 도쿄(東京)대학, 오차노미즈(お茶の水)여자대학, 센슈(専修)대학, 조치(上智)대학, 호세(法政)대학 등이 있다.

진보초 부근에는 젊은이들이 많이 모이기 때문인지 스키용품점이 많이 모여 있다. 그리고 가까이에 일본 최대의 전기전자 상가의 밀집지역이라 할 수 있는 아키하바(秋葉原)가 위치해 있으며, 일본 수상의 참배로 시끄러웠던 야스쿠니(靖国)신사가 도보로 약 10여 분 거리에 있다.

혹시 간다 고서점가에서 누군가를 만나고자 한다면 약속 장소를 산세도(三省堂)로 정하면 편리하다. 산세도는 신간을 취급하는 대형종합서점으로 대부분의 사람이 알고 있으며, 차를 마실 수 있는 휴식공간도 있기 때문이다. 그래서 산세도 현관 앞은 늘 많은 사람들로 북적인다.

인터넷 주소는 www.book-kanda.or.jp 와 www.jimboucho.com 으로 간다 고서점연맹에서 운영하고 있다.

44. 일본 편의점: 뉴라이프에서 멀티 라이프 스테이션으로 변신중

【김 영】

　　2016년 일본 최고의 순수문학상 아쿠타가와상을 수상한 『편의점 인간』(コンビニ人間, 무라타 사야카)은 18년간 편의점에서 아르바이트를 한 지은이의 자전적 소설이다. 한국에서도 번역 출간돼 화제가 된 이 책의 타이틀이 시사하는 바와 같이, 요즘 20~30대로 대표되는 밀레니얼 세대는 대형마트나 슈퍼마켓보다 편의점을 더 많이 찾는다. 아니 편의점에서 '놀고, 마시고, 쉬는' 문화가 자리잡았다고 하는 게 맞다.

　　그야말로 '호모 컨비니쿠스'(인간을 뜻하는 '호모'와 편의점을 뜻하는 '컨비니언스 스토어'의 합성어)의 탄생이다. '나는 편의점에 간다, 고로 존재한다'는 '호모 컨비니쿠스'의 탄생을 부추긴 편의점은 더 이상 단순한 먹을거리와 소소한 생활용품을 파는 곳이 아니다. 24시간 불이 꺼지지 않는 21세기형 환대와 적당한 익명성이 공존하는 그곳은 도시적 삶의 축소판이자 문화적 아이콘으로 부상했다.

　　그럼 '편의점의, 편의점에 의한, 편의점을 위한' 인간, '편의점 인간'을 탄생시킨 일본의 편의점 문화란 대체 어떤 것일까.

일본은 세븐일레븐, 패밀리마트, 로손 등 대형 편의점 체인 점포 수가 전국에 5만 개가 넘는 '편의점 왕국'으로 불린다. 한국에까지 수출 된 일본의 편의점 문화는 24시간 운영을 시작으로 자사상품(PB)의 차별화, 질 높은 도시락과 디저트, 생활밀착형 서비스 등으로 꾸준한 사랑을 받고 있다. 최근에는 무인편의점 및 편의점 독자 결제 서비스 도입 등 새로운 사업 발굴에도 나서고 있다.

일본식 콤비니의 역사

일본에는 1969년에 처음으로 편의점이 등장했고 1974년, 이토요 카도가 미국의 사우스랜드사와 제휴해 도쿄의 토요스에 세븐일레븐 1호점을 최초로 개점했다. 이후, 80년에는 1만 점포, 92년에는 2만 점포를 돌파하고, 현재는 프랜차이즈 체인만 5만 개를 넘고 있다. 미국에서 처음 도입했지만 일본식 콤비니가 뿌리내리기 시작한 이유는, 일본만의 독자적 상품인 오니기리(주먹밥), 오뎅(어묵), 도시락 등의 개발과 일본 특유의 치밀하고 친절한 고객 대응방식을 만들어 냈기 때문이다.

편의점은 최초 미국에서 시작됐지만 현재는 일본식 콤비니 문화가 전 세계로 수출, 확산되고 있다. 고객의 편의성을 수용한 편의점이 일본인의 생활양식뿐만 아니라, 세계인의 생활양식을 바꾸고 있는 것이다.

10대~20대의 핫 플레이스로 부상

일본 편의점이 관광객에게까지 '핫 플레이스'로 부상한 것은 단연 음식의 놀랄만한 퀄리티다. 도시락, 샌드위치, 디저트까지 다양한 종류는 물론 편의점 상품이라고 믿기 어려울 정도로 훌륭한 수준을 자랑한다. 최근 국내의 편의점이 복합문화공간으로 재탄생하는 것처럼, 일본은 이미 몇 년 전부터 휴식공간과 편의점을 합친 이색공간이 등장했고 카페 형식의 편의점도 빠르게 증가하고 있다. 입지한 장소에 따라 매장의 배치와 인테리어를 달리해 소비자와 친밀감을 쌓는 보다 편안한 편의점을 지향하는 트렌드가 확산되고 있다. 편의점은 최신 트렌드의 집결지로서 어느 곳보다도 사회의 변화에 예민하게 반응하면서 진화중이다.

멀티라이프 플랫폼으로 진화

국내 편의점 역시 최근 1인 가구의 먹거리를 책임지는 것을 넘어 ATM과 같은 금융서비스는 물론 세탁과 택배 서비스까지 제공하고 있지만 그 시초는 일본이다. 차별성이 있다고 한다면, 한국보다 대규모 주차장을 제공하고 점원이 직접 도시락을 데워주는 세세한 서비스도 인상적이다. 갑자기 화장실에 가고 싶을 때는 자유롭게 편의점 화장실을 이용할 수 있고, 24시간 복사나 스캔, 팩스를 할 수 있는 복합기를 상비하고 있다. 매장 안에 잡지코너가 마련되어 있어 언제든 잡지나 만화책을 넘겨 볼 수 있어 시간 때우기에 안성맞춤이다.

저출산 고령화에 걸맞은 서비스

최근 일본 편의점 업계가 직면한 새로운 화두는 사회 고령화와 인구 감소다. 특히 노인 인구 증가에 주목하고 있다. 이미 2006년 초고령사회에 접어든 일본의 경우 금융자산의 60%를 60세 이상이 보유하고 있는 것으로 알려졌다. 이에 각 편의점은 노인고객 확보에 주력하고 있다. 노인 대상의 배달서비스는 이미 보편화됐고 농촌 지역에는 트럭형 '이동식 편의점'이 등장했다.

세븐일레븐은 몇 년 전부터 '단지 주민을 위한 편의점' 사업을 시작했다. 외출에 어려움을 겪는 노인을 위한 식사배달 서비스와 생활용품 구입 등을 통해 주민을 지원하고 있다. 또 '자판기 편의점'도 확산되고 있다. 당초 인구밀도가 낮은 지역을 중심으로 일부 도입해 왔던 자판기 편의점은 성장 정체에 대한 새로운 대안으로 각광받고 있다.

지역사회와 상생 공헌

특히 일본의 편의점은 지역사회 공헌 활동에 주력하고 있다. 대표적으로 재난안전센터, 지역 치안, 공공복지 네트워크, 주민 소통 공간 제공과 같은 여러 상생을 위한 노력을 기울이고 있다. 동일본 대지진 당시 편의점은 주민들에게 먹거리를 제공하고 지원식량과 응급용품 등을 배포하는 거점 역할을 해냈다. 편의점의 'SS(Safety Station) 활동'을 통해 위급한 상황에서 편의점에 피신하도록 하고 곧바로 신고하는 체계를 갖추는 등 지역치안에도 힘쓰고 있다.

호모컨비니투스로 진화

2017년의 핫 이슈 중 한가지는 '1코노미'다. 1인 가구와 이코노미의 합성어인 1코노미는 오늘날 전체 가구의 4분의 1을 넘어선 1인 세대의 소비 성향과 라이프 스타일을 말한다. '1코노미 현상'의 이면에는 바로 호모 컨비니투스를 위한 편의점 문화를 고스란히 담고 있다. 이제 편의점은 더욱 빠른 주기로 가장 오래가는 고객의 경험 디자인을 출시하기 위해 마케터와 디자이너의 노력으로 재탄생하고 있다. 그리고 일본 편의점 브랜드의 전략과 커뮤니케이션 방식, 그리고 역으로 아이콘으로서의 편의점이 창작자들에게 영감을 안기고 있다.

예를 들면, 2020년 8월에 오픈, 후지와라 히로시가 프로듀스해서 유명해진 컨셉 스토아, '더 콤비니'(THE CONVENI)는 그야말로 신감각 문화 발산지다. 콤비니라는 이름대로 상품의 패키지에서 진열장, 인테리어, 유니폼, 규모까지 일반적인 편의점을 컨셉으로 한다. 이제 편의점은 창작자들에게 새로운 영감의 발산지로 '편의점 인간'에게 가까이 다가가고 있는 것으로 보인다.

45. 일본인은 미소를 먹고 산다

【구정호】

미소를 먹는 일본인? 한 번쯤 고개를 갸우뚱 할만한 표현이다. 하지만 미소(微笑)가 아닌 미소(味噌)라면 고개가 끄덕여질 것이다. 된장을 일본어로 미소라고 하고, 된장국을 '미소시루'라고 하는데, 일본어를 모르는 우리나라 사람들도 이 말이 그다지 낯설지는 않을 테니까.

우리도 된장을 자주 먹지만, 일본인의 식생활에서도 된장은 절대 빼놓을 수 없는 중요한 식품이다. 콩에 누룩을 첨가하여 발효시켜 숙성한 식품으로 단백질, 아미노산, 비타민, 미네랄 등의 많은 영양소를 포함하고 있으며, 생균 효과도 있어 인체에서 정장활동을 높여주는 미소. 미소는 예로부터 일본인의 건강을 지키는 종합비타민제 역할을 해왔고, 사람의 생명을 구하는 이른바 '구명식'(救命食)으로도 사용되어 왔다.

옛날에 기근(饑饉)이 들면 먹을 것이 없어 굶어죽는 것으로만 여겼는데, 현대의학적 관점에서 보면 의외로 염분 부족에 의한 희생자가 많았을 것이라고 한다. 며칠이고 곡기를 입에 대지 못해서 체력은 물론 면역력도 떨어져 있을 때, 허기를 면하고자 산과 들에 있는 풀뿌리 등을 먹게 되면 식물에 함유되어 있는 칼륨이 만성적 중독현상을 일으키고 소화기나 내장기관의 기능을 저하시켜 최악의 경우에는 죽음에 이를 수도 있기 때문이다.

그런데 이럴 경우, 된장을 먹으면 그 안에 있는 염분과 아미노산화된 단백질이 칼륨중독을 막아 위험한 지경에 이르지 않을 수 있다. 그래서 예로부터 일본인들은 된장을 소중히 여겼던 것이다. 우리나라에서도 된장으로 나물을 무치는 경우가 적지 않은데, 선조들의 지혜를 엿볼 수 있다.

된장이 일본에 전래된 것은 무척 오래 전의 일이다. 외국과의 교류가 빈번했던 8세기경의 문헌에서 중국으로부터 전해진 물품의 이름을 확인할 수 있는데, 그중에서 미소의 원조가 된 '첨시'(甜豉)라는 것이 보인다. '달 첨'(甜), '메주 시'(豉)라는 한자의 의미대로 콩을 발효시켜 만든 지금의 된장과 비슷한 식품으로 추측된다.

또한 10세기경에는 교토(京都)에서 '미소'[未醬]라는 식품이 팔렸다는 기록도 보이지만, 만드는 방법은 확실하지 않다. 이후에도 선사(禪寺)에서 된장처럼 콩을 이용한 가공품이 많이 만들어졌다고 하지만, 된장이 본격적으로 서민들의 일상식품으로 자리 잡게 되는 것은 15세기경인 무로마치 시대에 이르러서이다.

오다 노부나가(織田信長), 도요토미 히데요시(豊臣秀吉) 등의 무장들이 활약하던 전국시대에, 발효식품인 미소는 군대의 식량으로 유용했으므로 제조법이 본격적으로 연구되기 시작했고, 17세기에는 본격적으로 서민들에게 보급되어 일반화되었다.

미소는 지방의 특성에 따라 여러 종류로 나눌 수 있는데, 크게는 원료와 맛, 그리고 색깔에 따라 구분한다. 우선 원료에 따라 쌀된장, 보리된장, 콩된장으로 나눌 수 있다. 쌀된장은 주원료인 콩 이외에 쌀이 첨가된 된장으로, 주로 관동지방 이북의 도호쿠(東北), 홋카이도(北海道) 지방에 이르기까지 넓은 지역에 분포되어 있다. 보리된장은 콩 이외에 보리가 첨가된 것으로, 주로 관서지방 이남의 규슈(九州), 시코쿠(四国) 지방에서 볼 수 있다. 다음으로 콩된장은 말 그대로 주원료인 콩만을 가지고 만든 된장으로 일본의 중부지방이라고 할 수 있는 아이치(愛知), 미에(三重), 기후(岐阜) 등지에서 볼 수 있다.

맛에 따라서도 3가지 정도로 나눌 수 있다. 맛의 차이는 주로 누룩과 염분의 양에 따라 결정되는데. 가장 염분이 적으면서 누룩이 많이 첨가된 옅은 맛의 아마미소(甘味噌), 중간 맛의 아마쿠치미소(甘口味噌), 염분이 많이 첨가되어 짠맛을 지닌 가라쿠치미소(辛口味噌)로 나눌 수 있는데, 지역적으로는 도쿄를 중심으로 하여 멀어질수록 된장의 맛이 짠맛을 띄는 경향을 나타내고 있다. 색깔은 하얀색, 엷은 된장색, 붉은색 계통으로 나눌 수 있지만, 특별히 지역적인 특성을 찾을 수가 없다.

우리나라 사람들이 김치가 없으면 밥을 먹은 것 같지 않다고 하듯, 일본인들은 미소시루 없이는 한 끼 식사를 생각할 수 없다고들 한다. 그래서 해외여행을 갈 때도 인스턴트 미소시루를 사들고 가는 경우가 많다. 이렇듯 일본인의 미소 사랑은 미소를 이용한 다양한 요리를 만들어 냈는데, 우리로서는 상상도 못할 메뉴가 눈에 띄기도 한다. 그중에 대표적인 것으로 미소라면과 덴가쿠를 들 수 있다.

미소라면은 미소를 베이스로 한 국물을 만든 후, 그 국물에 라면을 말아내는 것이다. 기본적인 미소라면 외에 소금맛을 베이스로 한 '시오라면', 그리고 간장맛을 베이스로 한 '쇼유라면' 등이 있다. '덴가쿠'란 우리식으로 하면 떡꼬치라고 할 수 있는데, 일본인들이 무척 즐기는 음식이다. 꼬챙이에 꽂은 경단 모양의 동글동글한 떡 위에 설탕을 듬뿍 넣은 달콤한 미소를 얹어 먹는 음식이다.

다음으로 미소시루를 맛있게 끓이는 방법을 알아보자. 우리나라의 된장과 비슷하니까 된장국처럼 끓이면 된다고 생각하기 쉬우나, 그 끓이는 방법이 사뭇 다르다. 미소시루를 끓일 때는, 우선 멸치나 다랑어포를 우려낸 국물인 다시(だし)를 만든다. 그리고 준비된 국물에 잘게 썬 두부나 미역을 넣고 충분히 끓인 다음, 불을 끄고서 미소를 풀어 넣어야 한다. 그래야만 미소 자체가 지니고 있는 고유의 향과 맛을 즐길 수 있다. 우리나라의 된장국은 내용물과 된장을 넣고 푹 끓여서 속맛을 내는 것과는 달리 일본의 미소시루는 미소가 가진 고유의 맛을 즐기는 것이다.

미소와는 조금 다른 우리나라의 청국장과 같은 것도 있다. 바로 '낫토'(納豆)라는 것으로, 파와 겨자를 곁들여서 밥 위에 얹어서 먹는 음식이다. 처음 대하는 사람이라면 다소 역겨울 수도 있지만, 낫토 또한 미소와 더불어 일본인의 식탁에서 빼놓을 수 없는 식품이다.

46. 김치와 쓰케모노

【이사치코】

일찍이 일본의 쓰케모노(漬物)는 야채의 보존식(保存食)으로 집에서 담그던 것이다. 우리의 김치와 마찬가지로 각 가정마다 전통의 맛이 있고, 잘 만들어진 쓰케모노는 주부의 자랑이었다. 그러나 생활양식의 변화로 최근에는 집에서 쓰케모노를 담그는 가정이 줄어들었다.

일본의 쓰케모노를 담그는 방법에는 다양하여 소금절임, 쌀겨절임(쌀겨와 소금으로 절인 것), 된장절임, 누룩절임(생선, 고기, 야채 등을 소금과 익힌 쌀, 벼, 대두 등에 누룩곰팡이를 번식시켜 절인 것), 간장절임, 초절임 등이 있다. 또한 쓰케모노에 사용되는 야채의 종류도 많고, 담그는 시간, 환경, 조건 등의 차이에 따라 맛이 달라지므로, 실질적으로 종류가 무한하다고 할 수 있는데, 가장 유명한 곳이 교토(京都)로 80종 이상이 있으며, 전국적으로는 8백 종 이상의 쓰케모노가 만들어진다고 한다.

보관시설이 발달하지 못했던 옛날, 홍수 등으로 바닷물에 잠겨버렸던 야채류, 어패류 등이 썩지않고 보존된 것을 보고, 이를 인위적으로 만들게 된 것이 쓰케모노의 시작이라고 한다.

문헌 속에 쓰케모노가 처음 등장한 것은 4세기경으로, 동대사(東大寺)의 정창원(正倉院)에 보존되어 있는 고문서 「잡물납장」(雑物納帳)에 '니라기'라는 말이 나오는데, 이는 야채를 소금에 절인 것이라는 뜻으로 지금의 쓰케모노의 원조라고 할 수 있다. 쓰케모노라는 말이 나타난 것은 헤이안시대 무렵으로, 927년에 편찬된 「엔기시키」(延喜式)에는 산채나 야채, 과일을 술찌끼나 전국(술, 간장 등의 양조에서 발효가 끝난 뒤 아직 거르지 않은 상태의 것)에 담궜으며, 그 종류도 다채로워 봄에는 14종, 가을에는 36종에 이르렀다고 한다.

이처럼 긴 역사를 갖고 있는 쓰케모노지만, 일반 서민의 식생활에 널리 공급된 것은 에도시대에 접어들면서부터이며, 일반인에게 시판되어 본격적으로 보급되기 시작한 것은 에도시대 말기부터라고 한다.

쓰케모노는 야채 본래의 맛과 유효성분을 되도록 손상시키지 않고 맛있게 먹을 수 있는 건강식품이다. 고기나 생선에서 섭취할 수 없는 비타민이나 식이섬유를 비롯한 칼슘, 미네랄, 유기산 등이 풍부하게 포함되어 있으며, 콜레스테롤의 감소, 살균, 정장(整腸) 등의 작용을 하며, 최근의 연구로는 암을 억제하는 효과도 있다고 한다. 염분이 과다하게 섭취된다는 약점은 있지만, 오늘날에는 놀랄 만큼 염도(塩度)를 낮게 만들 수 있다고 한다. 그러나 염분을 줄이면 당연히 보존기간도 줄어든다는 약점은 있다. 참고로 다쿠앙(沢庵)의 염도 역시 20년 전과 비교할 때 3분의 1 정도로 감소하였다.

일본의 쓰케모노는 담그는 방법에 따라 다양한데, 누카쓰케(糠漬:

쌀겨절임)로는 '다쿠앙', 쇼우쓰케(醬油漬:간장절임)로는 '후쿠진즈케'(福神漬), 스쓰케(す漬:초절임)로는 '락쿄'가 유명하다. 그 밖에 '우메보시'(梅干し:매실절임)와 우리에게도 익숙한 '락쿄'(辣韮)나 '가리'(がり:얇게 썰어 단 식초에 절인 생강) 등이 있다.

다쿠앙

기본적으로는 무를 말려서 쌀겨와 소금으로 절인 것이다. 노란색은 심황(深黃:생강과에 속하는 일종의 풀로 그 뿌리와 줄기는 노란색 염료로 사용)으로 착색한다. 다쿠앙은 삶은 무와 비교하면 씹을 때 10배의 에너지를 필요로 하므로 뇌의 혈류를 활발하게 하여 뇌 활동을 왕성하게 하며, 성격을 적극적으로 만든다고 한다.

후쿠진즈케

도쿄에서 태어난 쓰케모노의 대표이다. 가지, 무청, 차조기, 땅두릅, 표고버섯, 작두콩, 무말랭이 등 7종류의 야채를 작게 썰어 소금에 절인 뒤, 소금을 빼고 또다시 미향장유에 절인 것이다. 7종류의 재료를 사용하기 때문에, 복을 준다는 칠복신(七福神)에 빗대어 이같은 이름이 붙었다. 특히 카레라이스 등을 먹을 때 락쿄와 함께 나오는 대표적인 쓰케모노이다.

락쿄

락쿄(백합과의 다년초 교자, 채지, 염교)를 소금에 절인 후 물에 헹구어 소금기를 뺀다. 그 후 단 식초에 열흘 정도 절인다. 락쿄에서 배어 나오는 향인 '유화아릴'은 혈액을 정화하여 혈액순환에 좋다고 한다.

가리

일본초밥집에 가면 꼭 나오는 쓰케모노로 단 식초에 생강을 얇게 썰어 절인 것이다. 일본에서 가장 오래된 스파이스인 생강은 발한, 해열, 그리고 위를 튼튼하게 하는 작용이 있고, 효과가 있어 약용으로 사용되어 왔다. 이 생강에는 대장암을 억제하는 효과가 있으며 생강의 주성분 징게롤 0.02%는 생체 유전자가 발암물질에 노출되는 초기 단계에서 발암물질을 해독한다고 한다.

우메보시

매실을 수일간 소금 절임한 후 햇볕에 건조하고 차조기와 함께 매실초에 담근다. 다른 쓰케모노와는 달리 장기간 보존할 수 있는 것이 특징. 우메보시에 들어있는 구연산 등 유기산류는 위산의 대역으로서 위장의 컨디션을 좋게 하고, 변비를 개선한다. 또한 구연산은 신진대사를 촉진하고 혈액에 남아 있는 젖산 등의 피로물질을 분해한다.

소풍갈 때 우리나라에서는 김밥을 도시락으로 하는 것처럼 일본에서는 주먹밥이 대표적인데, 이 주먹밥의 내용물로 우메보시는 필수이다. 또한 해외에 나갈 때 한국인이 고추장을 지참하듯이 일본인들은 우메보시를 가지고 갈 정도로 쓰케모노 중에서도 인기가 있으며, 이를 이용한 히노마루벤토(日の丸弁当:일장기 도시락)가 유명하다.

옛날 가난했던 시절, 학교 도시락이나 근로자의 유일한 반찬은 우메보시였다. 오늘날과 같은 하얀밥은 먹을 수 없었어도, 사각형 도시락에 보리밥, 그리고 그 맨 중앙에 빨간 우메보시가 동그랗게 놓여 있어 일본 국기와 같았다. 그런 연유에서 히노마루 벤토는 빈곤한 식생활을 비유하는 말이기도 하지만, 오늘날에는 추억의 음식이 된 것이다.

시대가 변하고, 최근 일본 슈퍼마켓에서는 다양한 봉투에 듬뿍 담긴 쓰케모노가 진열되어 있다. 옛날에 쓰케모노는 두 달 이상은 보존이 가능했으나, 염분을 줄인 오늘날에는 그다지 오래 보존할 수가 없다. 염분이 줄면 줄수록 유효기간은 단축돼버리기 때문이다. 건강을 생각하면 염분이 적은 것이 좋고, 보관을 생각하면 염분이 많아야 하니, 일본인들은 지금 새로운 고민에 빠진 듯하다.

47. 몸도 마음도 따뜻하게 하는 나베 요리

【허명복】

　나베(鍋)란 '냄비'를 가리키는 일본어이다. 냄비에 요리한 음식을 나베모노(鍋物) 또는 나베요리(鍋料理)라고 하는데, 주로 추운 겨울철에 먹는 요리이다. 찬바람이 부는 겨울 저녁, 성에가 하얗게 낀 창문을 배경으로 식탁에 둘러앉아 나베요리를 먹는 단란한 가족의 모습을 떠올리면 절로 가슴이 훈훈해진다. 그러나 이처럼 식탁 중앙에 나베요리를 놓고 모두가 함께 먹게 된 것은 의외로 얼마 되지 않은 근대에 이르러 시작된 습속(習俗)이다.

　신분제도가 엄격했던 옛날에는 아무리 가족이라고 해도 메뉴는 따로따로였다. 신분제도가 없어지고, 대등한 인간관계가 형성되면서야 비로소 이같은 나베요리가 보급되었던 것이다.

　세계대백과사전에 실린 나베요리에 대한 설명은 다음과 같다.

　'실제로는 상당히 오래 전부터 행해졌다고 생각되지만, 문헌상으로는 에도시대 후기인 1780년대에서야 보이기 시작하는데, 혹은 그 무렵이 되어서 겨우 흙으로 빚은 냄비(土鍋:도나베)나 철제(鉄鍋:데쓰나

베) 등의 속이 깊지 않은 작은 냄비가 보급된 것인지도 모른다.'

이처럼 나베요리는 우리들이 태어나기 훨씬 이전부터 수많은 사람들에게 사랑받아온 것임을 알 수 있다. 하지만 이런 나베요리가 일본에만 있는 것은 아니다. 특히 우리나라의 경우는 누구나가 좋아하는 얼큰한 김치찌개와 구수한 된장찌개가 있다. 그 외에 신선로를 비롯해 다양한 탕 종류와 전골 등 생각만 해도 군침이 도는 나베요리의 강국이라해도 과언이 아닐 것 같다.

중국에는 도넛처럼 생긴 냄비에 국물을 붓고, 고기나 야채를 익혀가면서 먹는 '호오코즈'(火鍋子)라는 나베요리가 있고, 몽고에는 그 유명한 '징기스칸 요리'가 있다. 물론 서양에도 각 나라별로 이름도 알 수 없는 가지각색의 나베요리가 있지만, 그중에서도 우리에게 친숙한 것은 스위스의 치즈 퐁듀이다. 치즈 퐁듀는 잘게 썬 빵이나 야채, 과일 등을 꼬챙이에 끼워서 냄비에 녹인 치즈에 담가 먹는 일종의 나베요리인 것이다.

일본의 나베요리는 크게 2종류로 나눌 수 있는데, 고기나 야채를 냄비에서 익힌 다음 건져서 조미한 초간장에 찍어서 먹는 것과 냄비 속에서 맛을 내어 가며 끓여 먹는 것이다.

우선 초간장을 찍어 먹는 대표적인 나베요리로는, 다시마 국물에 두부를 넣고 끓이면서 양념간장이나 폰즈를 찍어 먹는 유도우후(湯豆腐)나, 냄비에서 양념하지 않고 각각의 폰즈에 찍어 먹는 유데루나베(ゆでる鍋), 다시국물에 하얀살 생선과 계절야채, 두부 등을 넣어 끓인

나베요리는 우리나라의 전골요리와 비슷하다

도미지리나 대구지리 같은 지리나베(ちり鍋), 닭국물에 계절야채와 닭고기를 적당한 크기로 썰어 넣고 끓이다가 건져서 폰즈를 찍어 먹는 미즈타키(水炊き), 끓는 다시물에 고기와 야채를 끓여가며 양념장에 찍어먹는 샤브샤브(しゃぶしゃぶ) 등이 있다.

냄비 속에서 양념을 해가며 먹는 나베요리로는, 얄팍하게 썬 쇠고기 등심과 여러 가지 야채에 양념장을 부어가며 즉석에서 볶아 먹는 스키야키(すきやき)와 어패류, 닭고기, 야채 등을 맑은 국처럼 끓여가면서 국물과 함께 건져 먹는 요세나베(寄せ鍋), 멧돼지 고기를 끓인 보탄나베(ぼたん鍋), 말고기를 주재료로 한 사쿠라나베(さくら鍋), 파와 정어리를 간장, 설탕, 술 등으로 맛을 내어 끓이는 네기마(ねぎま) 등이 있다.

이외에도 곤약, 무, 계란, 어묵 등을 넣어 푹 끓여서 간장에 겨자를 곁들여 찍어 먹는 오뎅나베와 철냄비에 고기와 야채를 구워가면서 먹는 야쿠나베(焼く鍋), 관서지방 특유의 나베요리로 손으로 만든 쫄깃하고 매끈한 우동을 계절야채와 함께 끓여 먹는 우동나베(うどん鍋) 등이 있다. 특별한 나베요리 가운데 하나로 찬코나베(ちゃんこ鍋)를 들 수 있다. 큰 냄비에 큼직하게 토막낸 생선, 고기, 야채 등을 넣어서 끓여 먹는 나베요리로 스모토리(相撲取り:씨름꾼)들이 즐겨 먹는다.

보기만 해도 군침이 도는 샤브샤브

　　지금까지 소개한 나베요리 중에서 우리의 식탁에서도 비교적 친숙하게 만날 수 있는 요리가 샤브샤브와 스키야키이다. 샤브샤브의 경우는 쇠고기와 갖은 야채를 넣어 가볍게 익힌 것을 주로 참깨소스에 찍어 먹는데, 야채로는 배추, 당근, 쑥갓, 표고버섯, 팽이버섯, 두부, 당면, 실파 등을 주로 넣는다. 특히 샤브샤브 요리는 다 먹은 후에 남은 국물에 우동사리나 떡 등을 넣어 끓여 먹으면 그 맛이 특별하다.

　　스키야키는 쇠고기 등심을 얇게 저며 썬 것을 여러 가지 야채와 더불어 양념장을 넣어가며 볶아 먹는 나베요리로, 그 요리 방법은 지방에 따라 차이가 있는데, 크게 나누어 관서풍과 관동풍이 있다. 오사카를 중심으로 하는 관서풍은, 불에 올려 충분히 달군 냄비에 쇠기름을 고루 칠하고, 고기를 한 점씩 넣어 구우면서 설탕, 미림, 간장 등을 첨가하여 비교적 단맛이 강하다. 그 다음에는 버섯이나 야채류를 넣어 익힌 다음에 건져서 날달걀에 찍어 먹는다. 도쿄를 중심으로 하는 관동풍의 요리법은, 쇠기름을 칠한 냄비를 뜨겁게 달군 후, 스키야키 소스를 조금 넣어서 끓으면 고기를 넣고, 어느 정도 익으면 다른 야채나 버섯류를 넣고 익으면 계란을 곁들여 먹는다.

나베요리에 있어서 가장 중요한 것은 나베, 즉 냄비라고 할 수 있다. 나베의 종류를 보면, 데쓰나베(鉄鍋:철냄비), 도나베(土鍋:흙냄비), 알미늄 나베, 스테인리스 나베 등이 있다. 철로 만든 데쓰나베는 튀김요리나 스키야키 등에 주로 이용되고, 흙으로 빚은 도나베는 일단 가열이 되면 보온력이 우수하여 열이 쉽게 식지 않으므로 식탁에 올려놓기에 적격이다. 특히 탕이나 지리에 적합한데, 천천히 끓고 잘 식지 않아서 재료의 충분한 맛을 느낄 수 있다. 알루미늄이나 스테인리스 냄비는 열전도가 빨라 유용하게 사용할 수 있으나 빨리 식고 잘 타는 단점이 있다.

나베요리는 식탁에 앉아 있는 모두의 몸과 마음을 따뜻하게 해주는 효과가 있으므로 추운 겨울에는 안성맞춤인 음식이라 할 수 있다. 여럿이 둘러앉아 나베요리를 먹다 보면 한동안 소원했던 사람도 사이가 좋아질 수도 있고, 도란도란 이야기꽃을 피우다 보면 서로에 대해 보다 많은 것을 알 수 있게 된다.

하지만 독신자가 늘어나는 추세인 오늘날에는 모여서 식사를 하는 경우가 많지 않고, 자연히 푸근한 가족애를 느낄 기회도 줄어들었다. 이를 반증이라도 하듯 요즘 일본에서는 1인용 나베가 잘 팔리고 있으며, 젊은 층이 주로 보는 잡지 등에도 '1인용 나베요리 만들기' 같은 기사가 실리고 있다. 유행은 시절을 따라 돌고, 음식문화도 세월의 흐름과 생활환경의 변화에 따라 바뀔 수 있음을 다시 한 번 느끼게 되는 작금(昨今)이다.

48. 스모남편과 벤토부인

【윤호숙】

일본인이 가장 좋아하는 것 3가지로 '교진'(巨人), '다이호'(大鵬), '다마고야키'(卵焼き:달걀프라이)를 꼽을 수 있다. 교진은 일본 프로야구 팀이고, 다이호는 역대 가장 유명한 일본 스모선수이며, 다마고야키는 도시락 반찬이다.

일본인이 프로야구와 스모에 열광하고, 여성들은 야구선수와 스모 선수를 최고의 신랑감으로 여긴다는 것은, 일본을 조금이라도 아는 외 국인에게조차 그다지 새로운 사실은 아니다. 하지만 도시락 속의 달걀 프라이를 가장 좋아하는 리스트에 올린다는 것은 다소 의외일 것이다. 하지만 일본인들이 도시락을 얼마나 좋아하며, 또 도시락이 일본인의 생활 속에 얼마나 깊숙이 자리잡고 있는지를 알면 충분히 납득이 갈 것 이다.

어쨌든 가장 좋아하는 벤토(弁当:도시락)를 먹으면서 가장 좋아하 는 스모를 보는 기분은 말로 다 표현할 수 없으리라. 스모 경기장의 VIP석 티켓을 사면 도시락이 나오는데, 요금은 상당히 비싸다. 전통극 가부키를 구경할 때도 벤토는 필수다. 막간에 벤토를 먹는 시간이 따로 있는데 고급 기모노를 입고 벤토를 먹으며 즐거워하는 일본인들의 모습은, 외국인의 눈에는 다소 기묘하게 보일 수도 있다. 가부키 매니아 중에는 벤토를 먹는 즐거움을 손꼽아 기다리는 사람이 많다.

이렇듯 일본인들에게 도시락은 즐거움과 기쁨의 상징이다. 그래서 속어로 집행유예를 '벤토모치'(弁当持ち:도시락을 가지고), '벤토오모랏타'(弁当をもらった:도시락을 받았다)라고 하기도 한다. 이는 도시락처럼 좋은 것을 받아서 기쁘다는 의미에서 생긴 말이라고 한다.

일본인들에게 '벤토 하면 무엇이 떠오르냐?'고 묻는다면 열에 아홉은 '하나미'(花見:꽃놀이)와 '히노마루 벤토'(日の丸弁当:일장기 도시락)라고 대답할 것이다.

일본에서는 봄이 되면 국민 모두가 벚꽃놀이를 간다. 이때 벤토는 필수품인데, 벚꽃나무 밑에서 벤토를 먹으면서 이야기꽃을 피우는 것이 하나의 의식처럼 되었다.

도시락이 발달되지 않았던 옛날, 여행자나 바깥에서 일하는 사람들은 오니기리(おにぎり:주먹밥)나 호시이(干飯:현미를 쪄서 말린 것)를 가지고 다니다가 먹었다고 한다. 오늘날의 도시락과 비슷한 형태가 나타난 것은 에도시대인데, 꽃구경이나 뱃놀이, 연극구경 등을 갈 때 칠기로 된 찬합에 음식을 넣어 가지고 가서 먹은 것이 시초라고 한다.

일본의 대표적인 옛 이야기인 모모타로(桃太郎:복숭아 아이)에도 모모타로가 오니섬으로 도깨비를 정벌하러 갈 때 할머니가 만들어주신 수수경단을 가지고 가는데 이것도 도시락의 전신인 오니기리의 일종인 것이다. 모모타로는 수수경단을 주고 개, 원숭이, 꿩을 부하로 얻어 도깨비 정벌에 성공한다. 그러므로 벤토는 일등공신이라고 할 수 있다.

일본의 도시락은 실로 다양해 종류도 셀 수 없이 많으며, 가격도 4~6백 엔의 중저가에서부터 2~3천 엔의 고가품까지 천차만별이다. 또한 백화점이나 편의점, 역 구내나 기차 안 어디에서나 부담없이 살 수 있는 것에서부터 가이세키(懷石:한 가지씩 내는 코스식 요리)와 같은 고급요리를 담은 것까지 있으며, 호카벤(ほかべん)이라고 해서 따뜻한 도시락을 파는 전문점이 어느 지방이나 있다. 요즈음은 한국식 비빔밥과 불고기 도시락이 가장 인기있는 상품이라고 한다.

일본은 가히 도시락의 천국이라고 할 수 있다. 그 종류도 무척이나 다양하며, 심지어 도시락을 싸는 보자기만 해도 여러 가지가 있다. 도시락 반찬을 만드는 방법을 내용으로 한 책도 많고, 더욱이 밥에 뿌려 먹는 후리카케(ふりかけ)도 여러 가지여서 특별한 반찬이 없어도 맛있게 도시락을 먹을 수 있다.

특히 일본의 수많은 도시락 중에서도 가장 널리 사랑받는 것 중의 하나가 에키벤(駅弁)이다. 에키벤은 기차역에서 판매하는 도시락으로, 역(駅)과 벤토(弁当)의 합성어이다. 1885년 7월 도쿄의 우에노(上野)와 우쓰노미야(宇都宮) 사이에 철도가 처음 개통되었을 때 우메보시가 든 주먹밥과 죽순에 싼 단무지를 5전에 판매한 것이 효시라고 한다.

일본의 최북단 홋카이도의 와카나이 역에서 최남단 가고시마의 야마카와 역까지 2,687㎞ 철도에는 정거하는 역마다 그 고장의 향기가 배어 있는 색다른 도시락을 판다. 삿포로(札幌)역에서는 야마베 사케즈

시(山辺鮭寿司:연어초밥), 치바(千葉)역에서는 아키하마 벤토(秋蛤弁当:가을의 대합구이), 나고야(名古屋)역에서는 나고야 잔마이(닭찜), 도야마(富山)역에서는 마스노스시(鱒の寿司:송어초밥)가 유명하다.

일본에서는 철도 여행을 할 때 대부분 기차 안에서 우롱차(烏竜茶)나 오차(お茶)와 함께 에키벤을 먹는데, 에키벤이 워낙 지역별로 다양해 이를 여행의 또 다른 재미로 꼽는 사람들이 많다. 심지어 에키벤의 맛을 음미하기 위해 일본 전역을 돌아다니는 '에키벤 매니아'도 상당수에 이른다. 에키벤의 종류는 무려 2,200가지가 넘으며, 연간 6백만 개가 판매된다고 하니 일본인의 사랑은 정말 대단하다고 할 수 있다.

그러면 일본에서 이렇듯 도시락 문화가 발달한 이유는 무엇일까? 우선 일본은 더운 기후 탓으로 찬 음식을 먹는 문화가 발달했다. 우리나라나 중국에서는 음식이 따뜻해야 맛있다고 생각한다. 그러므로 한국에서는 식사를 대접할 때 반드시 '식기 전에 드세요'라는 말을 한다. 일본에는 이런 표현이 없다. 또한 중국인이 일본인의 초대를 받아 고급 요리를 대접받았음에도 불구하고, 음식이 모두 차가웠던 탓에 몹시 화를 냈다는 일화가 있다.

또 다른 이유로, 일본인들은 우리처럼 음식을 한 그릇에 담아 함께 먹지 않고 따로 먹기 때문에 혼자 먹는 벤토를 선호하는 것이 아닌가 싶다. 우리는 한상에 가득 차려서 모두 함께 먹지만 일본은 한 사람씩 상이 따로 차려져 나온다. 함께 먹는 음식이 있을 경우 개인용 접시에 덜어 먹으며 그를 위한 젓가락도 따로 있다. 젓가락이 없을 경우에는 상대에게 농담 삼아 일본인 친구들에게 입이 더러운지 손이 더러운

지를 묻자 모두 대답을 못하고 당혹스러워 하던 일이 있었다.

　마지막으로 일본인들은 먹는 데는 그다지 돈을 많이 쓰는 편이 아니므로, 벤토가 비교적 값이 싸기 때문에 사랑을 받는다고 할 수도 있다.

　우리나라의 남자들은 직장에서 도시락 먹는 것을 불편하고 쑥스러워 한다. 그러나 일본에서는 혼자 도시락을 먹는 직장인들을 많이 볼 수 있다. 이 도시락을 '아이사이 벤토'(愛妻弁当:사랑하는 아내가 싸준 도시락)라고 한다. 늘 데리고 다니는 애첩(愛妾)을 속어로 '오벤토'(お弁当)라고 하는데, 이와 같이 일본인에게 벤토는 항상 지니고 다닌다는 의미가 있다.

49. 일본어에 담긴 음식문화

【김기서】

　일본은 고대신화에도 나오는 '우미사치야마사치'(海幸山幸 : 바다만큼 행복하고, 산만큼 행복하다)라는 말처럼 바다와 땅에서 나는 물산이 풍성한 편이다.

　그렇다면 고대인들의 식생활은 어땠을까? 일본의 동대사 정창원 문서 기록에 의하면 나라시대 관리들의 식단은 신분에 따라 현격한 차이가 있고 정해져 있어, 더 먹을 수도 원하는 것을 골라 먹을 수도 없었다 한다.

　일례로 그들에게 지급되었던 식재료들을 비교해보면, 허드렛일을 하는 하인인 구사정(恐使丁)의 경우는 현미 1.4리터, 소금, 술지게미, 해조류로 되어 있고, 하급관리에 해당하는 사경생(写経生)의 경우는 백미 1.4리터, 소금, 거르지 않은 술, 된장, 식초, 해조류, 우뭇가사리, 채소절임, 겨자, 콩, 팥, 참기름으로 되어 있다.

　현대인의 관점에서 현미식이 건강에 더 좋다고 하면, 본인의 의사와는 상관없이 그것을 먹어야 했던 옛 하층민들은 크게 화를 낼 것이다. 전래의 것과 외래의 것이 혼재된 현대인의 음식. 양보다 질을 추구한다고는 하나 식생활은 현실이다. 경제적으로 어려운 가운데 일상의 식사로서 외국인에게 자주 소개되는 일본요리들을 매번 먹을 수는 없을 것이다. 대부분의 사람들은 형편에 맞추어 오늘도 값싸고 맛있는 음식을 찾을 것임에 틀림없다.

버블경제로 인한 장기 불황 속에서 일본경제의 역군들은 무엇을 먹을까? 자기 지갑 열어 부담없이 먹을 만한 음식 몇 가지와 식생활을 더듬어보자.

간단한 아침식단

출근을 서둘러야 하는 일본 샐러리맨들의 아침식단은 자연 간단하고 빨리 먹을 수 있는 것으로 정해지게 마련이다. 밥을 먹을 경우는 된장국과 절임반찬 약간을 기본으로 전자렌지에 구운 생선구이 한토막이 곁들여지면 금상첨화이다. 물론 치매예방과 O-157 같은 세균을 억제하는 효과도 있다는 녹차도 빠지지 않는다.

빵을 먹는 경우는 토스트에 야채와 계란프라이, 조금 더 준비하면 베이컨 등을 곁들여 우유와 함께 먹는다. 사람에 따라서는 특히 독신생활자들이라면 아침을 거르거나 전날 남긴 음식으로 해결하는 경우도 있을 수 있고, 집에서 요리를 하여 먹고 치우는 번거로움이 싫어 편의점 등에서 산 주먹밥과 음료 등으로 아침을 때우는 경우도 있을 것이다.

일본어에 '서서 먹는다'는 뜻의 '다치구이'(立食い)라는 말에는 시간에 쫓기며 하루를 시작하는 도시민의 급박함이 담겨있다. 역 구내 국수

집에서 전차를 타기 전에 부랴부랴 아침을 해결하는 그 모습을 연상해 보라.

3종의 점심메뉴

점심시간이 되면 값도 적당하고 맛이 있어 사람들에게 인기있는 식당 앞에는 긴 줄이 생긴다. 자리가 나길 기다리다 겨우 안으로 들어 갔다고 해도 초면인 사람과 합석해서 먹는 것은 흔한 일이다. 근무의 연장선상에 있는 점심식사는 정해진 시간에 끝내야 하는 것이 직장인의 룰이다. 그렇다면 시간적 경제적으로 부담없이 그런대로 먹을 수 있는 음식은 무엇일까?

① 도시락 : 오늘날처럼 외식업이 번창하기 전 대부분의 근로자들은 집에서 싸온 도시락을 먹었다. 지금은 도시락조차도 사서 먹게 되었기에 향수 어린 말이 되어버린 '도카벤'(육체노동자인 도카타의 양 많은 도시락), 전시체제에서 물자가 부족한 중에 애국심을 고취시키려는 의도의 '히노마루 벤토', 점심 때 나가지 않고 도시락을 펼쳐드는 동료에게 농담으로 던지는 말이 되어버린 '아이사이벤토'(愛妻弁当:사랑하는 아내가 싸준 도시락)와 같은 관련어들은 한때 도시락이 만들어 냈던 식문화의 일단을 말해주는 것들이다. 오피스 거리의 붐비는 음식점의 틈새에서 도시락은 사람들 손에 들려 함께 나들이를 간다.

② 덮밥과 카레라이스 : 오래 전에 한국의 대기업이 일본의 덮밥 프랜차이즈 체인점을 한국에 도입하려는 움직임을 보였을 때, 『조선일보』에 덮밥과 관련된 이규태 씨의 글이 실렸다. 글 속에 『혈의 누』를 쓴

작가 이인직은 당시 신문물을 접한 지식인으로서 이완용의 비서를 역임한 바 있고 일본 것을 선호하여 집에서 일본옷을 즐겨 입고 나막신을 신었으며 덮밥을 자주 먹었다고 한다'라는 내용이 있었다.

덮밥은 일본적인 음식으로 덮밥을 담는 그릇 이름에서 연유되어 '돈부리'라고 불린다. 밥 위에 무엇을 올리느냐에 따라 몇 가지로 나뉘어지는데, 대표적인 것으로는 튀김을 올린 '덴동'(天丼), 장어양념구이를 올린 '우나동'(鰻丼), 닭고기와 계란 푼 것을 함께 익혀 올린 '오야코동'(親子丼), 돼지고기에 빵가루를 입혀 기름에 튀겨낸 커틀릿을 올린 '가쓰동'(カツ丼), 양념해 익힌 쇠고기를 올린 '규동'(牛丼) 등을 꼽을 수 있다.

인도의 카레를 일본음식화 시킨 카레라이스도 밥에 카레를 올린다는 점에서 일종의 덮밥이라 할 수 있지만, 덮밥 전용 그릇인 돈부리를 사용하지는 않는다. 하지만 카레라이스는 많은 일본인들이 즐겨 먹어 이제는 국민음식이 되었다 해도 과언이 아니다. 물론 장삿속이 보이지만 요코하마에 들어선 카레 박물관은 카레에 대한 사람들의 선호도가 어느 정도인지를 가늠케 해주는 존재이다.

카레라이스의 경우 한국사람들은 대부분 밥과 카레를 먹기 전에 전부 비벼놓는데, 일본인들은 먹어가면서 비빈다. 만일 일본인들이 한국의 비빔밥을 먹어가며 비빈다고 생각해보라. 맛이 저절로 반감될 것이다. 이래저래 서로 다른 식문화는 흥미롭다.

③ 면류 : 우동과 소바 그리고 라멘도 부담없이 먹을 수 있는 음식 중 하나이다. 우동은 소맥분 즉 밀가루로 만든 굵은 국수이고, 소바는

일본어에 담긴 음식문화

일본인들의 오랜 사랑을 받아온 메밀국수

메밀 가루에 소맥분과 참마 그리고 계란 흰자위를 섞어 만든 것이다.

우리나라에서 '우동 한 그 릇'(一杯のかけそば)으로 번역 되어 중학교 권장도서에도 올 라 있는 소설 속 음식은 우동 이 아닌 메밀국수이다. 메밀 은 파종 후 수확까지 재배 기 간이 짧고 척박한 땅에서도 잘 자라 일본에서는 옛부터 많은 이들의 굶주림을 달래온 식품이라 한다. 작자는 이야 기 속에서 그러한 메밀국수를 소재로 삼아 가난과 어려움을 극복하려 는 한 가족의 노력을 극대화하고 있는 것이다. 그 의도는 적중하여 이 작품은 일본 전국을 울렸다고 한다. 우동이나 소바를 삶아 그 위에 아 무것도 올리지 않고 특별히 맛을 낸 국물만을 부으면 '가케우동'과 '가케 소바'라고 한다.

한편 라멘은 중국어 라이민에서 전래된 것이니 즉 한국의 라면이 다. 중국식 국수인 라멘은 밀가루를 반죽하여 국수를 뽑아 삶은 후 국 물에 만 음식이므로 라면전문점에서 먹는 그 맛은 집에서 먹는 인스턴 트 라면과는 큰 차이가 있다. 이 라멘의 국물맛을 내는 재료로는 지역

에 따라 돼지뼈나 닭뼈 외에 된장, 간장, 소금 등이 사용되는데, 이제
는 지방의 맛이 전국에 퍼져 사람들은 도회지에서 그것을 즐길 수 있게
되었다.

일본인을 위한 한국여행 안내책자에 소개되어 유명해진 서울 신촌
소재의 신계치라면점은 우리나라 라면에 계란과 치즈를 풀어넣은 단일
메뉴만 취급한다는데, 일본의 식도락가인 구루메(グルメ)들도 많이 찾
는다고 한다. 바쁜 일정 중에 일부러 이 가게를 찾아 먹어본 후, 집에
돌아가서는 동일 재료를 사용해 만들어본다는데 똑같은 맛은 안 나온
다고 하니, 아마도 업체에서 제공하는 분말스프 외에 그 가게만의 독특
한 국물제조비법이 있지 않을까 생각된다.

라면도 카레라이스처럼 신요코하마에 박물관이 들어서서 지역경
제에 크게 이바지하고 있다. 그만큼 라면은 즐기는 층이 두텁다.

가족과 함께, 동료와 함께 저녁식사

비교적 시간적으로 여유로운 저녁식사는 먹는 즐거움도 배가 된
다. 가족이 함께 저녁을 먹는다면 주부가 준비한 나베요리나 생선요리
를 먹을 수도 있고, 그런대로 신선도를 믿을 수 있는 슈퍼의 초밥이나
생선회를 맥주와 함께 먹을 수도 있겠다.

그러나 퇴근시간이 늦어지거나 집에 가보았자 기다리는 이 없는
사람들은 대부분 저녁을 밖에서 해결해야 한다. 점심 때와 비슷한 메뉴
를 피해 돈가스전문점을 찾기도 하고 야키소바(볶은 국수)나 다코야키
(문어풀빵) 등으로 간단히 때우기도 한다. 가끔은 직장 동료와 함께 닭

꼬치나 기타 안주로 요기를 하며 술잔을 기울이기도 하는데 보통 니혼슈(日本酒:청주)나 맥주 등을 마신다. 물론 계산은 각자 나누어 내는 와리캉(割り勘)이다.

음주 문화

쌀로 빚는 맑은 곡주인 니혼슈는 3등급이 있는데, 상품을 다이긴죠(大吟醸), 중품을 긴죠(吟醸)라 부른다. 주조를 위해 쌀을 도정할 때 지방성분이 많은 쌀의 겉부분을 많이 깍아낼수록 양질의 술이 되는데, 고급 니혼슈의 경우는 오히야(御冷)라 하여 차갑게 음미하면 더 좋다고 한다. 그러나 통상 사람의 체온 정도로 데운 아츠칸(熱燗)으로 마신다.

술은 보통 차갑게 마시는 것이 일반적인데, 니혼슈를 비롯한 몇 가지 일본술들은 데운다는 것이 특이하다. 일본 소주의 경우는 데우지는 않고 뜨거운 물을 타서 마시는데 이를 '오유와리'(お湯割り)라고 한다.

술을 권하는 일본사회에서는 회식 등의 모임에서 주변사람들이 분위기를 잡으면 한잔의 술을 단숨에 들이키곤 하는데 이것이 '잇키노미'(一気飲み)이다. 이 때문에 술이 익숙치 않은 젊은이들은 받아 마신 술기운을 이기지 못하고 힘들어하다 불상사로 이어지곤 한다. 술이 센 사람이 약한 사람에게 술을 강요함으로써 결과적으로 괴롭힘을 끼치는 행위를 '아루하라'(アルハラ)라고 하는데, 이는 성희롱을 뜻하는 '세쿠하라'(セクハラ)에서 파생된 신조어로 알콜로 타인을 못살게 군다는 뜻이 담겨 있다.

몇 해 전 일본의 한 의과대학에서 급작스런 알콜섭취로 인한 사망

사고를 막기 위한 대책으로 희망하는 학생들의 체질검사를 하여 알콜 분해 능력이 없을 경우 그것을 증명하는 카드를 발급하고 있다는 보도를 접한 적이 있다. 원치 않는 술잔이 오가는 사회에서 상대와의 인간관계 또한 깨지 않았으면 하는 마음이 이러한 체질 카드를 등장시킨 것 같다.

지나치면 좋지 않다는 것은 비단 술에만 국한된 이야기는 아닐 것이다. 음식의 풍요 속에서 배를 채우지 말고 8할 정도만 먹으라는 '하라하치부'(腹八分)는 현대를 사는 일본인들에게 지키기 어려운 일일지도 모른다.

50. 일본 바둑의 이모저모

【윤재석】

바둑은 일본인들에게 전통적으로 중요한 문화생활의 한 요소였다. 헤이안(平安)시대 이래 에도(江戸)시대(1603~1868)에 이르기까지 중류 이상의 가정에서는 여성이 결혼을 할 때 혼수품으로 반드시 두터운 바둑판을 지참했다고 한다. 옛날 민속화를 보면 종종 바둑을 두는 여인들이 등장하는데, 남성뿐만 아니라 여성도 바둑을 즐겼음을 알 수 있다.

특히 조정에서 일하는 관리들은 시가(詩歌, しか:시 읊기), 관현(管絃, かんげん:악기 켜기), 바둑(囲碁, いご:바둑 두기)을 할 줄 알아야 상류층으로서 제대로 대접을 받았다고 한다.

이렇게 역사적으로 바둑이 중요한 문화생활의 도구였던 때문인지, 일본에는 세계에서 가장 오래되었다고 알려져 있는 바둑판이 보존되어 있다. 나라(奈良)시의 한 박물관에 보관되어 있는 '목화자단기국'(木画紫檀碁局)이 그것이다. 이것은 약 1천 2백여 년 전의 작품으로 백제 의자왕이 일본황실에 보낸 것으로 추정되는데, 거의 원형이 그대로 보전되어 있으며, 재질은 박달나무로 만들어져 있다. 일본정부에 의해 보물로 지정되어 있다.

오늘날 일본의 바둑계는 크게 일본기원(日本棋院)과 관서기원(関西棋院)으로 나눠져 일본바둑 문화의 양축을 이루고 있다.

일본기원(日本棋院)은 1923년 설립되어 일본근대 바둑의 발전모체로서 성장해 왔다. 명실상부 일본 바둑의 중심이라 할 수 있다.

관서기원은 1950년 일본기원으로부터 독립하여 설립되었다. 일본 문화의 일익을 담당하는 바둑의 발전과 보급 전승을 목적으로 독자적인 행보를 취하고자 함이었다. 이후 규모도 커지고 착실히 발전하여 현재에 이르고 있다.

일본의 바둑계에서는 「기성전」(棋聖戦), 「명인전」(名人戦), 「본인방전」(本因坊戦), 「기성전」(碁聖戦), 「왕좌전」(王座戦), 「십단전」(十段戦), 「천원전」(天元戦)의 7대회를 가장 권위있는 타이틀로 여긴다. 이중에서도 특히, 「기성전」(読売新聞社主催), 「명인전」(朝日新聞社主催), 「본인방전」(毎日新聞社主催)을 '대삼관(大三冠)'이라 하여 최고의 영예로 여긴다. 과거 한국의 조치훈(趙治勲) 9단이 이 세 타이틀을 석권하며 바둑계의 1인자가 되었던 적도 있었다. 다음은 현재 7대 타이틀 보유자이다.

「기성전」(棋聖戦)-이야마 유타(井山裕太), 「명인전」(名人戦)-이야마 유타(井山裕太), 「본인방전」(本因坊戦)-혼인보 몬유(本因坊文裕), 「기성전」(碁聖戦)-이치리키 료(一力遼), 「왕좌전」(王座戦)-시바노 토라마루(芝野虎丸), 「십단전」(十段戦)-시바노 토라마루(芝野虎丸), 「천원전」(天元戦)-이치리키 료(一力遼)

일본 바둑의 명문도장으로 정평이 나있는 곳은 기타니(木田)도장이

유명하다.

일본바둑의 흥망성쇄는 기타니(木谷)도장의 흥망과 함께 한다는 말이 있을 정도로 일본 바둑계에서 그 역할은 대단했다. 기타니도장은 1940년대 일본바둑을 휩쓸었던 기타니 미노루(木谷実) 9단과 우칭위안(吳清源) 9단이 협력하여 세운 일본 전통의 바둑도장이다.

일본 최고의 프로기사들은 대부분 이곳 출신이다 라고 할 만큼 유명기사를 많이 배출하였다. 오타케 히데오(大竹英雄) 9단, 다케미야 마사키(武宮正樹) 9단, 고바야시 고이치(小林光一) 9단, 가토 마사오(加藤正夫) 9단 등이 그들이다. 또한 한국 현대바둑의 선구자인 조남철 9단도 이곳에서 바둑을 수학하여 한국인 최초의 프로기사가 되었고, 과거 일본에서 활약하였던 조치훈 9단도 이곳 출신이다.

1980년대 이후 쇠퇴의 길을 걷던 일본의 바둑 문화는 1990년대 후반 어린이들에게 큰 인기를 얻었다. 그 이유는 만화 『히카루의 바둑』(ヒカルの碁)에 기인한다고 한다. 『히카루의 바둑』은 1998년 12월부터 주간 어린이 잡지 『소년 점프』(少年ジャンプ)에 연재되면서 그 인기가 날로 상승하였고, 당시 도쿄 TV에서 애니메이션으로도 방영하였다. 단행본은 16권까지 발행되었는데 그 누적부수가 1천 4백만 부에 이르렀다고 하니 그 인기를 짐작할 수 있을 것이다. 그 스토리는 대략 다음과 같다.

초등학생인 히카루는 어느 날 우연히 할아버지의 오래된 바둑판을 발견하였는데, 그 바둑판에서 아무도 알 수 없는 소리가 들려오는 것이었다. 그 소리는 헤이안(平安)시대(794~1192) 바둑의 천재였던 후지와라노 사이(藤原佐爲)의 영혼이 히카루에게 옮겨져 나온 것이었다. 히카루는 처음에는 좋아하지도 않는 바둑이었기에 영혼이 말하는 대로 적당히 두었지만, 마침내 그 매력에 끌리며 바둑에 대한 재능을 발휘하며 바둑고수로서 활약한다.

이 영향으로 당시 일본 전국 각지의 여러 기원에는 바둑을 배우고 싶다는 문의가 쇄도하였다고 한다. 이 만화는 한국에도 번역되어 14권까지 발행됐고, 50만 부 이상이 판매되었다고 한다.

그러나 이러한 일본 바둑의 유행은 결실을 이루지 못하고, 한때의 문화 현상으로 끝난 듯하다. 금세기 접어 들며, 세계 바둑계의 일류 기사는 한국과 중국이 대부분을 차지하고 있기 때문이다.

현대의 발전된 인공지능 문화는 바둑에도 그 그림자를 명확히 드리우고 있다. 알파고라고 하는 인공지능 바둑 프로그램이 등장하여 인간의 능력을 초월하고 있기 때문이다. 특히 PC와 인터넷이 발달한 오늘날에는 바둑이 점점 단순 오락화되어 가는 경향이 있다. 예전의 바둑은 문화적 전통과 인격적 기품이 담겨져 있었다고 한다면, 현재는 누구나 오락하는 기분으로 인터넷에 접속하여 바둑을 즐길 수 있다. 이러한 분위기는 한국과 일본, 중국이 공유하고 있는 것 같다.

51. 1964년 도쿄올림픽과 2020년 도쿄올림픽

【유경화】

　도쿄올림픽이라고 하면 1964년 도쿄올림픽과 2020년 도쿄올림픽을 떠올리게 된다.

　일본은 원래 1940년에 도쿄올림픽을 개최할 예정이었으나 중일전쟁의 장기화 등으로 인해 개최권을 반납했다. 전후 일본이 조금씩 국제사회 복귀를 인정받기 시작하면서 1964년 10월 10일에 비로소 실현된 것이 제18회 도쿄올림픽이다.

　올림픽을 유치한 일본은 성공적인 올림픽 개최를 위해 대규모의 개조를 시행했다. 도카이도(東海道) 신칸센을 개통하고, 하네다(羽田) 공항에서 도심을 잇는 28킬로미터의 수도고속도로를 건설했으며, 국도 246호선, 간죠(環状) 7호선 등 무려 35곳에 이르는 도로와 철도를 정비했다. 또한 새로운 지하철과 함께 하네다 공항행 모노레일도 생겼다. 1조 원의 올림픽 관련 경비 중 3천억 원 정도가 대회 직접경비로 경기장이나 선수 숙박시설 정비 등에 쓰이고, 나머지의 대부분이 교통시설 정비에 쓰인 것이다. 이로 인해 전후 일본 도쿄의 모습이 변하게 된다. 이것은 동시에 일본인의 머릿속에 있는 '패전'의 기억을 밀어내고 '풍요'라는 환상 속에서 새로운 국가 의식을 양성해가는 계기가 되었다.

아시아 첫 올림픽인 도쿄올림픽의 참가국은 아시아, 아프리카 식민지 독립 등의 이유도 있어 사상 최고인 93개국이 참가했다.

일본 선수단 역시 '이기느냐 지느냐 하는 것뿐이다. 2위는 소용이 없다'는 비장한 각오로 시합에 임했다. '동양의 마녀'라 불리던 여자배구팀의 우승이 결정된 순간에는 도쿄 내에서 전화를 거는 사람이 없었다고 한다. 이어 일본의 남자체조팀도 화려한 기술을 세계에 알리며 금메달을 따내는 개가를 거두었다. 남자체조팀은 도쿄올림픽에서의 우승을 목표로 오래 전부터 특별 훈련에 돌입해 '울트라 C'라는 새로운 기술을 개발했던 것이다. 경기에서 난이도 높은 울트라 C를 선보인 일본 남자 체조팀은 로마 올림픽에 이어 남자 단체종합에서 2연패를 달성한다. 또한 개인종합에서도 1개의 금메달을 추가하여 총 5개의 금메달을 목에 걸게 된다. 이로 인해 '울트라 C'는 '굉장하다'는 의미의 유행어가 되었다. 여자배구와 남자체조 외에도 유도에서 3개, 레슬링 5개 등의 총 16개의 금메달과 5개의 은메달, 8개의 동메달 등 총 29개의 메달을 획득한 일본은 미국, 소련에 이어 3위의 성적을 거두며 일본 열도를 열광시켰다.

도쿄올림픽이 일본인에게 얼마나 큰 국가적 관심사였는지는 TV 시청률을 보면 잘 알 수 있다. 당시 흑백TV 보급률은 91.2%였는데, 개막식 때 89.9%, 여자배구 결승전에서는 무려 95.4%를 기록했으며, 도쿄올림픽 기간의 평균 시청률은 80.3%였다고 한다. 또한 컬러

TV 구입 증가 등 일본 경제에 호황을 가져다 주었다.

도쿄올림픽은 일본의 경제성장에만 기여한 것이 아니라, 일본인의 의식마저 바꾸어 놓았다고 할 수 있다. 패전 이후, 일본 젊은이들은 국기나 국가에 무관심해지고 일부는 혐오감을 느끼기까지 했는데, 올림픽을 치르는 동안 일본 선수가 메달을 획득하면 히노마루(일본국기)가 게양되고 기미가요(일본국가)가 연주되었으므로, 이러한 의식을 바꾸는 계기가 되었다고 할 수 있다. 이처럼 1964년 도쿄올림픽은 전후 일본인에게 있어서 경제적 · 사회적 발전을 이루는 스스로의 모습을 확인하는 상징적인 의미를 가지고 있다.

1964년 도쿄올림픽 이후 일본에서 2차례의 동계올림픽이 개최되었다. 1972년에는 삿포로에서, 1998년에는 나가노에서 개최되었으나 성적 부진 등의 이유로 도쿄올림픽과 같은 열광적인 이벤트가 되지 못하였다.

일본은 2020년 도쿄올림픽을 통해 다시 한번 세계에 일본을 인지시키고 경제 부흥 효과의 기회로 삼으려고 했다. 57년 만의 도쿄올림픽은 원래 2020년 7월 22일부터 8월 9일의 일정으로 열릴 예정이었으나 코로나19의 세계적 유행으로 인해 1년 연기되어, 2021년 7월 23일부터 8월 8일까지 개최될 예정이다. 예정대로 2021년에 연기되어 개최된다면 올림픽 사상 처음 있는 일이다.

사실 1964년 도쿄올림픽도 10월 개최 4개월 전인 6월에 집단 이질이 발생한데다 8월에는 콜레라 환자까지 발생했다. 일본 전체가 올림픽 개최에 문제가 생길까 당황해 했다. 일본 정부는 도쿄 항구와 하네다 공항 종업원과 인근 주민, 접객업 종업원 등 약 18만 명에게 콜레라와 천연두 예방 접종을 하는 동시에 이질 대책으로 관계자 약 32만 명의 검변을 실시하여 전염병이 번지는 것을 방지하면서 간신히 개최할 수 있었다.

이번에도 올림픽을 개최하기 위해서는 풀어야 할 여러 난제가 쌓여 있다. 코로나19가 잠잠해지지 않는 이상 현재로서는 2021년 개최를 위해 선수를 포함한 대회 관계자와 관객의 PCR 검사 실시와 관객 수를 줄이고 개폐회식 간소화 등의 운영방식 간소화를 검토하고 있으며 만약 백신이 출시될 경우 가급적 많은 참가자와 관광객들이 백신 접종을 받을 수 있도록 할 계획이라고 한다.

대회를 안전하게 개최하기 위한 연기이지만 다방면에 걸쳐서 경제적으로 영향을 미친다. 예를 들면 2020년에 기대했던 관객 숙박, 투어, 물품 판매 등의 소비지출 등 기대하고 있었던 경제 효과가 사라지게 되었다. 또한 경기장 시설 유지, 관리 비용, 임대료, 조직위원회 인건비 등이 추가 비용으로 쌓이게 된다. 현재 코로나19 감염 확대로 인해 타격을 입고 있는 관광업이 1년 후까지 버틸 수 있을지도 하나의 불안 요소이다.

과연 2021년에 2020년 도쿄올림픽이 개최되어 1964년 도쿄올림픽 같은 큰 성과를 얻을 수 있을지 현재 상황에서는 미지수다.

52. 일본 프로야구 들여다보기

【손경호】

미국 메이저리그는 박찬호 선수, 일본 프로야구(日本プロ野球, Nihon Professional Baseball:NPB)는 선동열 선수를 통해서 우리나라에 알려졌다고 해도 과언이 아닐 것이다. 특히 주니치 드래건스가 선동열 선수의 멋진 마무리로 1999년 센트럴리그에서 우승을 하던 장면은 아직도 생생하며 감동적이다.

일본의 스포츠에서 야구는 스모와 더불어 일본의 국기(国技)로 평가받고 있으며, 일본인들이 가장 좋아하는 스포츠가 야구라는데 이의를 달 사람은 없을 것이다. 일본인 2명 가운데 1명은 야구팬이라는 사실이 충분히 이를 뒷받침하고 있다. 2002년 한일월드컵의 성공으로 축구도 많은 팬들을 확보했지만, 그래도 야구의 인기에는 미치지 못하는 것 같다. 주만 가나에(中馬庚)라는 교육자이자 전 야구선수가 미국에서 전래된 스포츠인 'Baseball'을 일본어로 '야구(野球)'로 번역한 최초의 인물이라고 알려져 있다.

일본에 프로야구 시대가 열린 것은 1936년으로, 창단 멤버는

1934년에 창단된 대일본도쿄야구클럽(大日本東京野球俱樂部) 도쿄 교진군(東京巨人軍)-현재의 요미우리 자이언츠(読売巨人)와 이듬해인 1935년에 창단된 오사카 야구 클럽(大阪野球俱樂部) 오사카(大阪) 타이거스)-현재의 한신 타이거스 그리고는 모두 1936년에 창단된 나고야군(名古屋軍)-현재의 주니치 드래건스, 도쿄(東京) 세네터스, 나고야 긴코군(名古屋金鯱軍), 한큐군(阪急軍)-현재의 오릭스 버펄로스, 다이도쿄군(大東京軍)의 7개 구단이었으며, 운영방식은 지금의 우리나라와 같은 단일리그제였다.

그해 첫 챔피언을 가리는 일본시리즈의 결승 진출팀은 자이언츠와 타이거스였는데, 해마다 최우수 투수에게 주어지는 사와무라상(沢村賞, 미국의 사이영상에 해당함)으로 유명한 사와무라 에이지(沢村栄治) 투수가 활약한 자이언츠가 우승을 차지하여 닛폰 이치(日本一, 일본챔피언)가 되었다. 도쿄와 오사카는 물론 일본 전국을 뜨겁게 달구는 영원한 맞수 교진(巨人)과 한신(阪神)의 강한 라이벌 의식은 이때부터 비롯되었다고 할 수 있다

오늘날과 같은 양대 리그제가 도입된 것은 1950년으로, 이는 프로야구의 인기가 높아지자 요미우리(読売)신문과 경쟁관계에 있던 마이니치(毎日)신문 등이 가세하면서부터였다. 구단수가 늘어나자 기존 구단들 사이에 새 구단 창단에 대한 찬반이 엇갈리면서, 반대파를 중심으로 한 8개 구단의 센트럴리그(Central League)와 찬성파를 중심으로 한 7개 구단의 퍼시픽리그(Pacific League)로 나뉘게 되었다.

하지만 당시 미국의 메이저리그가 총 16개 구단이었던 점에 비추

어 볼 때, 일본에서 15개 구단을 운영한다는 것은 공급과잉이라 할 수 있었으므로, 결국 자연스럽게 해체나 합병이 이루어져서 1958년부터는 각 리그별로 6개 구단이 되었고, 지금까지도 그대로 유지되고 있다.

2020년 현재 각 리그에 속해있는 구단을 보면 센트럴리그-줄여서 세리그(セ・リーグ)라고도 한다-에는 요미우리 자이언츠(読売巨人), 한신(阪神) 타이거스, 주니치(中日) 드래건스, 요코하마(横浜) DeNA 베이스타스, 도쿄 야쿠르트(東京ヤクルト) 스왈로즈, 히로시마 도요(広島東洋) 카프의 6개 구단이며, 퍼시픽리그-줄여서 파리그(パ・リーグ)라고 한다-에는 사이타마 세이부(埼玉西部) 라이온즈, 홋카이도 닛폰햄(北海道日本ハム) 파이터즈, 오릭스(オリックス) 버펄로즈, 후쿠오카(福岡) 소프트뱅크 호크스, 도호쿠 라쿠텐(東北楽天) 골든이글스, 지바 롯데(千葉ロッテ) 마린즈의 6개 구단이다. 이 가운데 유독 자이언츠만은 한자어 교진(巨人)으로 부르기도 한다.

구단 운영은 프로야구의 본질인 프랜차이즈(franchise, 지역연고) 제도가 1952년부터 본격적으로 시행되었지만, 아직 기업 중심으로 이루어지고 있다. 구단의 경제적 존립 기반이라고 할 수 있는 모기업의 구성을 보면 한신과 세이부 구단은 철도회사, 야쿠르트, 닛폰햄, 롯데의 3개 구단은 식품회사, 요미우리와 주니치 구단은 신문사이며, 요코하마 DeNA는 게임회사, 라쿠텐은 인터넷 쇼핑몰, 오릭스는 리스업, 소프트뱅크는 IT기업이고, 히로시마는 자동차회사 마쓰다가 모기업이기는 하지만 시민구단으로 운영되고 있다.

경기 일정은 양대 리그가 2월 하순부터 3월에 시범 경기인 오픈전을 하고, 공식경기인 페넌트 레이스는 4월부터 9월까지 2015년부터 리그별로 팀당 143경기를 치른다. 같은 리그 팀과는 25경기씩 총 125경기를 치르고 나머지 18경기는 2005년부터 시작된 다른 리그와의 교류전이다. 전반기 레이스가 끝나는 7월 중순에는 팬 투표와 감독 추천에 의해 뽑힌 선수들이 기량을 맘껏 뽐내는 올스타전이 센트럴리그와 퍼시픽리그의 대결로 펼쳐지는데, 우리나라나 미국은 한 경기이지만, 일본은 2~3경기가 열린다.

올스타전 이후 포스트시즌 진출을 위해 벌이는 후반기 레이스는 더욱 불꽃 튀는 승부의 세계를 연출한다. 포스트시즌은 '클라이맥스 시리즈'(Climax Series)와 '일본시리즈'이다. 가을 야구인 플레이오프를 일본 프로야구에서는 클라이맥스 시리즈로 부르는데, 2007년 시즌부터 도입되었고, 퍼스트 스테이지(First stage)와 파이널 스테이지(Final stage)로 나뉜다. 퍼스트 스테이지는 정규 시즌 2위 팀과 3위 팀이 2위 팀 홈구장에서 3전 2선승제로 맞붙는데 승수가 많은 팀이 승자가 되어 파이널 스테이지에 진출한다. 파이널 스테이지에서는 리그 우승 팀과 퍼스트 스테이지에서 승리한 팀이 리그 우승 팀의 홈구장에서 6경기제로 치른다. 리그 우승한 팀에게는 정규 시즌 성적에 대한 혜택으로 1승의 어드밴티지가 주어진다. 4승을 거둔 팀이 클라이맥스 시리즈 우승 팀이 되며 일본시리즈 진출권을 얻는다.

일본시리즈의 정식 명칭은 일본 선수권 시리즈이다. 2000년 이전까지는 '재팬 시리즈'(Japan Series, JS)로 불렸으나, 이후 '닛폰시리즈'(Nippon Series, NS)로 바뀌었다. 7전 4선승제로 홈 어드밴티지는 홀수 해에는 퍼시픽리그, 짝수 해에는 센트럴리그 팀에게 주어지며, 명실상부한 일본 챔피언을 가리게 된다.

미국의 내셔널리그처럼 센트럴리그는 투수가 타석에 들어서지만, 퍼시픽리그는 아메리칸리그와 마찬가지로 지명타자제를 도입하고 있다.

구단별 성적을 살펴보면 먼저 센트럴리그는 최고의 전통을 자랑하는 명문구단 자이언츠가 1965년부터 1973년까지 일본시리즈 9년 연속 우승(일명 'V9')이라는 불멸의 대기록을 갖고 있는데, 이때 활약한 선수가 일본 프로야구사의 대스타 오 사다하루(王貞治)와 나가시마 시게오(長嶋茂雄)였다. 그리고 이들의 첫 이니셜을 따서 부른 ON타선은 일본 프로야구 사상 최강의 3번과 4번 타자로서 현역시절뿐만 아니라 2000년에는 자이언츠와 소프트뱅크의 감독으로서 일본시리즈에서 ON맞대결을 펼침으로써 일본열도를 흥분의 도가니로 만들기도 했다. 자이언츠는 통산 리그 우승 36회, 일본시리즈 우승 22회라는 타의 추종을 불허하는 독보적인 우승 기록을 보유하고 있다.

오 사다하루는 중국인 아버지와 일본인 어머니 사이에서 태어났고, 일본 프로야구 역사상 최고의 타자로 세계의 홈런왕으로 부를 정도로 평가받고 있으며 특히 외다리타법으로 유명하다. 비록 미국에서는 인정하고 있지 않지만, 그가 기록한 시즌 통산 868호 홈런 기록은 세계 1위로 아직 깨지지 않고 있다.

나가시마 시게오는 오 사다하루, 가와카미 데쓰하루(川上哲治)와 함께 일본 야구를 대표하는 불멸의 대스타로 평가받고, 대중적 인기로 인하여 일본의 국민적 영웅으로 대접받고 있다. 데뷔 때부터 은퇴 때까

지 모두 17회 베스트 나인(한국의 골든글러브에 해당)을 수상한 것은 아직도 그가 유일하다. 또한 1974년 은퇴 기념식에서 "저는 오늘 은퇴하지만 우리 자이언츠는 영원히 불멸입니다!"(私は今日引退いたしますが、わが巨人軍は永久に不滅です)라는 유명한 말을 남겼다.

다음으로 인기 구단인 한신은 명성과는 달리 리그 우승 6회에 일본 시리즈에서의 우승은 1985년 단 한 차례뿐이다. 2003년에는 현역시절은 물론 감독으로서도 안티 교진의 선봉에 서 있는 호시노 센이치(星野仙一)를 영입하여, 만년 꼴찌라는 불명예를 벗어나 1985년 이후 인연이 없었던 리그 우승을 이루었다. 그는 일본시리즈에서는 소프트뱅크에게 아깝게 우승을 내어줬지만, 침체된 일본 경제를 살리는 구세주로까지 매스컴에 올랐으며, 2013년 라쿠텐 감독으로서 일본시리즈에서 숙적 자이언츠를 이기고 감독생활 27년, 프로야구 입문 44년 만에 일본 챔피언이라는 평생의 목표를 실현하였다.

그 밖에 현역시절 일본 최고의 포수라는 칭송을 들은 노무라 가쓰야(野村克也)의 데이터 야구(ID=Import Data)를 도입한 야쿠르트는 리그 우승 7회, 일본시리즈 우승 5회를 하여 단 한 번 우승한 라쿠텐을 제외하고 일본시리즈에서의 승률은 최고이다. 선동열, 이상훈, 이종범 선수가 활약했던 주니치는 1999년 리그 우승을 했지만, 일본시리즈에서는 소프트뱅크에게 패했다. 그러나 2007년 닛폰햄을 꺾고 1954년 이후 53년 만에 두 번째로 일본시리즈를 제패했다. 통산 리그 우승은 10회이다.

요코하마는 38년만인 1998년에 리그 우승과 동시에 두 번째로 일본시리즈까지 제패했으나, 이후로는 2017년 리그 우승 한 번으로 침체기를 겪고 있는데, 통산 리그 우승은 3회이다. 히로시마는 일본시리즈에서 1991년에는 세이부에, 2016년에는 닛폰햄에, 2018년에는 소프트뱅크에 계속해서 지는 바람에 36년째 일본시리즈 우승을 못하고 있다. 통산 리그 우승은 8회, 일본시리즈 우승은 3회이다.

퍼시픽리그는 세이부가 리그 우승 21회, 일본시리즈 우승 13회로 앞서 있지만, 소프트뱅크가 2017년부터 2020년까지 퍼시픽리그팀으로서는 최초로 4년 연속 일본시리즈 우승을 하는 등 리그 우승 20회, 일본시리즈 우승 11회로 세이부를 턱밑까지 추격하고 있다. 메이저리그에서 맹활약한 스즈키 이치로(鈴木イチロ)의 오릭스가 리그 우승 12회, 일본시리즈 우승 4회이고, 롯데는 리그 우승 6회, 일본시리즈 우승 4회인데, 2005년에 리그 우승과 더불어 31년 만에 일본시리즈 우승까지 거머쥐었는데 이때 우승 멤버에 이승엽이 있었다. 닛폰햄은 리그 우승 7회, 일본시리즈 우승 3회이고, 2005년부터 리그에 참가한 신생 구단 라쿠텐은 2013년에 유일하게 리그 우승과 일본시리즈 우승을 동시에 맛보았다.

코리언 메이저리거가 화제가 되고 있듯이 일본 선수들도 메이저리그에 진출하여 많은 활약을 하고 있는데, 선봉장이라고 할 수 있는 선수가 노모 히데오(野茂英雄)로 1995년 LA다저스에 입단하여 그해 투수로서 내셔널리그 신인상을 수상하고, 2차례 노히트 노런을 기록하는 등 메이저리그 통산 123승을 거두었다. 타자로서는 2001년에 시애틀 매리너스로 이적한 스즈키 이치로가 그해 아메리칸리그 신인왕과

MVP를 차지함으로써 동양인도 타자로서 성공할 수 있음을 보여주었고 안타제조기라는 별명을 얻었다. 2019년 은퇴할 때까지 메이저리그 단일 시즌 최다 안타 기록인 262안타와 10년 연속 200안타라는 거의 깨지기 힘든 대기록을 세웠고, 미·일통산 4,308안타라는 전무후무한 기록을 남겼다. 그 외의 일본인 메이저리거로 투수로서는 마쓰자카 다이스케(松坂大輔), 다르빗슈 유(ダルビッシュ有), 다나카 마사히로(田中将大) 등이 있으며, 야수로서는 고질라(1954년 일본 영화에서 등장하기 시작한 괴수)라는 별명을 갖고 있는 마쓰이 히데키(松井秀喜), 그리고 투수와 타자를 겸해서 '이도류(二刀流)'라고 불리는 오타니 쇼헤이(大谷翔平) 등이 있다. 앞으로도 꿈의 무대인 메이저리그에 도전하는 일본인 선수는 더욱 늘어날 전망이다.

한편, 한국인 일본 프로야구선수로서는 앞서 언급한 선수들 외에 선구자 역할을 한 백인천을 비롯하여 투수로서는 구대성, 임창용, 오승환 등이 있으며, 타자로서는 김태균, 이대호 등이 있었다. 다만 최근에는 메이저리그로 직행하는 분위기라서 일본 프로야구에서 활약하는 한국인 선수는 거의 없다.

일본 프로야구사에서 빼놓을 수 없는 인물로 장훈(張勳, 일본명 하리모토 이사오(張本勳))이 있다. 그는 대한민국 국적의 재일교포로 어릴 때 화상을 입은 오른손의 장애에도 불구하고 왼손 타자로서 아직도 깨지지 않은 일본 프로야구 최다 안타 기록인 3,085안타와 500호 홈런을 달성하였고, 1982년 한국프로야구 출범에도 많은 도움을 주었으며, 한·일 프로야구 교류에 크게 공헌하였다.

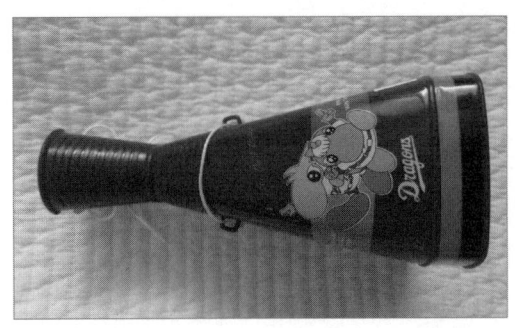

응원 문화를 보면 대표적 응원 도구는 깔대기 모양으로 생긴 확성기이며, 공통적인 응원 시간으로서 '럭키세븐 타임'(lucky seven time)이 있다. 7회 공격이 시작되기 전에 양 팀의 구단가를 부르고 제트풍선(끝부분에 구단 색깔

응원에 사용되는 깔대기 모양의 확성기

에 맞춘 긴 풍선)을 날리는 것이다.

이처럼 인기 스포츠인 일본 프로야구이지만, 한국사람으로서는 이해하기 힘든 부분도 있다. 요즘은 시청률이 떨어져서 다소 감소 경향에 있지만, 프로야구는 거의 매일 텔레비전 생중계가 있을 만큼 인기가 있는데, 지상파 방송으로 일본 전국에 생중계되는 경기는 극히 일부를 제외하고는 언제나 자이언츠 경기이다. 자이언츠 구단이 운영하는 니혼 텔레비전 계열(日本テレビ系) 채널을 중심으로 TBS, NHK 등의 방송에서도 주로 자이언츠 경기만을 중계하고, 심지어 주말의 다른 경기는 모두 낮 경기를 해도 자이언츠 경기만은 야간 경기로 생중계를 하기까지 한 적도 있었다.

그 이유는 자이언츠는 일본 전국의 팬을 갖고 있는데 나머지 구단은 지역의 팬들이 대부분이어서 지방 방송국에서 중계하면 충분하며, 시청률에서도 자이언츠 경기가 월등히 높기 때문에 방송국으로서도 선호할 수밖에 없다는 것이다. 이를 입증이라도 하듯 자이언츠가 상위권

제트 풍선을 날리는 응원단

에 있으면 프로야구의 인기가 높아지지만, 반대로 성적이 좋지 않으면 덩달아 프로야구의 인기나 시청률도 떨어진다고 한다. 혹평을 하면 나머지 구단의 선수는 자이언츠의 들러리에 불과한 지방 아마추어들이고 진정한 프로는 전국 스타인 자이언츠 선수뿐인 셈이다. 그래서 경기 개시 시각인 평일 오후 6시에는 자이언츠와 맞붙는 팀의 선수들이 슬렁슬렁하다가 텔레비전 중계가 시작되는 7시부터 혼신의 힘을 다한다는 우스개 소리도 있을 정도이다.

7천만 명의 야구팬 중에서 5천만 명이 자이언츠팬이고, 1천만 명이 자이언츠가 지는 것을 보기 위해 야구를 본다는 안티 자이언츠팬이며, 나머지가 11구단의 팬이라고 하는 자이언츠에 너무나 편중될 뿐만 아니라 프로야구 전체의 주도권을 손에 쥐고 좌지우지하는 모습이 일본 프로야구의 원동력이라는 사실이 우리로서는 도무지 받아들이기 쉽지 않다. 게다가 이런 불합리한 점을 유난히 호들갑스러운 매스컴에서조차 다루지 않는다고 하니 어쩌면 이것이 일본이 보여주는 두 얼굴의 한 단면일지도 모른다.

53. 일본 야구의 메카 고시엔(甲子園)

【손경호】

일본의 여름이라고 하면 '하나비'(花火)로 불리는 불꽃놀이, 여름 의상인 유카타(浴衣), 본오도리(盆踊り:백중을 맞이하면서 추는 춤) 등이 연상되지만, 여기에 빼놓을 수 없는 하나가 고시엔 야구장이다. 구름 한 점 없는 맑은 하늘, 잘 정돈된 새파란 잔디, 관중들로 꽉 들어찬 스탠드, 재학생과 동문들의 열렬한 응원, 앳된 선수들의 새하얀 유니폼과 대조되는 내야 그라운드의 흑토(黑土), 중계방송을 하는 아나운서의 흥분된 목소리 등이 일본의 여름을 뜨겁게 달구는 고시엔 구장의 풍경이다.

일본 야구의 메카 고시엔(甲子園:こうしえん)은 고교야구대회 개최지로 알려져 있지만, 정식명칭은 프로야구 한신 타이거즈의 본거지인 한신 고시엔(阪神甲子園) 야구장이다.

고시엔은 중등학교 야구대회-현재의 고교야구대회-의 인기가 높아져 보다 큰 규모의 야구장이 필요하게 되자 1924년에 한신전철(阪神電鉄)이 건설한 것인데, 그 후 한신이 프로야구단을 인수하여 본거지로

사용함으로써 '한신 고시엔
야구장'으로 부르게 되었고,
프로야구 공식전이 처음 열
린 곳이기도 하다. 명칭의 유
래는 야구장이 완성된 1924
년의 간지(干支)가 공교롭게
도 갑자(甲子:일본어로는 고시
(こうし))였기에, 그 일대를
'고시엔'으로 명명했고, 야구
장도 '고시엔' 구장으로 부르
게 된 것에서 비롯되었다.

• • •

고시엔 야구장

고시엔 구장은 오사카(大
阪) 근처인 효고현(兵庫県) 니시노미야시(西宮市)에 위치하고 있는데,
그라운드 약 13,000㎡을 포함하여 총면적은 약 38,500㎡이며 수용인
원은 47,508명(내야 28,465명, 외야 19,043명)이다.

우리나라도 프로야구 출범 전에는 고교야구의 인기가 하늘을 찌를
듯 높았지만, 지금은 예전과 같은 인기를 누리지 못하는 아쉬움이 있
다. 그러나 일본의 고교야구는 프로야구에 버금가는 인기를 여전히 누
리고 있다. 2019년 기준으로 등록된 고교야구팀이 3,957개교이며 등
록선수는 14만3867명에 이른다. 한국은 2019년 기준 고교야구 주말
리그에 참가하는 고교야구 팀이 80개교이고, 등록선수는 2,910명이
다. 종종 청소년 야구 한일전 경기를 중계하면서 100개교도 안 되는

285

고교에서 선발한 우리나라 대표팀이 4천여 개교에서 선발한 일본 대표 팀을 이겼다면서 기세등등하게 말하는 경우를 보았는데, 이것은 일본 고교야구 선수를 모두 특기생으로 잘못 알고 말하는 것이다. 실제로 특기생 일부를 제외한 대부분의 일본 고등학교 야구선수들은 동아리활동의 일환으로 야구를 하는 것으로, 이렇게 단순히 양적으로 비교하는 것은 넌센스에 가깝다고 하겠다.

전국 규모의 야구대회는 고시엔에서 열리는 마이니치(每日)신문사에서 주최하는 3월의 '선발 고등학교 야구대회'와 아사히(朝日)신문사에서 주최하는 8월의 '전국 고등학교 야구선수권대회' 밖에 없다. 따라서 고시엔은 고교야구 선수들의 한결같은 희망과 꿈의 구장이며, 일본 야구의 상징이자 아마추어 야구의 성지(聖地)이다.

선발 고등학교 야구대회는 1924년에 창설되었는데, 봄에 열린다고 해서 '하루노고시엔'(春の甲子園) 또는 '센바쓰'(選拔)로도 불린다. 매년 3월 하순에서 4월 상순에 걸쳐서 개최된다. 추계지구대회의 성적 등을 참고로 선발된 일반전형 28개교 및 메이지신궁(明治神宮) 몫 1개교의 29개교와 특별전형인 21세기 전형(21世紀枠) 3개교의 합계 32개교가 토너먼트로 우승을 가린다. 기념대회에서는 출장 학교수가 34개교 또는 36개교로 늘어난다. 제91회 대회는 2019년 3월 23일부터 4월 3일까지 11일 동안(휴식일 제외) 경기가 열렸고, 아이치현(愛知県) 대표인 도호(東邦)고등학교가 30년 만에 5번째 우승을 차지했다. 2020년 3월 19일부터 11일간 열릴 예정이었던 제92회 대회는 코로나 19의 영향으로 중지되었다.

1915년에 창설된 전국 고등학교 야구선수권대회는 가장 역사가 깊은 대회로, 여름에 열리므로 '나쓰노고시엔'(夏の甲子園)으로도 불린다. 이 대회가 탄생한 배경이 있다. 1879년 오사카를 기반으로 창간한 아사히신문은 신문 부수를 확장하여 전국구 신문이 되기 위한 이벤트로 전국 규모의 야구대회를 열기로 했는데 1915년 오사카 도요나카 운동장에서 열린 제1회 전국중등학교 야구대회가 바로 여름 고시엔의 전신이 된다. 고시엔구장을 대회장으로 사용하기 시작한 것은 제10회 대회(1924년)부터였다. 매년 8월에 개최되는데 지역 예선을 거쳐서 올라온 49개교가 자웅을 가린다. 전국의 47도도부현(都道府県:우리나라의 특별시, 광역시, 도에 해당하는 행정구역)에서 1개교씩 출전하는데, 홋카이도(北海道)의 경우는 남홋카이도와 북홋카이도의 2개교, 도쿄도(東京都)의 경우는 동도쿄와 서도쿄의 2개교 합계 49개교가 토너먼트로 우승을 가린다. 기념대회에서는 55개교, 제100회 기념대회에서는 56개교가 출전하였다. 본선에 출전하기 위해서는 6월 중순부터 7월 하순에 걸쳐서 치러지는 지역예선대회에서 우승해야 한다. 지역예선대회의 출전학교수는 4,000개교 전후이다.(1990년부터 2011년까지는 4,000개교를 넘었다.) 기념대회인 제100회 대회는 2018년 8월 5일부터 21일까지 개최되어 북오사카(北大阪) 대표인 오사카도인(大阪桐蔭)고교가 아키타현(秋田県) 대표인 가나아시(金足)농업고교를 물리치고 사상 처음으로 2번째 춘하연속제패(春夏連覇)를 달성하였다. 제101회 대회는 2019년 8월 6일부터 22일까지 개최되어 오사카 대표인 리세이샤(履正社)고교가 이시카와현(石川県) 대표인 세이료(星陵)고교를 물리치고 첫

우승의 쾌거를 이루었다. 2020년 8월 10일부터 16일간 열릴 예정이
던 제102회 대회는 코로나19의 영향으로 대회 개최가 중지되었다.

본선 경기 입장객은 2018년에 '하루노 고시엔'이 13일 동안 54만
명이었고, 100회 기념대회인 '나쓰노 고시엔'이 처음으로 100만 명을
돌파하여 17일 동안 101만 5천여 명이었다. 또 공영방송인 NHK가 양
대회의 본선경기를 전부 생중계하며, '하루노 고시엔'은 지상파 마이니
치방송(TBS)이 2002년까지는 전 경기를 생중계하였으나, 2015년 이
후는 결승전만 생중계를 하고 있고, 위성방송인 GAORA가 전 경기를
생중계하고 있다. '나쓰노 고시엔'의 경우는 지상파 아사히방송(テレビ
朝日)과 위성방송인 BS아사히가 전 경기를 생중계하고 있다. 심지어
점점 축소되는 경향에 있기는 하지만, 지역예선 경기까지도 아사히방
송이 전 경기를 생중계하고, 출전학교를 소개하는 특집 프로그램까지
방영하기 때문에 모든 일본인의 눈과 귀가 고시엔에 쏠린다는 말이 과
언이 아니다.

오직 고시엔에서만 볼 수 있는 광경으로, 경기에서 진 선수들
이 눈물을 흘리며 구장 바닥에 주저앉아 흙을 주머니에 담는 모습은
1940년대에 시작되어 80년 가까이 이어져 온 전통이다. 그런데 평생
동안 고시엔 그라운드를 밟았다는 자부심의 상징처럼 여기는 고시엔
의 흙을 담아 가지 않는 경우도 가끔 있다. 제84회 대회(2002년)에서
첫 출전하여 8강에서 패배한 이시카와현(石川県) 대표 유가쿠관(遊学
館)고교 선수들은 '내년에 반드시 다시 오겠다'는 각오를 다지기 위해
이와 같은 행동을 했다고 하는데, 나쓰노 고시엔의 또 다른 화제거리가

되기도 했다. 이처럼 고시엔의 흙은 일본 고교야구의 명물이 되었다.

일본 고교야구의 명물 '고시엔 흙' 열쇠고리와 고시엔구장의 흙을 퍼서 담는 선수들

2020년은 코로나19의 영향으로 대회가 취소되어 이 모습을 볼 수 없게 되었다. 이를 안타깝게 여긴 한신 타이거스의 감독 야노 아키히로(矢野燿大)의 제안으로 5만 명에 달하는 일본 고교야구 3학년 선수 전원에게 투명한 야구공 모양의 캡슐 안에 고시엔 구장의 흙이 담겨 있고, 겉에는 대회를 의미하는 숫자 '102'와 '甲子园' 글자가 새겨져 있는 열쇠고리를 선물하였다.

고시엔은 야구계의 새로운 스타가 탄생하는 등용문이기도 하다. 고시엔을 통해 배출된 대표적 스타 오 사다하루(王貞治)는 1957년 34이닝 무실점 기록을 세우며 우승을 이끈 첫 '괴물 투수'였다. 1973년에는 4경기 60탈삼진이라는 불멸의 대기록을 세운 에가와 스스무(江川卓)가 새로운 '괴물 투수'로 불렸다. 타자로서는 1985년 홈런 13개로 고시엔 홈런 최고 기록을 수립한 한국계 선수 기요하라 가즈히로(清原和博)와 1992년 고교 통산 60홈런의 기록을 갖고 있던 마쓰이 히데키(松井秀喜)가 5연타석 고의 사구(故意四球)로 진출하는 진기록을 세우기도 했다. 1998년에는 마쓰자카 다이스케(松坂大輔)가 결승에서 노히트 노런을 기록하여 '괴물 투수'의 계보를 이었다.

고교야구 역사에 남을 수많은 명승부가 있었지만, 그중에서도 제

88회 대회(2006년) 결승전은 최고의 명승부로 기록되고 있다. 사이토 유키(斎藤佑樹)가 이끄는 와세다(早稲田)실업고교와 다나카 마사히로(田中将大)가 이끄는 고마자와(駒澤)대학 도마코마이(苫小牧)고교와의 대결이었다. 두 투수의 숨 막히는 명투수전으로 15회 연장까지 1:1로 승부를 가리지 못했는데, 이것은 37년 만의 결승전 무승부였다. 다음 날 재경기가 열려 결국 와세다실업고교가 4:3으로 우승하였다. 이때 사이토 유키 선수는 마운드에서 작게 접은 손수건으로 땀을 닦아내는 모습으로 '손수건 왕자'(ハンカチ王子)라는 애칭이 붙어 유명세를 타면서 국민적 영웅이 되었다.

일본 야구의 열기를 느낄 수 있는 고시엔은 단지 고교야구 선수들만의 무대가 아니다. 비록 그라운드에서 뛰는 것은 고교선수들이지만, 졸업생 또는 지역 연고자들은 그들을 응원하며 동문애(同門愛)와 동향애(同鄉愛)를 확인하는 보이지 않는 선수들인 것이다. 지역 주민 나아가 일본 전국을 하나로 묶는 대국민 축제의 메카인 고시엔은 우리에게 부러움을 느끼게 하는 동시에 풀어야 할 과제를 되새기도록 하는 '한여름 밤의 꿈'과도 같은 환상의 무대인 것이다.

54. 축구? 사커?

【김경화】

우리나라와 일본은 같은 한자문화권이지만 스포츠 경기에 대한 명명에는 다소 차이가 있다. 대표적으로 '축구'를 들 수 있다. 우리나라는 '축구(蹴球)'라는 한자어 표현을 사용하지만, 일본은 '사커(soccer)'라는 영어 표현을 사용한다.

우리나라의 경우 '축구'와 '사커'는 동일 용어이지만, 일본의 경우 '축구'는 '사커', '럭비(rugby)', '미식축구(American football)' 등 공을 차서 승부를 겨루는 경기 일반을 가리키는 상위 카테고리의 개념이다. 양국의 이러한 명명의 차이는 해당 스포츠의 전래 과정 및 시대 상황과 관련하여 흥미로운 점이기도 하다.

일본에 축구가 처음 전해진 것은 근대초 메이지(明治)시대인 1873년 해군병학교(海軍兵学校) 교사로 파견되었던 영국인에 의해서라고 한다. 하지만 비슷한 시기인 1871년에 일본에 전해져 압도적인 인기를 누려왔던 야구에 비하면 축구는 일본인에게 그다지 인기를 얻지 못했다.

축구가 일본인에게 오랫동안 도외시되어 왔던 이유로, 세계 축구

조직과의 연대를 토대를 한 조직화 및 제도화가 늦어진 점 등을 꼽는다. 사견으로는 야구의 인기에 밀려 축구가 도외시된 점도 있지 않나 생각한다.

일본인의 야구에 대한 애정은 특별한 편이다. 일본 프로야구가 우리나라보다 무려 48년이나 빠른 1934년에 출범한 사실만 보더라도 익히 짐작할 수 있다. 일본인들의 야구 열기에 대해서는 민족성 등과 관련하여 심도 있는 분석들이 많은데 이러한 야구 열기로 인해 상대적으로 축구에 관한 관심이 적었으리라고 생각한다.

오랫동안 도외시되어왔던 축구가 주목을 받게 된 계기로는 만화「캡틴 츠바사(キャプテン翼)」를 들 수 있다. 「캡틴 츠바사」는 다카하시 요이치(高橋陽一)의 작품으로 주간 만화잡지『소년 점프』에 1981년부터 1988년까지 연재된 작품이다. 「캡틴 츠바사」는 일본 국내에 축구 붐을 일으켜 마이너 경기였던 축구의 인기 상승과 축구 인구 확대에 지대한 영향력을 준 작품으로 알려져 있다.

일본에서 만화는 꽤 영향력 있는 매체라는 것을 일반적으로 알고 있을 것이다. 주간 만화잡지인『소년 점프』가, 절정기인 1990년대에 6백만 부 이상 판매되었다는 점을 생각하면 그 영향력에 대해서는 충분히 헤아릴 수 있다. 「캡틴 츠바사」와 같은 스포츠 만화는 해당 스포츠의 인기나 참여 인구 동향에 큰 영향을 주는 요소이다. 농구를 소재로 한「슬램 덩크」가 연재된 1992년의 경우, 야구 인구가 농구 인구로 이동한 구체적인 분석 자료도 있다.

일본 프로축구 J리그

일본의 프로축구 리그인 J리그가 설립된 것은 1991년으로, 최초 개막전은 1993년에 열렸다. 우리나라의 K리그가 1983년에 출범한 것에 비하면 10년 가까이 늦은 셈이다.

J리그는 1993년 최초 개막전 당시에는 10팀으로 시작하였다가 1999년부터는 J-1 리그, J-2 리그로 구성된 2부제(two stage system)를 도입했다. 이는 당시 세계에서도 드문 제도로 일본 외에 아르헨티나가 도입한 제도였다. 참고로 우리나라의 K리그도 2012년에는 2부제로 이행했다.

매년 시즌이 끝나면 J-1의 하위 두 팀과 J-2의 상위 두 팀이 교체된다. 2014년에는 J-3 리그가 창설되어 3부제로 이행했다. 이 역시 매년 시즌이 끝나면 J-2 리그 하위 두 팀과 J-3 리그 상위 두 팀이 교체된다. J리그의 경기는 매주 토요일, 혹은 일요일에 열린다.

J리그 역시 K리그와 마찬가지로 지역에 밀착한 홈 타운 시스템을 채택하고 있다. 하지만 J리그는 K리그 및 일본 프로야구팀과는 달리 팀(클럽) 이름에 기업의 이름을 넣지 않는다. '가시마 앤틀러스(鹿島 Antlers)', '주비로 이와타(Júbilo 磐田)', '빗셀 고베(Vissel 神戶)', '교토 상가 F.C.(京都 Sanga F.C.)', '아비스파 후쿠오카(Avispa 福岡)', '홋카이도 콘살돌 삿포로(北海道 Consadole 札幌)' 등과 같이 지역 이름과 애칭을 조합한 이름으로, 기업적 연고보다는 지역적 연고를 견고히 한다. 기업 이름을 강조하면 기업 이미지가 강해질 우려가 있을 뿐 아니라 지역의 타기업 혹은 지역 행정기관의 지원을 받기 어려운 점이 있기

...

삿포로 돔. 축구 경기가 없거나 야구 경기를 치를 때에는
천연 잔디 축구 스테이지를 돔 외부로 이동

...

삿포로 돔. 천연잔디 축구 스테이지를
공기압을 통해 돔 내부로 이동

때문이라고 한다. 참고로 프로야구처럼 프로스포츠팀 이름에 기업 이름이 들어가는 나라는 우리나라와 일본 정도이다.

홍명보, 황선홍, 유상철, 안정환, 박지성, 최용수, 권순태, 정성룡 등, J리그에서 활약했거나 활약 중인 우리나라 선수도 꽤 되는 편이다.

축구 경기장으로서 주목할 경기장은 삿포로 돔이다. 삿포로 돔은 2001년에 완성된 돔으로, 일본 유일의 완전 실내 천연잔디 축구 경기장으로 유명하다. 또한, 축구장과 야구장 모드를 겸한 돔, 즉 축구용 천연잔디 그라운드와 야구용 인공잔디 그라운드를 병용한 돔으로도 유명하다. 그뿐 아니라 세계 최초의 '이동식' 천연잔디 축구 스테이지 시스템으로도 주목받는 돔이다. 축구 경기가 없거나 야구 경기를 치를 때에는 천연잔디 축구 스테이지를 돔 외부로 이동하고, 축구 경기를 치를 때에는 공기압을 통해 천연잔디 축구 스테이지를 돔 내부로 이동한다.

일본 축구 국가대표팀

일본 남자축구 국가대표팀은 '사무라
이 블루'라는 애칭이 있다. 팀 컬러는 블
루로 일본 국토의 바다와 하늘을 상징한
다. 1988년 이후 일시적으로 레드였을
때가 있었으나 1992년경 다시 블루로 돌
아왔다. 2002년 한일월드컵 이후에는

일본 축구 국가대표팀 마크

야구나 아이스하키 등 타종목 국가대표신수의 유니폼도 블루로 바뀌는
편이었다.

마크 및 마스코트는 3발 달린 까마귀인 야타가라스(八咫鳥)이다. 대
표선수 유니폼 왼쪽 가슴의 마크를 보면 3발 달린 야타가라스가 3발 중
1발로 축구공을 움켜쥐고 있는 모습을 하고 있다. 야타가라스는 일본
고서인 『고지키(古事記)』에 의하면 일본 건국 신화에 등장하는 신(神)이
부리던 영조(靈鳥)로, 태양 속에 산다고 한다. 1931년, 일본축구협회
(JFA)가 '일본 축구를 선도해서 승리로 이끈다'는 메시지를 담아 마크로
채택했다.

일본 남자축구 국가대표팀이 처음으로 FIFA 월드컵 본선에 진출한
것은 1998년 프랑스대회로, 3전패라는 부진한 성적을 보였다. 2002
년 한일월드컵 때 16강에 진출한 것은 단기간 내의 비약적인 발전이
다. 참고로 우리나라는 2002년 한일월드컵 이전에 5차례 FIFA 월드컵
본선에 진출했고 2002년에는 4강에 진출했다.

일본 여자 축구 국가 대표 팀은 '나데시코(패랭이꽃) 재팬'이라는 애

칭이 있다. 마크 및 마스코트는 남자축구 국가대표팀과 마찬가지로 3발 달린 까마귀인 야타가라스이다. 일본 여자축구 국가대표팀은 FIFA 여자 월드컵에서 2011년에는 우승, 2015년에는 준우승을 거두며 비교적 활약하고 있는 편이다.

2002년 한일월드컵 추억 소환

2002년 월드컵은 우리나라와 일본이 공동으로 개최한 아주 특별한 월드컵이었다. 일명 '2002 한일월드컵'. 당시의 우리나라 응원단 '붉은 악마'와 일본 응원단 '울트라 닛폰'을 주축으로 한 양국의 응원 열정을 아직도 기억하는 이들이 많은 것 같다.

2002년 한일월드컵 종료 후, 우리나라의『조선일보』와 일본의『마이니치(毎日)신문』이 공동 실시한 여론조사에 의하면, 공동으로 개최해서 좋았다는 답변이 공동 개최 결정 이전에 비해 양 국민 모두 30% 상승한 것으로 집계됐다. 이 결과는 일본의『아사히(朝日)신문』이 비슷한 시기에 실시한 여론조사 내용 중, 양 국민의 79% 정도가 '한국과 일본은 앞으로 좋은 방향으로 나아가리라고 생각한다'는 답변과 연동한다.

그러나 이러한 긍정적인 공유점 외에도 양국은 동시에 미묘한 입장 차를 보였다. 예를 들면, 일본은 우리나라가 일본 아닌 다른 나라와 대전할 때 46% 정도가 우리나라 팀을 응원한 데 비해, 우리나라는 일본이 다른 나라와 대전할 때 29% 정도가 일본팀을 응원한 것으로 나타났다.

또한 공동 개최로 월드컵을 치르긴 했으나 공동 개최와 단독 개최

중 결과적으로는 어느 쪽이 더 나았을 것 같냐는 질문에, 일본은 74%가 공동 개최 쪽을, 우리나라는 54%가 단독 개최 쪽을 선택했다.

　가깝고도 먼 이웃 관계인 일본과 우리나라가 보여주는 이러한 '공유점'과 '차이점'이 무엇을 의미하는지, 그리고 그와 관련해 무엇을 생각할 수 있는지는, 역사의 다음 단계를 위해 양 국민 모두 성찰할 필요가 있는 것 같다.

55. 격투기에 열광하는 일본 여성들

【박상현】

일본 여성들은 격투기에 열광하고 있다. 남성들의 전유물이자 고유의 영역이라는 금기(禁忌)가 무너지고 있는 것이다. 프로레슬링, 가라테(空手), 유도(柔道), K-1과 같은 것이 그것이다. 논자에 따라서는 가라데와 유도를 격투기에 넣지 않을 수도 있다. 하지만 '신체 접촉을 하면서 상대를 가격(加擊)하거나 고통을 줌으로써 승패를 가리는 경기'라는 개념을 적용하여 여기서는 가라데와 유도를 격투기에 포함시키고자 한다.

인간의 숨은 야성(野性)과 투쟁 본능을 보이는 격투기, 어쩌면 잔인하다고까지 할 수 있는 격투기에 일본 여성들이 흥분하는 까닭은 무엇일까?

일본 프로레슬링의 역사는 재일한국인인 역도산(力道山 1924~1963)에서 시작되었다고 말할 수 있다. 그는 처음에는 우리의 씨름에 해당하는 스모(相撲) 선수로 큰 활약을 보이다가 돌연 프로레슬링을 배우기 위해 본고장인 미국으로 떠났다. 1953년 일본으로 돌아온 역도산은 일본프로레슬링협회를 설립함과 동시에 일본 최초의 프로레슬링 도장을 연다. 그리고 그의 시합이 텔레비전을 통해 방영됨에 따라 프로레슬링은 큰 붐을 일으키게 된다.

하지만 안타깝게도 1963년에 역도산은 피살된다. 그 여파로 프로레슬링을 이끌던 일본프로레슬링협회는 와해될 위기를 맞는데, 이를 수습한 인물이 우리에게도 잘 알려져 있는 자이언트 바바(馬場)와 역도산의 제자인 안토니오 이노키(猪木)다. 즉 자이언트 바바가 이끄는 전일본프로레슬링과 안토니오 이노키가 주도하는 신일본프로레슬링에 의해 일본 프로레슬링은 맥을 이어온 것이다. 그러므로 일본의 프로레슬링은 역도산, 자이언트 바바, 안토니오 이노키와 같은 슈퍼스타에 의해 발전해 왔다고 할 수 있다.

태평양전쟁에서 패전한 일본은 패전국으로, 그리고 일본인은 패전국 국민으로 많은 어려움을 겪었다. 물론 일제의 식민지였던 우리는 일본과 일본인보다 더 큰 아픔과 고통을 감수해야만 했다. 여하튼 패전 후 일본은 국민의 마음을 일본 부흥에 힘쓰도록 해야 할 필요성이 있었다. 이런 요구에 프로레슬링은 큰 역할을 했다. 왜냐하면 태평양전쟁에서 미국에 패한 일본인은 역도산이 그보다 덩치가 큰 미국인에게 승리했을 때 대리만족과 함께 삶의 희망을 느꼈기 때문이다.

가라테는 16세기경 중국에서 오키나와(沖繩)로 전래된 호신술이라고 한다. 하지만 과거에는 오늘날처럼 '공수(空手)'라고 쓴 것이 아니라 '당수(唐手)'라고 표기했다. 일본에서 '당(唐)'은 중국을 가리키기도 했지만 한반도를 가리키기도 했다. 또한 당시 조선과 오키나와가 밀접한 관계에 있었다는 것을 고려해보면 가라테가 반드시 중국에서 건너왔다고 단정지을 수만은 없다.

기원이 어디에 있건 간에 가라테는 우리나라의 태권도와 흡사하다. 손은 물론이거니와 발도 사용하는 가라테는 학생들에게도 인기가 있어 가라테 동아리가 있는 대학이 적지 않다. 가라테에는 많은 유파(流派)가 있다. 그 중에서 재일한국인으로서 실전(實踐) 위주의 수련을 주창한 최영의(崔永宜)-일본명 오야마 마스타쓰(大山倍達)-의 극진회(極真会)가 유명하다.

유도(柔道)는 도가(道家)에서 비롯된 유능제강(柔能制剛)의 원리를 바탕으로 1532년 다케노우치 히사모리(竹内久盛)가 창시한 다케노 우치류(竹之内流)의 허리돌리기(腰回)에서 유래한 무술이다. 초기에는 유술(柔術) 또는 야와라(柔)라고 했다. 오늘날의 유도로 세상에 보급시킨 인물은 고도관(講道館)의 창시자인 가노 지고로(嘉納治五郎 1860~1938)다. 단순한 격투기가 아닌 정신을 중시하는 수행의 차원으로 끌어올렸다는 평을 듣는 유도는 스모와 함께 일본의 국기(国技)이기도 하다.

K-1은 예전 같지는 않지만 일본에서 여전히 인기 있는 격투기라고 할 수 있다. 젊은 여성팬이 많기로 유명하다. 예컨대 한일월드컵 때 일본 친선대사였던 미스 일본 출신의 후지와라 노리(藤原紀香)는 열성팬으로 잘 알려져 있다. K-1은 던지기나 관절꺾기, 조르기 등을 제외한 주먹과 발을 이용한 타격으로 승부를 겨루는 것이다. 예를 들어 태권도와 합기도처럼 서로 다른 무술인들이 벌이는 이종(異種) 격투기와 비슷한

형태이나 보다 규칙이 엄격하다고 할 수 있다.

K-1의 전설적인 파이터는 밥 샙(Bob Sapp)이다. 흑인으로서 전직 미식축구선수였던 그는 일본에서 큰 인기를 누렸다. 거친

K-1의 전설적인 파이터 밥 샙

격투기에서 활약했지만 실제로는 쾌활한 캐릭터의 소유자였고 고학력자라는 배경이 그에게 많은 관심을 가게 했다.

또한 K-1에서 활약했던 선수 가운데 잊을 수 없는 파이터에는 추성훈이 있다. 일본에서는 아키야마(秋山)라고 한다. 그가 대단한 선수였다는 것은 확실하지만 그에게는 늘 의혹이 따라다녔다. '시합에서 부정을 하지 않나' 하는 의혹이다. 사실 여부를 떠나서 그가 재일교포라서 그런지 우리는 지금도 추성훈에 대한 관심을 여전히 가지고 있는 것같다. 그리고 그에 대한 관심은 그의 외동딸 추사랑과 그의 일본인 아내인 야노 시호로도 이어지고 있다.

일본 여성들이 격투기에 열광하고 있는 데는 여러 가지 요인이 있다고 생각된다. 첫째, 게임이라는 오락성이다. 검투사들이 서로 죽고 죽이는 혈투에 로마제국의 시민들이 열광하듯이 말이다.

둘째, 대리만족을 통한 '남성성' 향유다. 앞에서 언급했듯이 제2차 세계대전에 패한 후 일본에서는 프로레슬링이 큰 붐을 이루었다. 그 원인이야 여러 가지가 있었겠지만 거기에는 역도산과 같은 동양인이 덩

301

치가 큰 서양인을 이겼을 때 느끼는 대리만족이 기저에 있었다는 것은 무시할 수 없다. 그가 비록 한반도 출신이라고 해도 말이다. 비록 시대와 대상은 바뀌었지만 일본 여성들은 이와 같은 대리만족을 격투기에서 찾으려 하는 것인지도 모른다. 부드러움의 차원을 넘어 연약해져 버린 일반의 일본 남자에게서 얻지 못하는 '남성성'을, 격투기 선수에게서 느끼는 것은 아닐까? 그래서 그런지 마초(macho)가 접대하는 유흥업소도 최근에는 인기가 있다고 한다.

셋째, 도(道)다. 전설적인 격투기 선수에게는 남다른 노력과 훈련이 있기 나름이다. 타고난 능력보다는 그의 피나는 노력과 훈련에 주목하여 거기에 어떤 도(道)의 경지를 발견하고자 하는 마음이 일본 여성들을 격투기에 이끌고 있다고 생각한다.

책임편집위원

구정호(중앙대학교 교수) 김종덕(한국외국어대학교 교수) 박혜성(한밭대학교 교수)
송영빈(이화여자대학교 교수) 유상희(전북대학교 교수) 윤상실(명지대학교 교수)
장남호(충남대학교 교수) 한미경(한국외국어대학교 교수)

편집 기획 및 구성

오현리, 이충균, 최영희, 최영은

사진제공　　　　　　**협 조**

일본국제교류기금　　　일본국제교류기금 서울문화센터 (p222, 242, 243)

스모 남편과 벤토 부인

2판 1쇄 발행일 | 2021년 3월 31일

저　자 | 한국일어일문학회
펴낸이 | 이경희

기　획 | 김진영
디자인 | 김민경
편　집 | 민서영 · 조성준
영업관리 | 권순민
인　쇄 | 예림인쇄

발　행 | 글로세움
출판등록 | 제318-2003-00064호(2003. 7. 2)

주　소 | 서울시 구로구 경인로 445(고척동)
전　화 | 02-323-3694
팩　스 | 070-8620-0740

ⓒ 한국일어일문학회, 2003
저자와 협의하여 인지를 생략합니다.

값 14,000원

ISBN 978-89-91010-02-4 94830
　　　978-89-91010-00-0 94830(세트)

잘못된 책은 구입하신 서점이나 본사로 연락하시면 바꿔드립니다.